Sahra Sofie Caspari

Dangerous Law of Love

Dangerous
LAW
OF Love

BOOKAPI
VERLAG

Bibliografische Information der Deutschen
Nationalbibliothek:
Die Deutsche Nationalbibliothek verzeichnet diese
Publikation in der Deutschen Nationalbibliografie;
detaillierte bibliografische Daten sind im Internet über
http://dnb.dnb.de abrufbar.

1. Auflage
@ 2022 Bookapi Verlag e.K.
Wallgrabenstraße 27, 89340 Leipheim

Coverdesign: Nina Hirschlehner
Lektorat & Korrektorat: Nina Hirschlehner
Buchsatz: Stefanie Scheurich

Druck: booksfactory
ISBN: 978-3-9821-4838-0

Für euch,
die fallen und immer wieder aufstehen.

PROLOG

Vier Jahre vorher

»Ethan?«, rufe ich und meine zitternde Stimme durchbricht die anhaltende Stille um mich herum.

Ich liege noch immer in unserem Bett. Es ist Sonntag und die strahlende Sonne erhellt das Schlafzimmer. Ein wunderschöner Tag. Als ich wach geworden bin, lag er nicht neben mir wie gewöhnlich. Seine Betthälfte ist leer und ich bekomme keine Antwort.

»Egal, was du gerade treibst. Komm lieber wieder ins Bett.«

Niemand rührt sich, keine Geräusche aus der Wohnung. Ein merkwürdiges Gefühl überkommt mich. Langsam stehe ich auf und werfe

7

mir mein T-Shirt über, welches auf dem Boden liegt. Letzte Nacht hatten wir es ziemlich eilig, als er es mir ausgezogen und weggeworfen hat. Mit nackten Füßen tapse ich zur Tür, als mir der offene Kleiderschrank auffällt.

Wo sind seine Klamotten hin?

»Verdammt«, murmle ich.

Was ist hier los?

Ich habe es jetzt eiliger als zuvor. Also rase ich ins Wohnzimmer, nur um festzustellen, dass er nicht hier ist. Verwirrung und Verzweiflung breiten sich in mir aus.

»Ethan«, rufe ich noch einmal und das einzige Geräusch, welches ich vernehme, ist mein wild klopfendes Herz.

»Bitte, bitte spiel nicht mit mir. Du machst mir Angst!«

Nichts. Die anhaltende Stille lässt das Blut in meinen Adern gefrieren.

Stille.

Hilflos schlage ich meine Hände über den Kopf und hoffe, er würde gleich aus irgendeiner dunklen Ecke treten, nur um mich zu erschrecken.

»Ruhig bleiben, Talia. Du weißt überhaupt nicht, was los ist.« Ich ermahne mich, langsam ein- und auszuatmen. Mich nicht aufzuregen.

Hastig reiße ich wahllos jede Tür auf, die meinen Weg kreuzt und mich bei meiner Suche behindert. Dabei muss ich feststellen, dass er definitiv nicht hier ist, nicht in der Wohnung. Also schnappe ich mein Smartphone. Als mir die mechanische Stimme mitteilt, dass kein Teilnehmer unter dieser Nummer erreichbar ist, fühle ich mich wie in einem schlechten Film. Was soll das Ganze? Meine wirren Gedanken entblößen lächerliche Ideen und dennoch gehe ich ihnen nach. Ich suche nach seinem Profil im Internet. Keine Treffer.

Fassungslos schaue ich mich erst jetzt gründlicher in unserer gemeinsamen Wohnung um. Es ist, als wäre er nie hier gewesen. Als würde er nicht existieren. Es ist, als hätte ich mir unsere Beziehung, die wir seit sechs Jahren führen, nur eingebildet. Keine gemeinsamen Fotos an den nun kahlen Wänden. Lediglich die Nägel beweisen, dass sie dort hingen. Sein Laptop ist verschwunden und all seine persönlichen Gegenstände. Im Bad fehlt sein Parfum, obwohl ich seinen leichten Duft noch immer vernehme. Nichts deutet darauf hin, dass er je hier gewohnt hat.

Ich fühle mich gänzlich verloren und zweifle an meinem Verstand.

Nachdem ich jede Schublade, jeden Schrank, nach irgendeinem Indiz durchsucht habe und eine Niederlage nach der anderen erleben musste, lasse ich mich geknickt auf dem Sofa nieder. Meine letzte Hoffnung ist, meine beste Freundin Grace anzurufen, die stets weiter weiß, wenn ich keine Lösung finden kann. Sie ist immer da, wenn ich sie brauche, und das beruht natürlich auf Gegenseitigkeit.

»Grace Hill«, ertönt ihre genervte Stimme. Ich muss sie gestört haben.

»Grace, hier ist Talia. Du musst mir helfen. Ich weiß nicht weiter und bin völlig am Verzweifeln.«

»Talia. Hast du auf die Uhr geschaut? Es ist Sonntag, verdammt!«

Ja, Grace ist eine Langschläferin. Aber ich weiß einfach nicht, was ich tun soll. Wenn ihm etwas passiert ist, würde ich mir das nie verzeihen.

»Hör mir zu. Ethan ist verschwunden und ich weiß nicht weiter«, flehe ich sie an und hoffe inständig, dass sie mir helfen kann.

»Wie meinst du das, er ist verschwunden? Wie soll denn ein Mensch einfach verschwinden?« Als sie die Worte ausspricht, sehe ich mit einem Mal alles ganz klar. Wie soll ein Mensch einfach verschwinden? Ein Mensch verschwindet nicht von jetzt auf gleich. Wie blind ich doch bin.

Mit einem Mal bricht meine kleine Welt zusammen, die ich mir Teil für Teil aufgebaut habe. Sie zerfällt, zerbricht und löst sich gänzlich auf.

Er hat mich verlassen.

»Talia«, dringt das laute Rufen von Grace zu mir durch und doch erreicht es mich nicht gänzlich. Ich lasse das Handy in meiner Hand sinken und blende alles um mich herum aus.

Die Welt, in der ich gelebt habe, geht gerade unter. Mein Herz, welches eben noch so wild und hemmungslos gegen meine Brust klopfte, fühlt sich mit einem Mal so leer und kalt an. Es ist, als sei es nicht mehr dort, wo es hingehört. Als hätte es Ethan auf direktem Weg aus meiner Brust gerissen und mitgenommen. Wo auch immer er ist. Was auch immer er tut.

»Komm schon, sprich mit mir!«

Wie versteinert sitze ich auf dem Sofa und wippe vor und zurück. Mein größter Alptraum bewahrheitet sich. Nie hätte ich damit gerechnet, dass er einfach verschwindet. Ohne ein Wort, ohne eine klitzekleine Nachricht. Er hat alles mitgenommen und kein Anzeichen für die letzten Jahre dagelassen. Es ist, als gebe es ihn gar nicht, und Ethan ging noch einen ganzen Schritt weiter. Er hat seine Nummer deaktiviert, seine Accounts gelöscht und sich komplett von mir distanziert. Keine Chance, ihn jemals zu finden, zu erreichen.

Er ist fort und ich weiß nicht, wie ich weiter existieren soll, ohne ihn.

KAPITEL 1

Ich schaue in den Spiegel vor mir und erkenne die Person gar nicht wieder, die ihren starren Blick auf mich richtet. Ich habe mich wirklich verändert. Die kleine süße Talia ist fort und ich habe mich vollkommen gehen lassen. Wie konnte das passieren?

»Talia. Ich habe es nicht so gemeint. Komm da raus.« Die Stimme meiner besten Freundin Grace dringt zu mir und meinem Gedankenkarussell durch. Ich blende sie aus und konzentriere mich nur auf mein Spiegelbild.

Vier ganze Jahre habe ich nicht auf mich und meine Bedürfnisse geachtet. Vier Jahre, die ich vollkommen verschenkt habe und die mir gestohlen wurden. Erst heute Morgen bin ich in Chicago gelandet. Ich wagte den Schritt und bin zu meiner Freundin Grace gezogen. Wir haben uns lange nicht gesehen und sie hat mit jedem ihrer Worte recht, die mich direkt getroffen haben und über die ich mir jetzt und in diesem Moment Gedanken mache.

»Es tut mir wirklich leid«, säuselt sie vor dem Badezimmer, in dem ich mich hastig eingeschlossen habe.

Bevor sie auf die verrückte Idee kommt, auf irgendeine Art und Weise hier einzudringen, beruhige ich sie. »Eine Minute. Ich brauche noch eine Minute für mich.«

Grace hat mir geholfen und möchte mich aus dem Loch ziehen, in dem ich mich seit vier Jahren verstecke. Ich habe niemanden an mich herangelassen und muss diesen Umzug als Neustart sehen. Denn genau das ist er. Ein Neustart für den Rest meines Lebens. Mein Ende muss zu einem Anfang werden und deshalb bin ich hier. Also muss ich mich wieder sammeln und einen neuen Weg einschlagen. Hier in Chicago, wo mein Leben damals eine heftige Wendung genommen hat, muss es jetzt wieder bergauf gehen.

Ich sammle mich und öffne die Tür, an der Grace lehnt und gespannt auf mich wartet. *Sie meint es gut,* wiederhole ich in Gedanken, um mir das immer und immer wieder einzureden. Sie möchte mir helfen, ganz klar.

»Es ist alles in Ordnung. Mach dir keine Sorgen«, sage ich ruhig und sachlich, fast schon emotionslos.

»Ich wollte dich nicht überrumpeln, Talia. Du musst aus deinem Schneckenhaus kommen und der Welt wieder mit offenen Armen begegnen.«

Das sagt sie so leicht. Schließlich hat sie ihr Leben bis jetzt gelebt und sich nicht wegen einer traurig endenden Beziehung vier Jahre vor jedem Mann versteckt, der ihr begegnet ist. Langsam aber sicher muss ich mein Leben mit meinen siebenundzwanzig Jahren wieder in den Griff bekommen, so viel steht fest.

»Ich weiß, dass du es nur gut mit mir meinst, und doch fällt es mir schwer, mich mir nichts dir nichts zu ändern.«

Noch immer lehnt sie im Türrahmen und lässt mich nicht vorbei. Grace verschränkt ihre Arme vor der Brust und setzt ihren Hundeblick auf. Ich konnte ihm noch nie widerstehen. Ihre großen blauen Augen durchbohren mich und ich kann ihr nichts abschlagen.

»Wirst du morgen zum Bewerbungsgespräch gehen? Bitte, Talia«, fragt sie süßlich und erwartungsvoll zugleich. Sie wusste bereits, bevor ich hier angekommen bin, dass ich einen Job brauchen werde, und so ist es. Sie hat mich damit völlig überrumpelt und dann auch noch gleich morgen.

Die Kanzlei, die sie mir unter die Nase reibt, nennt sich Hunt, Clark, Davis & Jones. Natürlich habe ich schon das Internet befragt und bin auf einen gewaltigen Tower gestoßen. Sie gehören zu den führenden Kanzleien im Strafrecht und haben schon einige Gauner erfolgreich verteidigt. Die übrigen Etagen sind durch andere Rechtsgebiete besetzt und insgesamt hat mich der Blick auf die verschiedenen Bilder noch nervöser und unsicherer gemacht. Ich komme aus einer Dorfkanzlei, in der nicht sonderlich viel passiert. Dennoch liebe ich meinen Beruf und gerade das Strafrecht.

»Ich werde hingehen. Nur für dich, Grace. Aber ich male mir keine großen Chancen aus, genommen zu werden.«

»Ryan wird dich auf jeden Fall einstellen«, sagt sie mit Nachdruck und voller Überzeugung.

Von Ryan hat sie mir schon so einiges erzählt. Ob ich wirklich etwas von ihm halte, wird sich herausstellen. Er ist kein Mann für die Ewigkeit.

Eher einer für die nächste Bettgeschichte. Deshalb kann ich ihn nicht leiden, auch wenn ich ihn nicht kenne oder bisher gesehen habe. Das wird sich ändern. Denn morgen ist es so weit und ich werde ein Gespräch mit ihm führen.

Ich habe mir fest vorgenommen, mich zu entwickeln und wiederzufinden. Ich habe mich verloren und meinen Weg aus den Augen gelassen. Ich habe gelitten und mich keinem Menschen geöffnet. Doch ab morgen soll sich mein Leben wieder zum Guten wenden. Ich habe das Gefühl, dass jetzt meine Zeit kommt.

»Wenn du das sagst. Lässt du mich jetzt vorbei oder soll ich meine Zeit weiter im Bad verbringen?«, frage ich sie belustigt.

Grace zieht eine Augenbraue hoch und beäugt mich kritisch. »Gut. Wenn du versprichst, morgen dein Bestes zu geben.«

»Ja, ja, natürlich! Ich will mein Leben wieder in die eigenen Hände nehmen.«

Blah, Blah, Blah. Natürlich will ich, dass es mir besser geht, und ich sehe auch den Nutzen dieses Gesprächs. Also werde ich es tun. Aber Grace kann ziemlich nerven, selbst wenn sie es nur gut meint. Dennoch hat sie es in kurzer Zeit geschafft, mich wieder zu motivieren.

»Du musst mir nach dem Gespräch auf jeden Fall berichten.«

»Du meinst, über Ryan«, ziehe ich sie auf.

»Stimmt, aber wie du abschneidest, interessiert mich natürlich auch«, erwidert sie und ich kann ihr gar nicht böse sein.

»Es läuft wohl nicht so gut bei euch«, stelle ich fest.

Grace lässt den Arm sinken, mit dem sie mir den Weg durch die Tür blockiert hat, und sich auf das Sofa im Wohnzimmer fallen.

Ich lasse mich neben ihr nieder und nehme sie kurz in den Arm. »Er ist deine Tränen nicht wert«, sage ich sanft und tröste meine beste Freundin. Ich weiß noch genau, wie es mir damals erging, als ich plötzlich verlassen wurde. Mit Ryan verhält es sich ganz anders. Er hält sie schon ziemlich lange hin und geht keine feste Beziehung ein. Er meldet sich nur sporadisch und ja, das tut auch mir weh. Schließlich geht es um meine Freundin, die zudem ein Herz aus Gold besitzt.

»Er hat sich nicht mehr gemeldet. Drei Wochen sind vergangen, seitdem ich mit ihm wegen der offenen Stelle gesprochen habe«, schluchzt sie und schluckt schwer.

»Ich werde ihn mir vorknöpfen, sobald ich die

Gelegenheit dazu bekomme. Das verspreche ich dir. Aber jetzt hörst du auf, Tränen zu vergießen.«

Grace schaut mich an und lässt ihre Mundwinkel sinken. »Wenigstens verstehst du mich«, jammert sie und ich drücke sie noch einmal ganz fest.

»Vielleicht wird es auch einfach Zeit, ihn loszulassen. Konzentriere dich auf jemand anderes.«

»Ach, du meinst also, so wie du vier Jahre lang?«, fragt sie belustigt. Endlich bekomme ich ihr Lachen wieder zu sehen und zu hören, auch wenn sie damit voll ins Schwarze getroffen hat. Ich habe ihn seither nicht mehr gesehen und hoffe, ihm nie wieder zu begegnen. Es hat mich viele Jahre gekostet, heute hier zu stehen und mein Leben neu aufzubauen.

Der Abend schreitet weiter fort und es wird Zeit, ihn ausklingen zu lassen. Ich war schon lange bei keinem Bewerbungsgespräch mehr und hoffe, Ryan Clark morgen zu überzeugen. Von mir und meinem Können.

Zum Glück weiß ich genau, wo sich die Kanzlei befindet, da ich nicht zum ersten Mal in Chicago bin. Vor einigen Jahren habe ich an einem Auslandsjahr teilgenommen und war seither immer wieder in dieser schönen Stadt. Ethan und ich haben hier gelebt, bis er mich verlassen hat und ich weggezogen bin. Wir haben uns hier kennen und lieben gelernt. Ganz zufällig. Ich habe ihn nach dem Weg gefragt und er bot mir an, mich zu dem Café zu bringen, in dem ich verabredet war. Grace hat schon auf mich gewartet und ich habe das Schmunzeln in ihrem Gesicht vernommen. Ethan hat mir seine Nummer romantisch auf ein Kaugummipapier geschrieben und gemeint, ich könne ihn jeder Zeit anrufen, wenn ich einen Wegweiser brauche. Gesagt getan.

Ich verbinde nicht nur Gutes mit dieser Stadt. Dennoch gebe ich ihr eine Chance. Schließlich habe ich Grace hier kennengelernt. Hier, in Chicago, durfte ich die schönste Zeit meines Lebens verbringen, mit ihm. An seiner Seite.

Meine Gedanken schweifen ab. Mir fällt ein, dass ich gar nicht weiß, für welche Stelle ich mich bewerbe. Als gelernte Rechtsanwaltsfachangestellte bin ich flexibel einsetzbar und gespannt, welche Aufgaben mich erwarten.

Der prasselnde Regen, der auf die Fensterbank tropft, weckt mich. Meine Nacht war viel zu kurz. Ich habe mich stetig hin und her gewälzt, weil sich all meine Gedanken um das heutige Gespräch drehten.

Ich versuche immer wieder, die ständigen Sorgen in meinem Kopf auszublenden, und doch kämpfen sie sich besonders nachts an die Oberfläche. Sobald ich mich hinlege, kommen mir die seltsamsten Ideen und so müde ich auch bin, ich kann nicht einschlafen. Oft gesellt sich dann noch ein Ohrwurm dazu und das Chaos in meinem Kopf ist perfekt.

Als ich aus dem Fenster schaue, erkenne ich die graue Wolkenfront, die sich über der Stadt hält. Die Sonne schafft es kaum, ihre Strahlen bis zu uns durchdringen zu lassen, und der Tag ist ziemlich dunkel. Ich will aber meinen anhaltenden Pessimismus bei Seite schieben und nicht daran denken, dass das Wetter ein Zeichen sein könnte. Ein Zeichen dafür, das Gespräch sausen zu lassen und mich lieber wieder im Bett unter meiner weichen Decke zu verkriechen. So, wie ich es Tag für Tag gemacht habe. Dennoch zwinge ich mich zu freundlichen Gedanken und versuche, das Positive zu sehen, auch durch den anhaltenden Nebel hindurch.

Widerwillig schleppe ich mich zum Kleiderschrank und zerre einen schwarzen Bleistiftrock und eine weiße Bluse hervor. Mein Outfit erscheint mir passend für eine Anwaltskanzlei. Ob es ausgerechnet zu dieser passt, weiß ich nicht, und doch denke ich darüber nicht nach.

Die Tür schwingt auf und Grace läuft auf mich zu.

»Von anklopfen hast du noch nichts gehört, oder?«, frage ich sie genervt und kann ihre Antwort kaum erwarten.

»Ups, ist mir völlig entfallen. Ich wollte dich nur fragen, ob du Hilfe brauchst, aber wie ich sehe, hast du die passende Kleidung schon gefunden«, trällert sie und scheint ziemlich fröhlich zu sein. Ihre Sorgen haben sich also in Luft aufgelöst. Wenn sich meine so schnell auflösen würden, wäre ich die glücklichste Person auf der Welt, zumindest in Chicago. Aber nein, sie haben vier ganze Jahre durchgehalten und mich Tag für Tag gequält.

Ich stehe vor dem Schrankspiegel und beäuge mich von oben bis unten kritisch. »Haare hochstecken oder offen lassen?«, frage ich Grace mürrisch. Ich gehe davon aus, dass sie sich da auskennt und durch Ryan ein paar Erfahrungen damit hat.

Sofort macht sie sich an meinen Haaren zu schaffen und wirbelt sie in der Luft herum. »Wir sollten sie hochstecken. Du siehst auch so schon

22

ziemlich spießig aus. Dann können wir dein Erscheinungsbild noch festigen«, antwortet sie frech.

»Vielen Dank auch.«

Grace steckt meine kräftigen, schokoladenbraunen Haare, die dieselbe Farbe wie meine großen Augen haben, mit einer Klammer nach oben. Ich erkenne mich selbst nicht wieder und schlüpfen in die schwarzen Pumps, die meine zu kurz geratenen Beine zur Geltung bringen sollen. Mit meinen 1,68 bin ich nicht gerade groß geraten und kann die zusätzlichen zehn Zentimeter gut gebrauchen.

»Ich danke dir, Grace.«

»Ich bin immer für dich da, Talia. Du brauchst dich nicht zu bedanken. Und jetzt lauf schon los, bevor du noch zu spät kommst. Sonst kann ich für nichts garantieren«, erwidert sie mit einem Augenzwinkern.

Unser gestriger Abend ist ein wenig eskaliert und wir haben uns eine Flasche Wein gegönnt. Entsprechend lang habe ich geschlafen und der Mittag ist bereits in vollem Gange. Ich habe ihren Ryan noch nie getroffen und bin gespannt, wie er so ist. Irgendetwas muss sie in ihm ja sehen, wenn sie sich so stark von ihm abhängig macht.

Da ich in diesem Outfit und bei dem Wetter

nicht auf der Straße herumlaufen möchte, habe ich mir bereits ein Taxi bestellt, welches jeden Moment hier ankommt. Ich schnappe mir also meine kleine schwarze Handtasche und mache mich auf den Weg nach unten. Grace und ich wohnen in ihrem Elternhaus im oberen Stockwerk. Die restlichen sind durch ihre Familie blockiert.

»Bis später«, rufe ich nach oben, bevor ich aus der Haustür in den Tumult der Stadt trete.

»Viel Glück«, schallt es zurück.

Der Taxifahrer hält mir bereits die Tür auf und begrüßt mich. Ich kenne ihn und freue mich, dass er es ist, der mich zur Kanzlei fährt.

»Vielen Dank, Mason.«

»Gern geschehen, liebe Talia. Wie schön, dich wiederzusehen. Wie lange ist es jetzt her?« Seine freundliche Art ist mir schon damals sofort aufgefallen. Mason ist in meinem Alter und hatte es auch nicht immer leicht im Leben.

»Ganze vier Jahre. So lange war ich nicht mehr hier.«

Nach einer kurzen Pause reißt Mason mich aus meinen Gedanken und lenkt mich gleichzeitig von ihnen ab. »Wo darf ich dich denn hinbringen?«

Ich habe vor lauter Aufregung ganz vergessen,

24

ihm den Kanzleinamen mitzuteilen. »Ich habe ein Bewerbungsgespräch bei Hunt, Clark, Davis & Jones. So weit dürfte es nicht sein.«

Er nickt mir zu und rast durch die Straßen. Ich habe Glück und um diese Zeit ist es hier nicht mehr besonders voll. Die Hauptverkehrszeiten kann ich umgehen und Grace hat die perfekte Uhrzeit ausgewählt. Der Abend rückt in greifbare Nähe. Ich habe mich auf einige unangenehme Fragen eingestellt und doch hoffe ich, sie würden nicht auf mich zukommen. Ich habe zuletzt in meiner Ausbildungskanzlei gearbeitet und bisher nur das eine Bewerbungsgespräch erlebt, um den Ausbildungsplatz zu bekommen.

Dieses wird also mein erstes, ernstes Gespräch sein, welches ich bisher geführt habe. Meine Nervosität droht zu entgleiten und ich spüre das Adrenalin, das durch meine Adern fließt. Ich habe das Gefühl, erdrückt zu werden, und alles geht so wahnsinnig schnell.

Schließlich habe ich mich die ganzen Jahre über versteckt und bin jeder Konfrontation aus dem Weg gegangen. Nun wird es ernst und es gibt kein Entkommen, kein Zurück mehr. Ich muss mich meiner Zukunft stellen und nun einen Fuß vor den anderen setzen.

»Wir sind da. Ich wünsche dir viel Glück und fahre dich danach gern zurück«, sagt Mason freundlich und lächelt mir zu.

Ich schaffe es nicht, seine Freundlichkeit zu erwidern, da sich meine Gedanken um alles Mögliche drehen, und bedanke mich mit zusammengebissenen Zähnen bei ihm. Mein Herz klopft mir bis zum Hals und droht, aus meiner Brust zu springen. Als ich aussteige und mein Blick auf das Hochhaus vor mir fällt, welches prachtvoll und mächtig in den Himmel ragt, kann ich kaum glauben, in diesem Augenblick genau hier zu stehen. Ich kann kaum glauben, diesen Schritt bis hierher gewagt zu haben, und gönne mir einen Moment zum Durchatmen. Langsam ein und wieder aus. So, wie ich es gelernt habe, um mich selbst zu beruhigen und mein inneres Gefühlschaos in den Griff zu bekommen. Als ich langsam auf die gläserne Drehtür steuere und hindurch gehe, lächelt mir die junge Dame am Empfang bereits entgegen.

Alles hier ist minimalistisch in einem strahlenden Weiß gehalten gestaltet und eingerichtet worden. Auch die Dame am Empfang, die immer noch erwartungsvoll auf mich wartet, wirkt so farblos und verschwimmt mit dem Rest der Empfangshalle. Die vielen Eindrücke erschlagen mich beinahe und ich rede mir ein, dass ich eine ausgezeichnete Wahl bin, die man sich nicht entgehen lassen sollte.

»Guten Tag«, ertönt die schrille Stimme der Frau, die hinter dem Empfangstresen steht. »Wie kann ich Ihnen helfen? Haben Sie einen Termin?« Sie wirkt aufgedreht und viel zu aufgesetzt.

»Ich heiße Talia White und komme für das Bewerbungsgespräch bei Herrn Clark.«

Eigentlich möchte ich das alles nur schnellstmöglich hinter mich bringen und denke schon jetzt wieder an mein kuscheliges Bett, das zu Hause auf mich wartet.

Ich bemerke ihren abschätzenden Blick sofort, als sie mich begutachtet und ihre kalten blauen Augen meinen Körper entlang wandern.

»Kommen Sie bitte mit.« Ihr blonder Pferdeschwanz wippt hin und her.

Ich laufe ihr ziemlich unbeholfen nach und hoffe insgeheim, dass nicht alle Angestellten eine solch arrogante Art besitzen. Ihrem Gesichtsausdruck konnte ich direkt entnehmen, dass sie nicht viel von mir und meinem Auftreten hielt. Ich mache mir darüber aber keine weiteren Gedanken, da ich nicht ihr, sondern Ryan Clark gefallen muss. Und das auch nicht äußerlich, sondern mit

Kopf und Verstand. Nur ihn muss ich von meinem Können überzeugen und anschließend würde ich sowieso mein Ding machen, so wie immer.

»Bitte setzen Sie sich. Ich werde Herrn Clark informieren«, zischt sie und macht auf dem Absatz kehrt. Sie wird nicht meine beste Freundin hier.

Das Besprechungszimmer ist im Gegensatz zur Eingangshalle dunkler und eindringlicher. Die durchgehende Fensterfront hinterlässt einen bleibenden Eindruck und ich erhalte einen einmaligen Blick auf die gegenüberliegenden Hochhäuser. Langsam kämpft sich die Sonne durch die dichten Wolken und der Regen hat aufgehört.

Als ich mich umdrehe, schrecke ich hoch und mein Herz macht einen Satz. Mein Blick fällt direkt auf den edel gekleideten Mann mit Dreitagebart und schwarzem Anzug. Ein weißes Hemd blitzt unter seinem Jackett hervor. Seine Haare sehen aus, als hätte er sie in purem Karamell getaucht und seine Augen leuchten wie Bernstein. Schlagartig wird mir bewusst, was Grace an ihm findet. Ryan Clark ist äußerst attraktiv, auch wenn er eine undurchdringliche Miene aufgesetzt hat.

»Frau White. Es war nicht meine Absicht, Sie zu erschrecken. Bitte setzen Sie sich doch«, ertönt seine raue und ernste Stimme, die mir einen Schauer über den Rücken jagt. Ja, ich weiß ganz genau, was Grace an ihm findet.

Ungeschickt wie immer lasse ich mich auf den schwarzen Lederstuhl fallen.

Ryan öffnet den Knopf seines Jacketts und setzt sich direkt gegenüber von mir an das Tischende. Dieser Raum ist sicherlich nur einer von vielen. Seine Größe lässt nämlich zu wünschen übrig und vielleicht dient er nur kleineren Besprechungen.

»Ich habe die Aussicht genossen. Sie haben es wirklich schön hier und die Lage ist gut«, gebe ich zurück.

Er geht nicht darauf ein und fährt fort. »Ich möchte direkt auf den Punkt kommen. Wieso sollte ich gerade Sie einstellen?«

Seine Frage ärgert mich, auch wenn ich mich eigentlich gut vorbereitet habe. Denn sein Ton reizt mich auf Anhieb.

Ich bleibe ruhig und versuche, mir meinen Ärger nicht anmerken zu lassen. Was für ein Arsch. »Ich kenne mich im Strafrecht aus und habe einige Jahre in einer Kanzlei mit diesem Schwerpunkt gearbeitet. Ich möchte mich …«

Ryan gibt mir keine Chance, meinen Satz zu beenden, und unterbricht mich. Damit habe ich nicht gerechnet. »Sie möchten sich beweisen«, beendet er meinen angefangenen Satz und es ist, als würde er mich durchschauen. »Ich mache das hier nicht zum ersten Mal, Frau White. Wenn Sie mich überzeugen wollen, müssen Sie ehrlich zu mir sein«, fährt er einschüchternd fort.

Mir wird klar, dass ich so nicht weiterkomme, und ich beschließe, zu kämpfen. Er regt meinen Kampfgeist an und ich atme noch einmal tief ein, bevor ich freien Herzens beginne und ihm die ganze Wahrheit auf einem Silbertablett serviere. Eigentlich bin ich kein offener Mensch und will sicherlich kein Mitleid. Ich sehe meine Chance direkt vor mir, neu zu beginnen, und entscheide mich dafür, meine Schüchternheit beiseitezuschieben, für einen Moment einfach außer Acht zu lassen.

»Vor vier Jahren schlug mein Leben eine harte Wendung ein. Ich stand vor dem Nichts und habe mich in dieser Zeit gänzlich verloren. Ich habe mich lange vor mir selbst und den Menschen da draußen versteckt und erst durch Grace neuen Mut geschöpft. Ich sehe meinen Ausweg aus diesem Loch genau hier. Ich bin sehr gut in dem, was ich tue, und möchte meine Energie in diesen Job stecken.«

30

Ryan Clark unterbricht mich nicht und starrt mich weiterhin an. Seine Miene bleibt kühl und gelassen. Also fahre ich fort und lasse mich nicht beirren.

»Ich möchte nie wieder zurückfallen und den neuen Weg gehen, der sich vor mir zeigt. Dieser Job wäre der Anfang und er würde mir so viel geben. Ich liebe den Kontakt zu Menschen, ihnen zu helfen und mich für sie einzusetzen«, schießt es aus mir raus. »Ich bin bereit, für diese Kanzlei zu kämpfen«, setze ich nach einer kurzen unangenehmen Pause nach.

Ryan scheint nachdenklich zu sein und ich habe das Gefühl, zu viel preisgegeben zu haben. Als er aufsteht, sein Jackett wieder zugeknöpft hat und auf die Tür zugeht, sehe ich meine Chance in Scherben auf dem Boden liegen. Meine pessimistische Art dringt in den Vordergrund und nagt an meinem Selbstbewusstsein, welches ich eben noch besessen habe.

Hält er mich für kaputt oder gar zerstört? Denn das bin ich nicht. Ja, vor einiger Zeit war ich mehr als kaputt und doch habe ich einen ziemlich großen Sprung gemacht. Ich muss bedenken, dass er mich nicht kennt und mich deshalb schlecht einschätzen kann.

Ich sinke tiefer in den Stuhl und lasse mir meine verletzliche Art nicht ansehen.

»Worauf warten Sie?«, dringt seine tiefe Stimme zu mir durch.

Worauf ich warte? Verwirrt schaue ich ihn an und stehe langsam auf.

»Kommen Sie schon.« Er lächelt mir das erste Mal zu. »Ich bin übrigens Ryan. Wir sind hier alle ziemlich gelassen und eher eine große Familie. Wenn Sie möchten, nennen Sie mich Ryan«, sagt er freundlich und hinterlässt dennoch ein komisches Gefühl in meiner Magengegend.

Meint er das ernst?

»Ich bin Talia«, stottere ich.

»Es freut mich sehr, dich kennenzulernen, Talia. Folge mir bitte.«

Ryan hält mir die Tür auf und ich schlüpfe hindurch. Die Flure der Kanzlei sind ziemlich verzweigt und alles scheint so riesig zu sein. Er bleibt an einer geschlossenen Tür stehen, klopft kurz und öffnet sie.

»Austin, ich möchte dir jemanden vorstellen.«

Zaghaft setze ich einen Fuß vor den anderen. Meine Nervosität bringt mich irgendwann noch um. »Hallo, ich bin Talia White.«

Er ergreift meine Hand, die ich ihm ausgestreckt

hinhalte, um mich vorzustellen. »Austin Davis. Nennen Sie mich Austin«, ertönt seine freundliche Stimme. So ganz anders als die von Ryan.

»Talia wird unsere Sekretärin«, sagt Ryan. Hat er das gerade wirklich gesagt oder träume ich?

Meine Stimmung schlägt Purzelbäume und ich freue mich darüber, ihn mit meiner offenen und ehrlichen Art überzeugt zu haben. Schließlich schütte ich nicht jedem mein Herz einfach so aus. Da dieses Gespräch aber ganz anders war, als ich vorher gedacht habe, musste ich mit offenen Karten spielen.

»Wow, es ist ziemlich schwer, den Boss persönlich von sich zu überzeugen. Wie du das wohl angestellt hast?«, fragt er schelmisch und grinst. Austin ist wirklich eine Erscheinung für sich. Seine platinblonden Haare passen perfekt zu den grauen Augen, die wiederum zu den dunklen Wolken da draußen passen. Ich habe schnell festgestellt, dass die beiden ungefähr im selben Alter sein müssen. Dafür leiten sie bereits eine große Anwaltskanzlei mitten in der Stadt, die hoch im Kurs steht und dabei ziemlich gut laufen soll. Zumindest wenn ich nach den Informationen gehe, die ich herausgefunden habe. Sie müssen reiche Eltern oder irgendeinen Jackpot geknackt haben.

Anders kann ich mir nicht vorstellen, wie sie eine solche Kanzlei aus dem Boden gestampft haben. Was wohl dahintersteckt?

Natürlich habe ich die Anspielung bemerkt, die Austin gemacht hat. Ganz neben der Spur bin ich nun auch wieder nicht und doch mache ich mir aus solchen Bemerkungen nichts mehr.

»Tja, das bleibt dann wohl mein Geheimnis«, erwidere ich schlagfertig.

»Ryan, sie gefällt mir. Talia passt bestimmt gut hierher«, erwidert er euphorisch.

Ich kann nicht bestreiten, dass mir Austin sympathisch ist, und ich bin auf die Zusammenarbeit gespannt. Ich habe die Blicke von Ryan gespürt und weiß genau, dass er sich amüsiert.

»Jetzt habt ihr euch ja kennengelernt und wir lassen dich weiterarbeiten, Austin«, mischt Ryan sich ein. »Ich möchte dich gern noch meinem zweiten Partner vorstellen. Er wird sich sicher freuen, dass ich endlich jemanden eingestellt habe.«

Ich laufe ihm durch die hellen Flure hinterher und bin begeistert von der Innenarchitektur. Kunstvolle Bilder zieren die weißen Wände und es gibt einiges zu entdecken. Die vielen Regale voller Gesetzbücher sind mir direkt aufgefallen.

Ryan bleibt an einer schwarzen Holztür stehen

und ich atme tief ein, bevor ich dem nächsten und sicher genauso attraktiven Anwalt begegne. Denn Ryan und Austin stellen beide eine Augenweide dar und ich würde lügen, wenn ich sage, dass sie mir nicht gefallen. Schließlich habe ich seit vielen Jahren keinen Mann mehr an meiner Seite gehabt und doch wünsche ich mir einen Partner. Einen, der mich auffängt, wenn ich drohe, hinzufallen. Einen, der mich nicht von heute auf morgen im Stich lässt und sich nie wieder zeigt. Der seine Nummer sperrt, seine gesamten E-Mail-Accounts löscht und untertaucht, als wäre er ein verdammter Geist. Bis heute frage ich mich, was aus ihm geworden ist, und bis heute ist mir klar, dass er mein Herz mitgenommen hat. Denn all die Jahre schon ist es so, dass ich nichts empfunden habe. Ich habe mich leer gefühlt, als fehle ein wichtiger Teil von mir.

Ryan hat mir eine Minute gegönnt, um die Eindrücke kurz sacken zu lassen, und macht die Tür auf, die mich von einem meiner neuen Chefs noch trennt. Direkt fällt mir die Dunkelheit auf, die in diesem Raum herrscht. Lediglich die Fensterfront lässt fahles Licht hinein und taucht alles in ein Silbergrau. Ein anregender und unverwechselbarer Duft steigt mir in die Nase und meine Gedanken spielen schlagartig verrückt. Er ist mir bekannt. Sogar mehr als das. Auch nach vielen Jahren würde ich mich immer daran erinnern.

Ryan schaut mich an und ich erkenne seinen fragenden Blick. Am Fenster, direkt gegenüber von mir, steht er. Ein hochgewachsener Mann mit schwarzen Haaren und einem weißen Hemd.

Unmöglich, sage ich in Gedanken zu mir selbst. *Er kann es unmöglich sein. Beruhige dich, Talia.*

Als er sich zu uns umdreht, hört meine Welt für einen Moment auf, sich zu drehen. Ich sehe ihm direkt in seine dunklen grünen Augen. Mein Herz bleibt stehen, welches gerade eben noch raste. Mir bleibt die Luft weg und ich fühle mich zurückversetzt in eine Zeit, die ich hinter mir lassen wollte. Mit einem Mal ändert sich alles und ich würde ihn am liebsten sofort zur Rede stellen. Ich würde ihm sagen wollen, wie sehr er mich verletzt hat, und dabei will ich einfach nur wissen, wieso. Wieso ist er von heute auf morgen verschwunden und hat mich zurückgelassen?

Als sein Blick meinen trifft, hält er diesem nicht stand.

Feigling, will ich rufen und doch bremse ich mich. Er schaut auf das Glas in seiner Hand und lässt sich nichts anmerken.

»Ethan, ich möchte dir unsere neue Sekretärin vorstellen. Sie wird ab sofort unsere rechte Hand sein und ist zuständig für alles, was uns vier betrifft«, verkündet Ryan und holt mich ins Hier und Jetzt zurück.

Ich schüttele mich unauffällig und versuche, mir nichts anmerken zu lassen. Ich bemühe mich, einen kühlen Ausdruck aufzusetzen. In diesem Moment beschließe ich, mein Leben weiterhin selbst in die Hand zu nehmen und jetzt die Unnahbare zu spielen. Also gehe ich zwei Schritte auf ihn zu und halte ihm meine Hand hin. Dieses Manöver kostet mich all meinen zusammengekratzten Mut, den ich in dieser Situation aufbringen kann.

»Ich bin Talia White, freut mich«, stelle ich mich ihm vor, auch wenn er mich ziemlich gut kennt.

So, als verstehe er nicht, was hier gerade passiert, ergreift er meine Hand und lässt sie ganz schnell wieder los. »Ethan Hunt«, ertönt seine raue, dunkle und so erregende Stimme. Meine Nackenhärchen stellen sich auf und ein kalter Schauer rieselt meinen Rücken hinunter.

Seine flüchtige Berührung hinterlässt ein Prickeln auf meiner Haut. Mein Herz rast, welches eben noch stillstand. Mir wird ganz heiß und auch nach all den Jahren schafft er es, mich in seinen Bann zu ziehen. Er spielt mein perfides Spiel mit.

»Viel Erfolg«, sagt er unbeeindruckt und gelangweilt.

Ryan schaut abwechselnd zu Ethan und mir. Ich sehe ihm an, dass er nicht versteht, was hier passiert. Ich würde es ihm ja gern erklären, wenn ich selbst eine Antwort darauf hätte.

»Gut, dann haben wir das ja auch geschafft«, unterbricht Ryan die merkwürdige und angespannte Situation. Er schiebt mich aus der Tür und schließt sie, ohne zu zögern. »Entschuldige bitte. Ich weiß nicht, warum er so verschlossen ist. Eigentlich kann er ganz anders«, versucht er sich zu rechtfertigen. Aber wem sagt er das. Natürlich kann Ethan anders. Ganz anders. Doch davon hat Ryan keinen blassen Schimmer.

»Wir sind uns schon einmal begegnet, vor langer Zeit«, erwidere ich zaghaft.

»Verstehe. Ich hoffe, du nimmst die Stelle an. Nicht viele Menschen können mich so schnell überzeugen.«

Mein Kampfgeist wurde geweckt. Ich habe Blut geleckt und werde nicht aufgeben. Ich werde mich nicht mehr verkriechen und ihm nicht die

Genugtuung geben, die Stelle abzulehnen. Mein Leben gehört mir und er hat sich das Exklusivrecht verspielt, indem er mich verlassen und zurückgelassen hat.

Ethan Hunt soll sich darauf gefasst machen. Denn ich werde mich nicht unterkriegen lassen.

»Ich nehme die Stelle an«, sage ich siegessicher. Es wird Zeit, ihm zu zeigen, was er verloren hat.

KAPITEL 2

Gerade eben stand sie persönlich vor mir. In meinem Büro, in meiner Wildbahn. Sie spielt die Starke und versucht, sich nichts anmerken zu lassen.

Ein Löwe riecht die Angst seiner Beute. Er spürt sie und ich weiß, dass sie sich hinter einer Fassade versteckt. Talia ist aber nicht die Beute. Sie ist auch keine Prinzessin. Talia ist eine verdammte Königin. Sie spielt ein Spiel und ich versuche, es mitzuspielen. Sie kennt mich nicht? Gut. Umso reizvoller wird es für mich, sie aus dem Konzept zu bringen. Sie kann versuchen, sich von mir fernzuhalten. Wenn ich will, finde ich sie überall.

Nach vier Jahren steht sie direkt vor mir und ich kann meine Augen nicht von ihr lassen. Wenn sie klug ist, wird sie nicht laufen, denn sie sollte rennen. Weit weg von hier und noch weiter weg von mir. Schwarze Schatten verfolgen mich und ich darf Talia nicht mit in die Dunkelheit ziehen, die mich umgibt.

Ich lasse mich wieder in meinen Sessel sinken und zerre an meiner Krawatte. Sie bringt mich um den Verstand. Alles in mir giert nach ihr. Ich öffne die oberen Knöpfe meines Hemdes, um besser atmen zu können.

Als es an der Tür klopft, befürchte ich erst, dass es Talia sein könnte. Zum Glück behalte ich Unrecht und lediglich Ryan schiebt sich durch den offenen Spalt.

»Ethan, was ist los mit dir?«, fragt er mich verwundert. Er bedient sich an meiner Whiskybar und schnappt sich eines der Kristallgläser. Ich bin kein Trinker. Oft arbeite ich bis in die Nacht hinein, um mich abzulenken. Von meinen Gedanken und von ihr. Dann genehmige ich mir durchaus ein oder zwei Gläser. Am Tag muss ich einen kühlen Kopf bewahren und den harten, kampfbereiten Anwalt geben. Meine Mandanten brauchen mich und schätzen meinen Rat. Vor Gericht geht es nicht gerade glimpflich zu und ich muss undurchschaubar sein.

»Ryan«, erwidere ich genervt. Eigentlich will ich nur meine Ruhe haben.

Ryan gehört zu meinen engsten Vertrauten. Ich würde mein Leben in seine Hände geben, wenn es sein muss. Er ist ein Freund, ein Bruder und mein Verbündeter. Wir teilen nicht nur diese Kanzlei, den Anwaltsstatus oder unsere Interessen. Er weiß alles von mir, einfach alles. Und ich kenne jedes Detail aus seinem Leben. Uns verbindet so viel mehr als Geld und Ruhm.

»Ein harter Tag, was?«, stellt er fragend fest und setzt sich auf den freien Sessel vor meinem Schreibtisch.

»Was du nicht sagst«, erwidere ich. »Wie hat Talia White dich überzeugen können, sie einzustellen?«

Es interessiert mich brennend. Diese Person, die hier vor mir stand, war nicht die Talia, die ich kenne oder besser gesagt kannte. Sie bleibt mir immer im Gedächtnis, aber so schlagfertig wie heute habe ich sie noch nie erlebt.

»Sie war ehrlich zu mir, ohne große Reden«, sagt er ernst. »Sie hat mir ihre Geschichte erzählt.«

Welche Geschichte er wohl meint? Ich bin mir sicher, dass sie ihm unsere nicht anvertraut hat. Auch ich habe das nie. Ryan verlangt es nicht von mir. Er lässt mir den Freiraum, den ich brauche. Er weiß, wieso ich meine damalige Freundin verlassen musste, und er hat selbst keine andere Wahl. Wir dürfen keine Beziehungen eingehen. Es ist gefährlich und ich muss mich zügeln.

Nachdem ich sie gesehen habe, steigt mein Verlangen nach wie vor an. Nach ihr, nach unserer gemeinsamen Zeit. Ich hoffe, sie kann mich ziehen lassen. Es gibt keinen anderen Weg. Jeder Mensch, den ich liebe, gerät früher oder später in große Gefahr und ich muss mit ansehen, wie mir alles genommen wird.

Als ich nicht mehr als ein Grummeln von mir gebe, fährt Ryan fort. »Sie hat mir erzählt, dass ihr euch kennt, Ethan.«

Also doch. Sie hat ihm doch mehr erzählt.

»Hat sie gesagt, in welcher Beziehung wir zueinander standen?«

»Nein. Sollte sie?«

»Nein«, antworte ich.

»Besser so.« Er akzeptiert meine Entscheidung. So wie immer. Für uns gibt es kein Happy End, keinen Ausweg. Unsere Vergangenheit wird uns stets einholen. Egal, was wir tun. Wir müssen damit leben. Keine Liebe, keine festen Bindungen und keine Familie. Wir dürfen uns lediglich eine Nacht gönnen und müssen dann verschwinden. Das, was er mit Grace Hill macht, ist bereits hart an der Grenze. Er liebt sie und leidet. Sie haben keine gemeinsame Zukunft, sie ist aussichtslos. Aus diesem Grund habe ich einen anderen Weg eingeschlagen.

»Ethan, lass uns nicht hier herumsitzen und in Mitleid versinken. Das haben wir nicht nötig. Schlagen wir uns lieber die Nacht anders um die Ohren.«

Ich weiß genau, was er meint. Unsere Stammbar direkt gegenüber. Wenn uns der Whisky ausgeht oder die Arbeit über den Kopf wächst, gehen wir dorthin und treffen öfters auf bekannte Gesichter aus unserer Kanzlei.

»Klingt nach einem Plan«, gebe ich zurück und stelle mein Glas auf dem Schreibtisch ab. Ich ziehe mir die falsch gebundene Krawatte gänzlich aus, kremple die Ärmel meines Hemdes hoch und ziehe mir meine silberne Piaget wieder an mein Handgelenk.

Am Tag gebe ich gern den seriösen Anwalt. Doch die Nacht gehört mir. Zumindest dann, wenn ich sie nicht in der Kanzlei verbringe. Ich würde lügen, wenn ich sage, dass es mir nicht gefällt. Ich genieße die anhaltende Stille. Die Flure sind leer und ich habe den Freiraum, den ich brauche, um der zu sein, der ich bin. Mit meinen dreißig Jahren habe ich schon mehr erlebt als viele andere in diesem Beruf. Ich habe das Privileg, meinen Traumjob auszuleben, und doch bedeckt er mich mit Dunkelheit. Ich denke oft darüber nach, was wäre, wenn ich diesen Weg nicht gegangen wäre. Ich habe aber das Glück, treue Verbündete an meiner Seite zu haben. Ryan, Austin und Finley wissen genau, wie es mir geht. Denn sie haben es ebenso schwer wie ich. Wir müssen da alle durch.

»Träumst du, oder was?«, ruft Ryan vom Flur aus und holt mich aus meinen mitleidigen Gedanken. Ich bin froh, mich von diesem Tag ablenken zu können.

»Ich komme.«

Auf dem kurzen Weg zur Bar blende ich die ständig kreisenden Gedanken aus. Es steht fest, dass Talia daran Schuld ist. Ich habe es vier Jahre erfolgreich geschafft, mich von ihr fernzuhalten, auch wenn ich mich ständig gefragt habe, wie es ihr geht.

Ich konzentriere mich auf den heutigen Abend und die Nacht, die uns gehört. Ich höre bereits die angenehme Musik, die aus der Bar dringt. Als die Tür aufschwingt, weht mir der vertraute Duft des Alkohols und der rustikalen Atmosphäre entgegen. Die Garnitur ist mittlerweile in die Jahre gekommen und doch fühle ich mich auf Anhieb wohl. Es ist gemütlich und gleichzeitig schick. Die dunklen Brauntöne verleihen ihr Charme. An der Bar stehen einige Hocker und ringsum lassen sich kleine Tische finden, die meistens gut besucht sind. Es ist zwar voll und ziemlich laut, dennoch kann ich an diesem Ort ich selbst sein und abschalten. Der Stress der letzten Tage ist wie weggeblasen und beim Betreten freue ich mich, mit Ryan einen draufzumachen. Auch unsere Partner Austin Davis und Finley Jones werden jeden Moment hier eintreffen. Sie arbeiten an einem großen Fall, der sogar in den Medien publik geworden ist. Da sind Überstunden keine Seltenheit.

Austin hat mit seinen einunddreißig Jahren bereits Erfahrung und greift Finley stets unter die Arme. Die beiden sind so unzertrennlich wie Ryan und ich.

»Ich würde sagen, wir trinken erst mal einen«,

ruft Ryan durch die Menge und geht Richtung Bedienung.

»Am Ende muss ich dich wieder nach Hause tragen«, entgegne ich und bezweifle, dass er mir überhaupt zuhört. Er sieht diese Abende ebenfalls als gute Gelegenheit, dem Alltag zu entfliehen, keine Sorgen zu haben und die Arbeit hinter sich zu lassen.

Wortfetzen einer mir sehr bekannten Stimme dringen zu mir durch. »Was soll das?«, stammelt sie nicht mehr ganz nüchtern. »Lass mich in Ruhe, ich will das nicht.«

Als ich erkenne, dass es sich um Talia handelt, schlagen meine Sinne Alarm. Ich kann meine Wut nicht unterdrücken und will, dass der schmierige Kerl neben ihr seine Finger von ihrem Körper nimmt. Gerade als er seine Hand nach ihrem Gesicht ausstreckt, fange ich sie in der Luft ab. Ich schnappe Talias Blick auf und werfe ihr einen kühlen entgegen. Sie hat sich umgezogen. Ein schwarzes kurzes Kleid schmiegt sich an ihre Kurven, die sich direkt in meinen Kopf brennen. Verdammt. Ich werde diese Bilder nie wieder dort rausbekommen.

»Nimm deine Finger von mir«, höre ich die Stimme des widerlichen Mannes, der Frauen ohne ihre Erlaubnis anfasst. Solche Menschen sind Abschaum und ich lasse mich sicher nicht auf eine Diskussion ein.

Ich reagiere nicht und spüre noch immer Talias Blick auf mir ruhen. Sie bedeckt jeden Zentimeter meines Körpers und ich weiß genau, was sie denkt. Wie gern ich sie in diesem Moment entführen möchte. Weit weg von hier und weit weg von diesen Menschen. Nur wir zwei.

Ich reagiere zum perfekten Zeitpunkt und fange die Faust des Mannes ab. Da hat er sich getäuscht. Er sollte sich nicht mit einem Strafverteidiger anlegen, der in seiner Freizeit ein begnadeter Kampfsportler ist.

»Du gehst jetzt besser«, knurre ich zwischen zusammengebissenen Zähnen. Mittlerweile wurde ich zum Highlight des Abends und die meisten Gäste haben sich um uns herum versammelt. Ich sollte Autogrammkarten drucken lassen.

Der Mann schaut mich für einen kurzen Moment an und nickt. »Ok, ok. Ich will keinen Ärger, bitte.«

Hätte er da vorher mal drüber nachgedacht. Ich lasse seine Faust und den anderen Arm los. Er hat Glück gehabt. Wenn Talia nicht anwesend wäre, könnte ich mich nicht so leicht zügeln. Nur zu

gern hätte ich diesem Mann Manieren beigebracht. Auf meine Art und Weise, versteht sich.

Schnell rappelt er sich auf und rennt aus der Bar.
Gut so. Die Menschen um uns herum interessieren
mich nicht, auch wenn sich ihre Blicke in meinen
Rücken bohren. Es ist die Neugier, die sie antreibt.

Talia starrt mich nach wie vor mit ihren großen braunen Augen an. Ich habe mich schon so
oft in ihnen verloren und doch darf ich mich der
starken Versuchung nicht hingeben. Ich muss
mein Verlangen zügeln, welches in mir entflammt. Ich muss mich von ihr fernhalten und
Abstand gewinnen. Dennoch komme ich nicht
umhin, sanft über ihre Wange zu streifen. Jeder
kann es sehen. Jeder hier kann uns sehen und es
ist mir vollkommen egal. Es geht sie nichts an.

»Ethan«, haucht sie und ich nehme meine Hand
so schnell weg, als habe ich mich an ihr verbrannt.

»Ich kann nicht, Tal«, erwidere ich, bestelle
einen Doppelten, den ich herunterkippe, knalle
das leere Glas auf den Tresen und gehe.

Ich schnappe Luft und versuche, mein starkes
Verlangen zu zügeln und auszublenden. Im
nächsten Moment steht Talia vor mir. Sie ist
wunderschön und meine absolute Traumfrau.
Auch nach vier Jahren will ich nur sie.

Sie schaut traurig zu mir auf. »Ethan, wieso hast du mich verlassen? Wieso bist du einfach gegangen? Du hast mich im Stich gelassen«, sagt sie aufgebracht und gleichzeitig voller Zorn. »Wieso hast du mir das angetan?«, schreit sie und schlägt mit ihrer Faust gegen meine Brust.

Ich will sie behüten und in meine Arme nehmen. Niemand soll ihr Leid zufügen. Ich will sie vor der Welt beschützen und doch muss ich sie vor mir selbst bewahren.

Als Anwalt habe ich mein Gesicht immer unter Kontrolle. Dieses Können kommt mir jetzt zugute. In meinem Gesicht erkennt sie keinerlei Regung und so sehr ich auch will, ich darf nicht auf sie eingehen. Sie kann meinen eigenen Schmerz nicht sehen, nicht nachempfinden. Ich leide, seit vier Jahren jeden einzelnen scheiß Tag. Keine Frau hat es in mein Leben geschafft. Ich habe mein Herz bei ihr zurückgelassen. Jeder meiner Gedanken bleibt an Ort und Stelle. Sie bleiben fest verankert in meinem Kopf und dringen nicht nach außen. Sie darf nie erfahren, was wirklich passiert ist. Sie darf nie erfahren, dass ich sie mehr liebe als mein Leben. Hier geht es aber nicht um mein Leben. Es geht um ihres, welches auf dem Spiel steht, wenn ich mich auf sie einlasse.

»Es tut mir so leid, Tal«, flüstere ich und streichle über ihre langen seidenweichen Haare.

»Wieso?«, flüstert sie zaghaft und ich wische einzelne salzige Tränen von ihrer ebenmäßigen Haut.

»Jede Antwort, die ich dir geben kann, würde deinen Schmerz nicht lindern. Jeden verfluchten Tag habe ich mir gewünscht, meine Fehler rückgängig zu machen, und doch haben sie mich eingeholt. Es waren meine Entscheidungen, die mich zum Gehen gezwungen haben«, entgegne ich so ehrlich, wie ich eben kann.

»Ich habe es verdient, die Wahrheit zu erfahren. Ich habe verdient, zu erfahren, wieso du mein Herz mitgenommen und mich zurückgelassen hast.« Talia schluchzt und allmählich zerbreche ich innerlich in tausend kleine Teile. Meine Dämonen hüllen mich ein und gewähren mir keinen Moment der Schwäche. Ich habe viel gelernt in den vergangenen Jahren. Mich selbst zu verteidigen, auf niemanden angewiesen zu sein und Gefühle nur dann zuzulassen, wenn ich sie zulassen will. Ich habe hart trainiert, um dieses Level zu erreichen und meine Emotionen selbst zügeln zu können.

»Verdammt, Talia.«

Von einer Sekunde auf die andere schmeiße ich all meine Vorsätze über Bord, nehme ihr zartes Gesicht in meine Hände und küsse sie mit rasendem Puls. Mein Körper will mehr. Mehr von ihr.

Sie öffnet zaghaft ihre Lippen und lässt meine Zunge eindringen. Es ist wie ein Tanz, den sie vollbringen. Ihr Körper presst sich gegen meinen und ich will alles von ihr. Doch ich darf den Moment der Schwäche nicht ausnutzen und zu weit gehen. Widerwillig reiße ich mich von ihr los und sehe, wie sie langsam ihre Augen wieder öffnet.

»Bleib bei mir, bitte«, murmelt sie.

»Talia, ich kann nicht.«

Sie lässt ihren Blick sinken und im selben Moment trenne ich mich endgültig von ihr. Als ich ihr den Rücken zukehre und die Straße hoch laufe, erkenne ich mich selbst nicht wieder. Ich lasse sie vor der Bar stehen und gehe. Das eben war ein großer Fehler. Einer, den ich nicht mehr begehen werde.

Es könnte ihr Untergang sein und es wird ganz sicher meiner. Die kühle Luft tut gut und ich lasse sie auf mich wirken. Die Stadt strahlt, auch wenn es bereits dunkel ist. Man könnte meinen, dass die Nacht hier zum Tag wird.

Ich weiß nicht, wie lange ich durch die Straßen

Chicagos irre, um einen freien Kopf zu bekommen. Dabei spüre ich ihre weichen Lippen noch immer auf meinen. Ihr süßlicher Geschmack macht süchtig und Talia ist wie Gift für mich, welches langsam, aber sicher Besitz von mir und all meinen Sinnen ergreift. Dennoch ist sie mein Schwachpunkt. Nur durch sie bin ich angreifbar und verletzlich. Nur durch sie bin ich ein anderer. Niemand darf das erfahren. Sollten die falschen Leute davon Wind bekommen, kann dieses Wissen gegen mich verwendet werden.

Nicht nur meines, sondern auch Talias Leben steht auf dem Spiel und ich werde alles dafür tun, um sie zu beschützen. Selbst wenn es heißt, dass ich mich von ihr fernhalten muss.

KAPITEL 3

Grace schnipst vor meinem Gesicht mit ihren Fingern. »Erde an Talia«, ruft sie störrisch. »Wo bist du denn gewesen?«

»Ich war nur kurz an der frischen Luft.«

»Ach so, deshalb stehst du so neben dir«, sagt sie ironisch und ich verstehe genau, worauf sie anspielt. Sie hört einfach nicht auf zu sprechen, auch wenn sie es nur gut meint, wie immer eben. »Du siehst aus, als hättest du Ghostface persönlich getroffen.«

Sie bringt mich zum Lachen. Grace und ich schauen immer wieder Horrorfilme zusammen und verstecken uns wie früher unter den Decken.

Ich kenne bereits sämtliche Filme und grusele mich gern. Ja, mit ihr kann man schon ziemlich viel Spaß haben.

»Nicht direkt, aber so ähnlich«, gebe ich witzelnd zurück und lächle sie an.

»Aus dir ist wohl nichts rauszukriegen. Ich werde mal eben nach Ryan schauen.«

Ehe ich mich's versehe, ist sie auch schon weg und die vielen Bilder der vergangenen Stunden tauchen wieder vor meinen Augen auf. Er sieht so umwerfend aus. Er hat sich nicht besonders verändert und ist noch immer mein absoluter Traummann.

Ethan hat mich geküsst. Seine weichen Lippen berührten die meinen und es war, als würde ein elektrisierendes Gefühl durch meinen gesamten Körper fahren. Er setzte mich unter Strom. Immerzu erinnere ich mich an seinen finsteren Blick, den starken Körper und seine Lippen, die auf meine treffen.

Er bringt mich völlig aus dem Konzept und ich kann kaum glauben, wie schnell er es schafft, dass ich all meine Vorsätze über Bord werfe. Ethan ist kein Mann der vielen Worte. Er nimmt sich genau das, was er will und behält seine Gefühle meistens für sich. Wir ergänzen uns und ich weiß genau, wie ich mit ihm umgehen muss. Wir sind auf eine einzigartige Weise verbunden und verstehen uns blind. All das hat er einfach so weggeworfen und mich da draußen von sich gestoßen. So, als habe er einen elektrischen Schlag bekommen, als er mich berührt hat. So, als habe er unseren bittersüßen Kuss nicht genauso genossen wie ich.

Mich beschleicht das starke Gefühl, dass mehr hinter seinem merkwürdigen Verhalten steckt und er mir gegenüber nicht aufrichtig ist. Ich muss herausfinden, was ihn plagt. Es ist meine Pflicht, ihm zu helfen, wenn er in Schwierigkeiten steckt. Eigentlich will ich mir meine Gefühle nicht eingestehen und doch sind sie so stark wie früher.

Ich bestelle mir einen Cocktail, um mein Gefühlschaos mit dem Alkohol zu begraben. Dennoch nehme ich mir fest vor, ihn zur Rede zu stellen. Heute Morgen hat mein Leben eine neue Wendung eingeschlagen. Ich habe einen guten Job in einer Kanzlei und lebe bei meiner besten Freundin. Es ist, als würde uns das Schicksal zusammenführen wollen. Ohne Vorwarnung bin ich ihm begegnet. Dem, der mein Leben immer und immer wieder auf den Kopf stellt. Ihm, der in den unpassendsten Momenten auftaucht und gleichzeitig wie ein Geist verschwindet.

Als mir der Alkohol zu Kopf steigt, philosophiere ich über die Frage, ob Ethan vielleicht wirklich ein Geist ist, und kichere.

»Talia, du kennst Ryan ja bereits«, dringt die Stimme von Grace zu mir durch.

Ich drehe mich zu den beiden um und versuche, wieder ernst zu sein. »Hallo Ryan. Ja, wir sind uns schon einmal begegnet«, witzle ich und er grinst. Das kann ich mir nicht verkneifen. Ryan hat große Ähnlichkeiten mit Ethan und doch wirkt er viel netter und aufgeschlossener. So, als sei Ethan die Nacht und Ryan der Tag.

»Wie schön, dass du unser Team verstärken wirst, Talia.«

»Ich bin sicher, sie freut sich sehr, aber können wir uns jetzt auf uns konzentrieren, Ryan Baby?«, mischt sich Grace ein.

Ich verstehe sie. Nach Wochen hat sie ihn wieder und kann ihre Zeit mit ihm genießen. Das Glück ist mir nicht vergönnt und doch freue ich mich für sie, sehr sogar.

»Geht schon.«

Ryan wirft mir einen belustigten Blick zu und ich verdrehe gleichzeitig die Augen. In wenigen

Tagen wird Grace wieder über ihn schimpfen und er sie ignorieren. So läuft es immer ab und das wird sich wohl nicht mehr ändern. Zumindest nicht in diesem Leben. Also gönne ich ihr die netten Stunden mit ihm und mische mich nicht ein. Es wäre ja auch ziemlich lustig, wenn sich gerade die Frau in eine Beziehung hängt, die selbst keine führen kann und sich auf keinen Mann einlässt.

»Danke«, flüstert mir Grace noch zu, ehe die beiden verschwunden sind. Zum Glück haben sie nichts von dem Desaster mit Ethan mitbekommen.

Ich widme mich wieder meinem Cocktail und stochere mit dem roten Papierschirmchen in diesem herum. Was mache ich hier noch? Eigentlich kann ich genauso gut nach Hause gehen und einen langweiligen und tristen Abend im Bett verbringen. Dabei werde ich mir dann eine romantische Schnulze ansehen, Popcorn in mich hineinstopfen und womöglich eine Flasche Wein öffnen. Natürlich schlafe ich allein ein und werde allein wieder aufwachen. So ist es die letzten Jahre gewesen und so wird es die nächsten sicher auch sein. Ich mache mir keine großen Hoffnungen, dass mein Leben eine andere Richtung einschlagen wird. Mein Job wird mir alles abverlangen und ich werde schnell altern.

Ich setze mein Glas an und trinke es mit einem großen Schluck leer. Als ich es abstelle und ansetze, um aufzustehen und zur Tür zu gehen, treffe ich auf eine Mauer, die mir im Weg steht. Zumindest hat sich der Zusammenstoß genau so angefühlt.

»Oh, entschuldige«, murmle ich leise. Als ich den Blick nach oben schweifen lasse, treffen meine Augen auf einen Traumtyp von Mann, der mich direkt fesselt. Auf seine ganz eigene Art und Weise. Denn er hat nichts mit Ethan gemein.

»Nichts passiert«, antwortet der Mann mit seiner rauchigen und überaus maskulinen Stimme. »Eine so schöne Frau wie du darf mich gern anrempeln.«

»Soll das eine billige Anmache sein?«, frage ich den Unbekannten und ziehe eine Augenbraue nach oben.

»Wenn ich dich dann zu einem Drink einladen darf, kannst du es als solche bezeichnen«, gibt er ernst und amüsant zurück.

Ethan hat mich hier sitzen gelassen und ist abgehauen. Wieder einmal ist er einfach verschwunden und wieso sollte ich mir den Spaß entgehen lassen? Wieso sollte ich diesen Abend verschwenden, um wieder in Selbstmitleid zu versinken? Also lasse ich mich auf den Fremden ein.

»Gut, du hast mich überzeugt. Ich bin Talia.«

»Caden, freut mich sehr, Talia«, wispert er und haucht einen flüchtigen Kuss auf meine Hand.

Ein Gentleman, denke ich und schwärme bereits jetzt von ihm.

»Wir können uns da drüben hinsetzen.« Ich deute auf die freie Sitznische in der Ecke des Raumes. Sie sieht gemütlich und einladend aus.

Caden nickt und als er vorangeht, nehme ich ihn genauer unter die Lupe. Seine kurzgeschorenen dunklen Haare passen zu seinem breiten und extrem muskulösen Körper. Er trägt ein schwarzes Hemd, welches ihm perfekt passt, auch wenn es sich über seine Muskeln spannt. Er wirkt geheimnisvoll und ich kann die geschwungenen Linien seiner Tattoos erkennen, die sich über seinen Nacken schlängeln. Er ist definitiv eine Erscheinung für sich.

Langsam gehe ich ihm nach und versuche, meine Reize spielen zu lassen. Einige Blicke sind bereits jetzt auf uns gerichtet und ich bin gespannt, was mich erwartet.

»Setz dich«, ordnet er befehlerisch an. Ich bin keine Frau, die auf Anweisungen hört oder sich von Männern unterdrücken lässt. Denn eigentlich weiß ich ganz genau, was ich will und wann ich es will.

Caden macht es mir nicht leicht, zu meinen Gewohnheiten zu stehen und sie einzuhalten. Einen
Abend möchte ich auch glücklich verbringen, so
wie Grace und Ryan.

»Du kannst ja wirklich gut mit Frauen umgehen«, scherze ich.

Seine Miene verfinstert sich. »Erzähl mir was
von dir.«

Er kommt wohl gleich zur Sache, als lange um
den heißen Brei zu reden. Denkt er, ich würde
ihm sofort mein Leben präsentieren und am besten meine dunkelsten Gelüste und Sehnsüchte
preisgeben?

»Ich bin nicht besonders interessant«, erwidere
ich.

»Das glaube ich kaum.« Ein merkwürdiges Lachen entweicht seiner Kehle. »Woher kommst du?«

Mit einer so harmlosen Frage habe ich nicht
gerechnet. »Ich bin erst seit heute Morgen hier in
Chicago und wohne mit meiner Freundin Grace
zusammen. Lebst du schon lange hier?«

»Mein Leben lang.«

Wow. Eins muss ich ihm wirklich lassen. Er
weiß, wie man sich unterhält. Ich habe noch keinen wortkargeren Mann kennengelernt als Caden. Als ich ihm tief in die Augen schaue,

verschwimmt mein Sichtfeld und ich kann nur Ethan vor mir sehen. Sein Blick, der mich gefangen nimmt. Seine Lippen, die meine berühren und sein Körper, den ich Zentimeter für Zentimeter erkunden möchte. Seine Haare, die so schwarz wie Kohle sind, durch die ich meine Finger gleiten lasse.

Um Himmels willen. Was ist bloß los mit mir?

»Es tut mir leid«, werfe ich verwirrt in den Raum und stürze aus der Bar. Ich muss hier raus, ganz weit weg von Caden, dieser Bar und allem, was mich an Ethan erinnert.

Es ist frisch geworden und der Abend weit fortgeschritten. Ein Blick auf mein Smartphone verrät mir, dass es bereits ein Uhr morgens ist. Ein sehr langer Tag, an dem ich so einiges erlebt habe, was gestrichen werden kann.

Kein Mensch braucht solche abstrusen Ereignisse und Wahnvorstellungen des Ex-Freunds, der einen in der einen Sekunde anzieht und in der nächsten wieder abstößt.

Ich laufe die Straße entlang und merke, dass ich mich nicht sonderlich gut auskenne. Ich war schon oft und auch für längere Zeit in Chicago. Diesem Teil der Stadt ist mir fremd, wie mir auffällt. Dennoch bin ich nicht auf den Kopf gefallen und habe mir den Weg gemerkt, den das Taxi vorhin gefahren ist, um mich zur Kanzlei zu bringen.

Die kühle Nachtluft lässt mich frösteln. An eine Jacke habe ich nicht gedacht und mein schwarzes knielanges Kleid hat nur hauchdünne Träger. Eine unangenehme Gänsehaut breitet sich auf meinen Armen aus und mit den verboten hohen Pumps kann ich nicht schneller laufen.

»Du bist ja so blöd, Talia«, verfluche ich mich selbst. »Wieso hast du dir kein Taxi gerufen?«, rufe ich der Dunkelheit entgegen, als ich mich immer merkwürdiger fühle. Ein beklemmendes und Angst machendes Gefühl breitet sich in mir aus und es liegt definitiv nicht an den Temperaturen oder der Nacht.

Immer wieder vernehme ich leichte Schritte hinter mir. Werde ich verfolgt?

»Das bildest du dir nur ein.«

Zu meinen Selbstgesprächen gesellt sich also auch noch ein Verfolger, ein Stalker oder sonst irgendjemand. Leider verschwindet dieses unangenehme Gefühl nicht und ich wage einen kurzen Blick über die Schulter. Im Augenwinkel kann ich einige Meter hinter mir eine schwarze Gestalt ausmachen. Ein Mann, ganz sicher.

Ob er nur unterwegs war und vielleicht nach Hause geht? Ich weiß es nicht und will es auch nicht darauf anlegen.

Ich tippe hastig die Nummer von Grace an, um mich sicherer zu fühlen. Nach einigen Freizeichen drückt sie mich weg. Welch ein Wunder. Sie vergnügt sich bestimmt in diesem Augenblick mit Ryan und kann natürlich nicht abheben.

Ich rede mir ein, weil ich das am besten kann, dass alles in Ordnung ist. Als ich um die nächste Ecke biege und das Haus in der Ferne sehe, wage ich einen letzten Blick nach hinten. Der Mann, den ich nicht einmal näher beschreiben kann, weil er ziemlich düster gekleidet ist und eine tiefsitzende Kapuze trägt, bleibt an der Weggabelung stehen. Seltsam. Wirklich seltsam.

Ohne mir weitere Gedanken darüber zu machen, suche ich rasend schnell meinen Schlüssel in der kleinen Umhängetasche und husche ins Haus. Ich bin froh, sicher in meinem neuen Zuhause angekommen zu sein und laufe die Treppen hoch. Bereits vor der Tür höre ich seltsame Geräusche. Kann es eigentlich noch schlimmer kommen?

»Moment«, murmle ich.

Stimmen dringen zu mir durch. Zwei, um genau zu sein.

»Oh, Ryan. Mach weiter.«

Ich grinse und kann mir mein Lachen darüber nicht verkneifen. Das Haus von Grace' Eltern hat zwei Etagen und wir leben gemeinsam in dieser hier. Wir haben jeweils einen eigenen Raum, damit wir uns zurückziehen können. Das Wohnzimmer hingegen nutzen wir gemeinsam, jetzt gerade aber Ryan und Grace für ihre abendlichen Aktivitäten. Damit ich die beiden nicht störe, die eigentlich genauso gut auch in das Zimmer von Grace gehen können, um ihren Fantasien freien Lauf zu lassen, ziehe ich meine lauten und sperrigen Schuhe aus, öffne die Tür mucksmäuschenstill und gehe auf Zehenspitzen in mein Zimmer. Ich versuche, die heutigen Ereignisse zu verdrängen und in den Hintergrund meines Kopfes zu verbannen.

Mein erster Tag in Chicago nach all den Jahren ist ganz anders gelaufen, als ich ihn erwartet habe. Er war katastrophal, angsteinflößend und gleichzeitig ein rundum gelungener Tag. Auch wenn ich mir damit selbst widerspreche. Denn ich habe ihn wieder gesehen und weiß, dass es ihm gut geht. Allein diese Tatsache lässt die Ereignisse der vergangenen Stunden nicht mehr trüb und grau wirken. Sie lässt jeden einzelnen Moment strahlen.

Mein Herz schlägt für diesen Mann, der nicht weiß, dass er es die ganze Zeit über besessen hat. Mögen meine Gedanken noch so naiv und unbedacht sein. Mein Herz ruft nach Ethan und ich begehre ihn mit jeder Faser meines Körpers.

KAPITEL 4

Ethan

Nachdem ich mir die Nacht um die Ohren geschlagen habe und wahllos durch die Gegend gelaufen bin, investiere ich den Sonntag nach minimaler Erholung, der für mich alles andere als heilig ist, um zu arbeiten. Mit den Wochentagen nehme ich es nicht so genau und auch die Uhrzeit bestimmt nicht meinem Alltag. Die Uhr an meinem Handgelenk habe ich mir nur besorgt, um pünktlich bei den Gerichtsterminen zu erscheinen. Die Richter nehmen die Pünktlichkeit, im Gegensatz zu mir, sehr ernst und für meine Mandanten setze ich die Mimik des harten Verteidigers gerne auf. Im Saal kann ich ein anderer sein. Ich habe weitreichende Persönlichkeiten und nicht viele kennen den wahren und verletzlichen Ethan. Meistens dominiert die undurchdringliche Maske auf meinem Gesicht, die sich nicht wie Make-up einfach wegwischen lässt. Sie hat sich tief in meiner Seele verankert und wurde ein Teil von mir. Ein Teil meines ansonsten recht beschaulichen Lebens.

Ich habe mir immer vorgestellt, nicht nur irgendein Strafverteidiger zu werden und keine beliebige Kanzlei auf die Beine zu stellen. Ich habe nach mehr gestrebt und genau das wurde mir zum Verhängnis. Mein Wunsch nach Macht verfolgt mich bis heute. Nicht, weil ich mich nach ihr sehne. Sie verfolgt mich wortwörtlich und ich darf nicht zulassen, dass sie Besitz von mir ergreift.

Als ich für einen Moment Abstand von der dicken Akte vor mir nehme und hoch schaue, um etwas anderes als lauter Buchstaben auf weißem Papier zu sehen, schnappe ich Ryan auf, der es sich bereits vor mir gemütlich gemacht hat und mich belustigt anstarrt.

»Wie lange sitzt du schon da?«, grummle ich mürrisch. In den letzten Tagen nimmt meine Laune stetig ab. Warum nur? Momentan läuft es nicht wirklich gut für mich.

»Hm. Eine Weile. Dabei habe ich dich nur beobachtet, wie du deprimiert schon die ganze Zeit über ein und demselben Schriftsatz hängst«, antwortet er lässig.

Na toll. Er hat mich eiskalt ertappt und ich gestehe mir nur ungern ein, dass ich gerade nicht weiter weiß.

»Erwischt«, erwidere ich anerkennend und gehe zum Fenster. Meine Beine danken es mir, dass ich nach einigen Stunden sitzen aufstehe und wenigstens ein paar Schritte mache. Ich beobachte die dicken grauen Wolken, die über den gläsernen Hochhäusern hängen, und kann dabei zusehen, wie die Dunkelheit den Tag vertreibt. Leise und schleichend. Ganz sanft weichen die letzten Lichtstrahlen, um Platz für die Finsternis zu machen, die nun über Chicago herrscht. Dieselbe, die in mir wohnt.

Wie sehr ich mir wünsche, dass der Morgen kommt und nicht nur die Nacht vertreibt, sondern auch die tiefen Schleier, die sich in mir verbergen.

Ryans Blick folgt mir.

»Ich weiß einfach nicht weiter«, gestehe ich.

»Ach was. Ethan Hunt findet keine Lösung, um sich aus dem Verfahren zu winden oder es zu

71

gewinnen?« In seiner Stimme schwingt Sarkasmus mit. So kenne ich ihn. Ryan ist nicht der Typ, der Trübsal bläst. Dennoch macht er es sich manchmal zu einfach.

»Ich kann mir das Ganze nicht erklären. Was ist bloß los mit mir, Ryan?« Natürlich ist meine Frage rein rhetorischer Natur. Denn ich weiß genau, was mit mir nicht stimmt. Talia ist nach Chicago gekommen und stand ohne Vorwarnung direkt vor mir. Ist es mein Schicksal, ihr immer wieder zu begegnen? Ist es mein Schicksal, unter dieser Last zu leben und zu leiden? Ich weiß es nicht.

Ich stelle mir wieder die Frage, ob ich all das verdient habe. Ich bin selbst schuld und das ist mir bewusst. Jetzt gibt es kein Entkommen mehr und den Fängen dieser Menschen kann man nicht einfach entfliehen. Sie sind mächtig. Mächtiger als ich und noch mächtiger als die Kanzlei. Wir haben uns einen Namen gemacht und werden anerkannt. Gegen diese Menschen haben wir nichts entgegenzusetzen.

»Soll ich mir den Fall mal anschauen? Echt kein Problem.«

Wer wäre ich nur, wenn es Ryan nicht gäbe. Ich drehe mich zu ihm um und lehne mich lässig gegen die Front. Ich kehre der dunklen Seite den Rücken und versuche, genau das auch innerlich umzusetzen. »Du würdest mir einen großen Gefallen tun.«

Er schnappt sich die rote Akte und wirft einen ersten Blick auf den Schriftsatz, den die Rechtsanwälte der Gegenseite eingereicht haben. »Du musst schon ziemlich neben der Spur sein, wenn du diesen Fall nicht lösen kannst«, betont er ernst und ich merke, dass die Stimmung kippt.

»Wir kommen aus der Geschichte nicht mehr raus. Ich weiß das, genau wie du«, erwidere ich drohend.

»Unsere Sünden holen uns schneller ein, als gedacht. Wir müssen weiterkämpfen und weitermachen, Ethan. Uns bleibt nichts anderes übrig. Auch wenn es heißt, dass wir dieses Leben einsam leben müssen.« Seine Worte hallen in meinem Kopf nach. Er hat recht. Verdammt nochmal. Er hat so was von recht und ich will es nicht wahrhaben, dass es keinen Ausweg aus unserer schier aussichtslosen Situation gibt, die uns seit einigen Jahren plagt. Wir haben uns alle vier auf die falschen Menschen eingelassen, nur weil wir so naiv waren und Träume hatten, die größer waren als wir selbst.

»Ich weiß«, gebe ich geschlagen zurück und setze mich wieder an meinen Arbeitstisch, auf dem sich die Akten schon stapeln. Momentan kann ich mich nicht konzentrieren. Die meisten Fälle laufen über viele Jahre und die Leute warten quälend lang auf Neuigkeiten. Auch die Gerichte sind nicht gerade schnell in Sachen Bearbeitung. Deshalb kommt es nicht darauf an, ob eine Akte ein paar Tage oder Wochen auf meinem Schreibtisch liegt. Für Fristen, an die wir uns alle halten müssen, haben wir einen Kalender, den wir abarbeiten.

»Ich frage dich nicht, was dich quält. Wenn du mir etwas zu sagen hast, bin ich da, Ethan«, lässt er mich wissen.

»Wie schaffst du es nur, dich immer wieder von Grace loszureißen?«

»Es geht also um eine Frau«, erwidert er, ohne zu zögern oder auch nur mit der Wimper zu zucken. »Es ist Talia.«

Es ist immer Talia und sie wird es immer sein. Sie ist meine Vergangenheit, meine Zukunft und meine Gegenwart. Die Hölle braucht Luzifer. Der Mond braucht seine Sterne, die neben ihm hell leuchten und ihn in jeder Nacht stärken. Und ich brauche Talia, um gänzlich zu funktionieren.

All die Erinnerungen der letzten Jahre kommen zurück und prasseln auf mich ein. Sie zwingen mich in die Knie und mein Gewissen versucht, mich zu erdrücken.

»Du hast es erfasst.«

»Noch kann ich ihr absagen. Aber wenn du dich dafür entscheidest, dass sie hierbleiben darf, wird sie ab morgen so gut wie jeden einzelnen Tag hier verbringen. Kommst du damit klar?«

So sehr ich will. Ich kann Talia diese Chance nicht verbauen.

»Sie fängt hier an und wir werden sehen, was passiert«, gebe ich zähneknirschend zurück.

»Gut. Deine Entscheidung gefällt mir. Sie wird das Team bereichern. Ich bin mir sicher.«

Sie wird es definitiv bereichern. Talia ist keine normale Frau. Sie ist einzigartig und in jeder Hinsicht die Richtige. Sie besitzt eine innere Stärke, für die manche Menschen töten würden. Aber ein Mann wie ich braucht eine starke Frau wie sie.

»Um deine Frage zu beantworten. Es ist immer wieder aufs Neue unglaublich schwer für mich, Grace loszulassen. Aber genau wie du Talia schützen willst, muss ich auf sie aufpassen«, offenbart er und seufzt. Das Thema geht Ryan nahe und ich verstehe, warum. Auch an mir geht es nicht spurlos vorbei. Vielleicht kann ich Gefühle nur besser wegsperren. Sie sitzen tief in mir und die Kontrolle über sie verliere ich nur ungern.

»Verstehe. Der ewige Kreislauf, der kein Ende findet.«

Ich habe es nicht geschafft, eine Beziehung wie Ryan zu führen, auch wenn es sich dabei nicht um eine feste Partnerschaft handelt. Ich musste Talia damals loslassen. Ein ständiges Auf und Ab verkrafte ich nicht. Er hat in Grace die perfekte Frau für sich gefunden und all das macht sie einfach mit. Es ist grausam, die beiden zu sehen. Eine richtige Beziehung wird ihnen nie vergönnt sein und Ryan geht genügend Gefahren damit ein, eine Nacht mit und bei ihr zu verbringen.

»Du weißt, dass du wenigstens für kurze Zeit mit ihr zusammen sein kannst«, reibt er mir allen Ernstes unter die Nase.

Ich weiß, will ich ihm sagen und doch verkneife ich es mir. Er leidet genug. Genau wie wir alle. Austin, Finley, Ryan und ich. Wir haben den Pakt mit dem Teufel geschlossen und gehen durch die Hölle. Das einzig Gute daran ist, dass wir daraus einen Höllentrip machen und zusammenhalten, mag es noch so heiß werden. Uns unterzukriegen,

76

ist nicht leicht und schon manch einer hat sich die Zähne an uns ausgebissen.

»So eine Beziehung würde die Zerstörung von uns beiden bedeuten.«

»Ich weiß«, gesteht er. »Deshalb hältst du dich von jeder Frau fern, die dir zu nahe kommt.«

Ich bin nicht der Typ Mann, der enthaltsam lebt oder leben möchte. Ich bin aber auch nicht der Typ Mann, der morgens mit seinem One-Night-Stand am Frühstückstisch sitzt. Ich verschwinde so schnell, wie ich gekommen bin. Kein Nummernaustausch, keine Gefühle. Man könnte es eine Geschäftsbeziehung nennen. Wir geben uns gegenseitig etwas, das wir brauchen, ohne Verpflichtungen. Bisher bin ich damit immer gut gefahren. Im Moment kann ich keinen Gedanken daran verschwenden, mit einer anderen Frau zu schlafen als mit Talia. Dafür begehre ich sie zu sehr. Dafür ist sie zu nah. Uns trennten tausende Kilometer, die sie hinter sich gelassen hat. Nun trennen uns nur wenige Wände, wenn sie ihr Büro bezieht.

Bereits jetzt werde ich wahnsinnig, wenn ich daran denke. Deshalb rede ich mir ein, dass es besser für uns beide ist, wenn ich sie nicht anrühre. Sollte ein Kuss wie der vor der Bar erneut vorkommen, werde ich mich nicht mehr zurückhalten und zügeln können. Sie würde eine Nacht mit mir erleben, wie sie keine Frau und auch sie noch nie erlebt hat.

Mein Körper spannt sich an. Bei der Erinnerung an Talia, ihr knappes Kleid und ihren Körper, driften meine Gedanken weit genug ab, um direkt auf die Bilder in meinem Kopf zu reagieren. Scheiße. Bevor die Intensität zunimmt, beschließe ich, dass es Zeit wird, um Feierabend zu machen. Ich bin sowieso nicht mehr imstande, noch irgendetwas auf die Reihe zu bekommen. Nicht heute. Also gehe ich auf meine private Bar zu und schenke sowohl Ryan als auch mir hochprozentigen Bourbon Whisky ein. Den können wir beide gut gebrauchen.

Ich reiche Ryan das Kristallglas, der es begierig entgegennimmt und einen kräftigen Schluck trinkt.

»Den habe ich gebraucht. Auch wenn uns das Zeug irgendwann noch umbringt.« Seine Laune scheint anzusteigen.

»So schnell nun auch wieder nicht. Vorher können wir's einfach genießen und nicht an morgen denken«, werfe ich in den dunklen Raum. Da es draußen bereits finster wird, scheint nur noch die kleine Lampe in der Ecke. Sie versucht, sich Raum zu verschaffen, und kommt nicht gegen die anhaltende Dunkelheit an. Ihr Schein ist zu schwach und unbedeutend für die Schwärze. Dabei strahlt sie unentwegt weiter und gibt nicht auf.

Merkwürdig. Meine philosophische Seite zeigt sich in voller Pracht. Vielleicht sollte ich mir ein Beispiel daran nehmen und gegen das kämpfen, was mir und meinem Glück im Weg steht. Vielleicht sollte ich endlich für meine vergangenen Fehler einstehen und den Kopf hinhalten, als immer wieder zu flüchten und mich von den Menschen fernzuhalten, die ich liebe.

Ich reiße meinen verwirrten Blick von der Lampe.

»Du stehst echt neben dir, Ethan. Vielleicht solltest du dir ein paar Tage frei nehmen.«

Seine Idee ist gut und das weiß ich auch. Nichtsdestotrotz will ich meine Mandanten nicht länger als nötig auf Neuigkeiten warten lassen. Dabei steht fest, dass ein paar Tage mehr oder weniger gar nicht auffallen würden. Ich bin nicht wegen des Geldes hier. Es war mir immer egal. Anwalt aus Leidenschaft, könnte man meinen. Ich wollte stets helfen. Den Menschen, die recht haben und recht bekommen müssen. Denjenigen, die sich nicht selbst helfen können und auf die Hilfe eines guten Verteidigers angewiesen sind. Ich weiß aber auch, dass viele Rechtsanwälte nicht so handeln und ich aus dem Rahmen falle.

»Meinen Schreibtisch hast du gesehen, oder? Die Aktenberge, die auch deinem geschätzten Blick nicht entgangen sein können, bearbeiten sich nicht allein.«

»Hm. Akten, die sich selbst bearbeiten. Eine Marktlücke?«, gibt er belustigt zurück und auch ich kann mir ein kleines Lächeln nicht verkneifen.

»Dann bräuchten unsere Mandanten keine Anwälte mehr. Vielleicht also keine Idee, die man umsetzen sollte.«

»Jetzt mal ehrlich. Glaubst du wirklich, ich lass dich da im Stich? Du kannst immer auf mich und die anderen zählen. Wir werden deine Arbeit schon verteilt bekommen!« Ryan wird wieder ernst und versucht, auf mich einzureden, auch wenn er recht hat.

»Gut. Überzeugt. Wehe, wenn diese Berge nicht verschwunden sind, wenn ich wieder da bin«, scherze ich und auch Ryan lehnt sich wieder lässig zurück. Er atmet tief aus.

»Du verarschst mich doch. Ist das wirklich

passiert und der große Ethan Hunt stimmt mir zu?«

»Es ist ja nicht so, dass du nie recht hast. Ich weiß es nur immer besser«, betone ich nachdrücklich und bin auf seine Reaktion gespannt. Bei unseren Diskussionen zieht er sowieso jedes Mal den Kürzeren.

»Vielleicht bin ich nur der Klügere, der nachgibt? Sonst würde ich ja gar nicht mehr hier rauskommen und kann gleich im Büro einziehen«, erläutert Ryan, der mich kritisch beäugt.

»Da gehe ich besser nicht drauf ein, sonst sitzen wir morgen noch hier und eigentlich würde ich die Arbeit jetzt gern hinter mir lassen.« Ich verbringe viele Tage, Abende und Nächte in der Kanzlei. Heute wächst mir alles über den Kopf. Es ist, als würden mich die Wände erdrücken und der Raum einengen. Ich zerre fast schon verzweifelt an meiner Krawatte. Mir wird ganz warm und ich muss an die Luft.

»Schon gut. Wir verschieben unser überaus interessantes Gespräch auf einen anderen Tag«, meint er besorgt und ich stürze übereilt zur Tür. Bevor ich gehe, drehe ich mich noch einmal zu ihm um.

»Wie wäre es mit einem Kampf? Morgen Nachmittag.«

»Ich lasse mir nie einen guten Kampf entgehen. Bin dabei und frage Austin und Finley. Wir können alle eine Auszeit gebrauchen.«

Ich nicke ihm zu und eile hastig aus der Tür. Ich drücke den Aufzugknopf immer wieder. Es dauert viel zu lange, bis er in Fahrt kommt. Ein unangenehmer Parfum-Geruch steigt mir in die Nase und als sich die Tür des Aufzugs endlich öffnet, treffe ich auf Sophia Baker.

Die hat mir gerade noch gefehlt. Austin hat sie vor einiger Zeit eingestellt, weil er irgendwas in ihr sieht. Ich würde sagen, er steht auf sie, aber das streitet er ja vehement ab. Da wir alle im selben Boot sitzen, kann er sich sowieso nicht gänzlich auf sie einlassen.

»Ethan, willst du nicht mitfahren?«, fragt sie süßlich.

Ich steige ein und versuche, meinen Magen in Zaum zu halten. Ihr Geruch ist aufdringlich und genau das hat mir gerade noch gefehlt. Ich stütze mich an der Aufzugswand ab.

»Ist alles in Ordnung mit dir?«

Endlich schließt sich die Tür und ich kann es kaum erwarten, unten anzukommen.

»Bestens«, gebe ich zurück. Denn Sophia interessiert sich nicht für andere. So schätze ich sie zumindest ein. Ich kenne sie nicht besonders gut und überlasse Konversationen mit ihr lieber Austin. Sie hat ihn schnell um den Finger gewickelt, auch wenn ich nicht gerade viel davon halte.

»Dann ist ja gut.«

Unten angekommen würdige ich ihr einen kurzen Blick und verabschiede mich. »Schönen Feierabend!«

»Bis demnächst«, ruft Sophia mir hinterher.

Ich schiebe mich durch die Drehtür und Befriedigung breitet sich in mir aus. Die kühle Abendluft umgibt mich und hinterlässt ein angenehmes Gefühl auf meiner Haut. Gierig atme ich tief ein und fühle mich sofort erleichtert und frei. Genau das habe ich gebraucht. Ich gebe mich dem Moment gänzlich hin und zweifle mit einem Mal an allem, was ich tue. Vorhin habe ich kurz darüber nachgedacht, mich zu wehren, um wieder ein selbstbestimmtes Leben leben zu können. Es ist schier aussichtslos, gegen diese Menschen anzugehen, die uns unterdrücken. Ihre Organisation ist riesig und sie können sich Fehler nicht leisten. Also dränge ich meine Gedanken in den Hintergrund. Immer wieder muss ich versuchen, damit umzugehen.

Ich hätte es damals schon besser wissen müssen. Aus solchen Organisationen kann man nicht

83

einfach austreten und gehen, als wäre nichts gewesen. Also leben wir mit den Konsequenzen unserer naiven Handlungen in der Vergangenheit.

Es wird Zeit, nach Hause zu gehen, auch wenn ich mir die Nächte gern anders um die Ohren schlage. Heute nicht. Ich brauche Zeit für mich und um mich wieder zu sammeln. Klare Gedanken werden mir dabei helfen, mich nach der einwöchigen Auszeit, die Ryan mir aufgeschwatzt hat, wieder auf den Job zu konzentrieren. Es erfordert Konzentration, ein Strafverfahren zu führen.

Ich habe es nicht weit in meine Penthousesuite. Die Kanzlei läuft gut und wir sind ausgezeichnet in dem, was wir tagtäglich tun. Das Geld fließt in Mengen auf unsere Konten und doch ist keiner von uns mit dem zufrieden, was er hat. Wie können wir auch, wenn uns die Liebe verwehrt wird.

Als ich angekommen bin und eintrete, schalte ich das Licht nicht an. In der Dunkelheit fühle ich mich besser, befreiter. Sie gibt mir den Schutz, den ich brauche, und doch droht sie immer wieder, mich zu verschlingen.

Der Schein der umliegenden Häuser vor den Fenstern fällt ins Zimmer und gibt mir die minimale Helligkeit, die ich zwangsläufig benötige, um mich zurechtzufinden. Leider besitze ich keine ausgeprägten Fähigkeiten, um in der Nacht sehen zu können.

Bevor ich ins Bett gehe, den Tag ausschalte und damit beende, stelle ich mich unter die heiß ersehnte Dusche. Das warme Wasser prasselt stetig auf meinen Körper hinunter. Es wäscht mich rein und heißt mich willkommen. Als ich die Augen schließe und mich direkt unter den Strahl stelle, wünsche ich mir nichts sehnlicher, als dass Talia bei mir wäre, mir Gesellschaft leistet und sich dicht an meinen Körper schmiegt. Wie sehr ich mir wünsche, sie würde hier mit mir stehen und einfach genießen. Den Moment und alle, die noch folgen.

In der nächsten Sekunde drehe ich das Wasser ab und steige aus der Dusche. Der heiß ersehnte Traum erlischt.

Morgen erwartet mich kein besseres Leben, keine Aussicht auf ein bisschen Frieden und auch keine weiteren Chancen. Dennoch nehme ich mir vor, das Beste aus ihm zu machen, und werde alles daran setzen.

KAPITEL 5

Ich habe die Nacht mehr schlecht als recht hinter mich gebracht. Mein Glück, dass ich traumlos schlafen konnte und mich meine Gedanken in Ruhe gelassen haben.

Einen festen und tiefen Schlaf habe ich schon lange nicht mehr. Etwas fehlt. Ich brauche auch nicht lange darüber nachdenken. Meine zweite Betthälfte ist leer und es kommt mir immer wieder viel zu groß vor. Die Nächte, in denen Talia genau neben mir lag, waren die schönsten meines bisherigen Lebens. Ich denke gern an die Zeit zurück, in denen sie mir morgens einen leichten Kuss auf die Stirn hauchte und mich ihr wunderschönes Lächeln begrüßt hat. Sie fehlt mir. Auch wenn ich mir das oft nicht eingestehen möchte und meine Gefühle lieber tief in mir verberge.

Ich fühle mich matt und kraftlos. Allerdings lass ich's mir nicht nehmen, mich auszupowern und einen guten Kampf einzugehen. Deshalb mache ich mich auf den Weg in den Club. Nachdem ich den halben Tag damit verbracht habe, einen Sinn in Freizeit zu finden, kann ich endlich dem nachgehen, was mich gänzlich befreit. Beim Kickboxen kann ich meine Kraft und meinen Kopf nutzen, um den Gegner zu schlagen. Ich kann alles geben, meine Energie reinstecken und an meinen Fertigkeiten feilen. Kaum einer schafft es, gegen mich zu bestehen.

Ich bin schon lange nicht mehr trainieren gegangen, obwohl ich das früher oft gemacht habe. Als Ausgleich eben. In letzter Zeit hat nur noch die Arbeit gezählt.

Seit Talia da ist, bringt sie meine Welt ins Wanken. Meine Gewohnheiten und Bedürfnisse ändern sich, weil sie dafür sorgt, mir nicht aus dem Kopf zu gehen.

Vor dem Club angekommen vernehme ich einige Rufe. Sie spornen sich gegenseitig an und es kann auch mal deutlich lauter zugehen. So ist das eben im Kampfsport.

Ich betrete den weitläufigen Raum, in dem einige Boxsäcke von der Decke baumeln. Der große Ring in der Mitte nimmt den meisten Platz ein. Hier kann ich ich selbst sein und meiner Wut, meinen Gefühlen und Gedanken freien Lauf lassen. Ich kann mich abreagieren und bin im Anschluss ein neuer Mensch. Zumindest für einen Moment. Bevor es dann wieder an die Arbeit geht.

Ryan und Austin habe ich schon entdeckt. Sie bereiten sich vor, machen sich warm. Ich gehe auf die beiden zu. »Wo habt ihr denn Finley gelassen?«

»Hey Mann. Hast du's auch endlich aus dem Bett geschafft?«, erwidert Ryan provokant. Er bringt mich bereits jetzt in Stimmung.

»Fin hat zu viel um die Ohren. Er ist das nächste Mal wieder dabei«, mischt sich Austin ein.

Finley ist der jüngste Partner in der Kanzlei und mit seinen neunundzwanzig Jahren sollte er aufpassen, nicht gänzlich in der Arbeit zu versinken und auch an Freizeit zu denken. Da bin ich natürlich nicht gerade ein gutes Beispiel und gehe auch nicht als Vorbild durch.

Diesen Urlaub dürfte es gar nicht geben. Mein Jahr bestand aus Arbeit und Freizeit hat nie einen Platz in meinem Alltag gehabt.

Wie hat es Ryan nur geschafft, mich so schnell zu überzeugen? Irgendetwas läuft gewaltig falsch, denke ich und zweifle an mir. Wie kann mich ein Kuss nur so aus der Fassung bringen? Schließlich war es nicht mehr, kaum eine flüchtige Berührung.

Austin boxt mir gegen die Schulter und Ryan wirft mir Handschuhe entgegen.

»Können wir endlich loslegen oder musst du dich erst noch ausschlafen, Prinzessin?«, nörgelt Ryan.

Er sollte sich lieber auf einen guten Kampf vorbereiten, wenn er mich weiter provoziert. Er weiß genau, dass er den Kürzeren ziehen wird. Außerdem wird der Witz alt. Ich und ausschlafen ist vergleichbar mit Feuer und Wasser. Gegensätze, die sich nicht gerade anziehen.

»Vielleicht möchtest du dich noch ein bisschen auf die Niederlage vorbereiten, die dich erwartet?«, frage ich ihn belustigt und wir stacheln uns gegenseitig an.

»Da bin ich aber gespannt und lasse euch gern den Vortritt«, mischt sich Austin ein und zwinkert mir zu.

War ja klar. Austin hält sich gern zurück und ich würde ihn als den Weiseren unter uns beschreiben. Er sieht alles objektiv und versucht, weder optimistisch noch pessimistisch zu sein. Er könnte eine Waage darstellen, die sich immer im Gleichgewicht befindet und ausbalanciert ist. Ich bezweifle stark, dass er je richtig Spaß gehabt hat und sich gehen lassen konnte. Denn dann würde er wahrscheinlich nicht mehr so reagieren und mehr davon wollen. Wer einmal Blut leckt.

Ryan und ich klatschen uns ab und Austin bleibt außerhalb des Rings stehen. Besser so. Dann kann er nicht versehentlich etwas abbekommen.

»Ich gehe nicht davon aus, dass der Kampf lange dauert«, rufe ich Austin zu und grinse breit.

Ryan wirft mir einen verdutzten Blick zu. »Das hättest du wohl gern. Ich werd es dir sicher nicht leicht machen.«

»Hast du je gegen mich gewonnen? Ich kann mich nicht erinnern«, stachle ich ihn ein bisschen weiter an. Wir bewegen uns im Kreis und ich bin gespannt, wer zuerst nachgeben wird. Noch bin ich ziemlich locker und gefasst. Ich warte.

Sein Blick verfinstert sich und wird ernst. »Wie lange hast du schon nicht mehr trainiert, Ethan?«

Sehr lange und doch sage ich ihm das nicht. Er weiß es genau. Lange haben wir für unsere

Träume kämpfen müssen, sind immer wieder abgerutscht und auf dem Boden der Realität gelandet, bis wir unsere einzige Chance gesehen haben. Natürlich will ich diesen Traum leben, auch wenn er es nicht mehr wert ist. Hätte ich das alles früher gewusst, hätte ich mich nie dafür entschieden, diesen Weg einzuschlagen.

Jetzt reicht es aber mit diesem Tänzchen. Mit einem Satz gehe ich auf Ryan los. Seine Deckung lässt zu wünschen übrig und für ein Ausweichmanöver bleibt ihm keine Zeit. Mit einem gekonnten Schlag treffe ich auf seine Brust.

Ryan fällt zurück und keucht. »Das war mehr als hinterhältig«, ruft er überrascht.

Ich werfe ihm einen amüsierten Blick zu.

Er schüttelt sich und bereitet sich auf seinen Konter vor. Fließend bewegen wir uns im Uhrzeigersinn und haben unsere Haltungen eingenommen. Wie ein Raubtier, welches sich um seine Beute schlängelt.

»Wo bleibt deine Deckung, Ryan?« Ich gebe ihm einen Tipp, damit er sich länger hält. Schließlich will ich noch ein bisschen mit ihm spielen und nicht, dass er jetzt schon aufgibt. Rasend schnell setzt er ihn um und hebt die Arme. »Sehr gut.«

Ich kann sehen, dass er hadert und sein Plan, mich anzugreifen, noch nicht ganz gefestigt ist.

»Worauf wartest du?«, frage ich ihn direkt und bin auf seinen nächsten Schritt gespannt. Ich lasse mich für eine Sekunde von Austin ablenken, der unterhalb des Rings steht und uns belustigt zusieht. Mein Fehler. Denn meinen Augenblick der Schwäche nutzt Ryan für sich und sein Fuß landet gekonnt in meiner Magengegend.

»Verdammt!« Ich ärgere mich über mich selbst und den Treffer, den ich einstecken muss.

»Wer war gerade noch so überheblich?«, fragt Ryan ironisch und ein schelmisches Grinsen ziert sein Gesicht.

Schluss mit den Spielchen. Er hat den Jäger in mir geweckt. Mein Adrenalinpegel steigt, mein Herz klopft schnell und all meine Sinne verschärfen sich. Er hat es so gewollt und nicht anders.

Also presche ich auf ihn zu, verpasse ihm einen Tritt gegen den Kopf und direkt im Anschluss einen Schlag gegen die Brust, als er seine Deckung wieder verliert. Ryan gerät ins Straucheln und atmet wie eine Lokomotive. Ich kann den Rauch schon sehen, der aus seinen Ohren kommt. Ich gehe zurück auf meine Position und gebe ihm die Chance, sich kurz zu sammeln.

»Das kriegst du zurück, zieh dich warm an«, droht er zornig. All das fühlt sich wie ein Schauspiel an und wir sind die Marionetten. Selbstverständlich meint es keiner von uns wirklich ernst. Wir haben Spaß an dem, was wir tun, und können uns austoben.

»Komm schon. Mach deinem Ärger Luft«, fordere ich. Doch mit dem, was folgt, hätte ich niemals gerechnet. Ryan läuft auf mich zu. Er setzt zum Sprung an und stößt sich ab. Sein Kick trifft mich hart gegen meine ungeschützte Brust und ich werde von seiner Stärke nach hinten geschleudert.

»Scheiße«, fluche ich. »Es steht wohl 1 zu 0 für dich, verdammt.«

Wann hat er mich das letzte Mal besiegt? Ich hätte meine eigenen Tipps beherzigen müssen und war viel zu überheblich. Ich reflektiere mein Verhalten des Kampfes und freue mich auf eine Revanche.

»Komm schon hoch«, fordert Ryan und reicht mir seine Hand, mit der er mich wieder auf die Beine zieht. »Wie wär's mit 'ner Revanche?«, fragt er amüsiert und ich nicke.

»Die lass ich mir sicher nicht entgehen«, erwidere ich und will mich bereits positionieren, als ich ein seltsames Händeklatschen vernehme.

Auch Ryan dreht sich um und wir staunen nicht schlecht, als vier hochgewachsene und gut proportionierte Männer mit einer etwas jüngeren Frau auf den Ring zukommen.

»Ein guter Kampf, wenn auch viel zu amateurhaft«, mischt sich der eine ein, dessen Stimme ich sofort erkenne. Caden.

Die haben uns gerade noch gefehlt. Menschen, mit denen wir rein gar nichts zu tun haben wollen und von denen wir uns seit einiger Zeit versuchen, zu distanzieren. Sie sind überall, wo wir sind. Auch wenn wir sie nicht immer sehen.

Die Fehler unserer Vergangenheit haben sie auf den Plan gerufen und wir müssen wohl oder übel mit diesen Kriminellen leben. Dennoch muss ich sie hier nicht tolerieren. Schweiß tropft mir von der Stirn und meine Wut steigt. Sie gehören nicht hierher.

»Was willst du hier?«, frage ich Caden nun direkt.

»Ich glaube nicht, dass dich das was angeht«, erwidert er lässig und abweisend. »Wir müssen schließlich in Form bleiben und haben gedacht, wir nehmen unser neuestes Mitglied mit.«

Also haben sie wieder ein Opfer gefunden. Wahrscheinlich die Frau neben ihm, die sich genau wie wir auf diese Menschen eingelassen hat.

Für Träume und Zukunftsvisionen, die blind machen. Die uns blind gemacht haben.

Austin und Ryan schauen nur auf mich und ich weiß genau, warum. Caden will sich immer mit mir messen. Gleich einem Kampf der Titanen. Wir sind Erzfeinde und ich kann nicht ruhig bleiben. Ich will ihn loswerden. Endgültig.

»Verschwindet«, knurre ich zwischen zusammengebissenen Zähnen. Meine Kiefermuskeln spannen sich an.

»Na, na, na. Wer wird denn gleich so unfreundlich sein? Was würde deine Süße davon halten? Wie war ihr Name noch gleich? Talia?«, provoziert er mich weiter und meine Nerven liegen mit einem Mal völlig blank. Ich kann mich nicht mehr halten. Diesem Mann gehören Manieren beigebracht und ich bin derjenige, der sie durchsetzen wird. Wenn ich ihm dafür den Kiefer brechen muss, werde ich das tun.

Ich reiße mir die Boxhandschuhe von den Händen, mit einem schnellen Satz springe ich über die Seile des Rings und lande direkt vor Caden auf den Füßen. Austin und Ryan schaffen es nicht, rechtzeitig zu reagieren.

Caden beäugt mich kritisch und sieht nicht aus, als realisiere er, was hier gerade passiert.

»Halt sie da raus!«

»Sonst was?«

Ich schaue nach unten, balle meine Hände zu Fäusten und im nächsten Moment kracht meine Rechte in sein Gesicht. Er taumelt nach hinten und gibt komische Geräusche von sich.

»Verdammte scheiße«, schreit er. »Du hast mir den Kiefer gebrochen. Mistkerl.«

Ich schüttle gelassen meine Hand, die ein wenig schmerzt. Das war es mir mehr als wert.

»Das wirst du bereuen, Hunt«, ruft er drohend.

Ich laufe auf ihn zu, um ihm noch eine zu verpassen und ihm den Mund auszuwaschen. Er soll an seinen Drohungen ersticken, denke ich. Doch im selben Moment packt mich Ryan auf der einen und Austin auf der anderen Seite.

Sie legen ihre Hände auf meine Schultern und bedeuten mir damit, dass es nun reicht. Ich bin nicht wahnsinnig oder irre. Deshalb höre ich auf meine Freunde, meine Partner. Dennoch bleibt mein Blick wütend auf Caden haften. Seine Freunde, oder wie auch immer er diese Menschen bezeichnen mag, treten in den Hintergrund. Sie halten sich da raus. Stark.

Erwartungsvoll schaut er sie an. Keine Reaktion. Keine Hilfe.

»Endstation«, murmle ich und Caden kann sich gerade noch zurückhalten, etwas wirklich Dummes zu tun.

Er pfeift seine Leute zu sich und zusammen laufen sie in meine Richtung, um den Raum zu verlassen. Im letzten Moment zögert er nicht und trifft mich an der Schläfe. Ich blende alles um mich herum aus und will auf ihn losgehen.

»Ethan«, dringt die Stimme von Ryan zu mir durch. »Er ist nicht von Relevanz.«

Nur durch Ryan und Austin schaffe ich es, mich wieder auf das Hier und Jetzt zu konzentrieren und packe mir an die Wunde. Blut tropft auf den Boden.

Caden schaut noch einmal zurück und wirft mir ein schiefes Lächeln zu, welches mich zur Weißglut treibt.

»Fuck«, fluche ich und Austin wirft mir ein Handtuch entgegen. Ich drücke es auf die Blutung. Wahrscheinlich eine kleine Platzwunde.

»Das«, sagt er und zeigt auf meinen Kopf, »sollte sich ein Arzt ansehen.«

Eigentlich bin ich nicht wehleidig oder empfindlich, aber mit einer offenen Platzwunde will selbst ich nicht herumlaufen. Meine Mandanten sollen nicht den Eindruck bekommen, ich sei ein

Schläger oder würde mich in meiner Freizeit mit anderen Menschen anlegen, auch wenn das zum Teil der Wahrheit entspricht. Ein Schläger bin ich nicht und doch verteidige ich das, was mir lieb und teuer ist, wenn es sein muss.

»Überredet«, bringe ich knurrend hervor.

»Beruhige dich, Tiger«, mischt sich nun auch Austin ein. Ich will Caden in der Luft zerreißen und er sollte mir nicht mehr so schnell unter die Augen treten. Das nächste Mal wird nicht so glimpflich ablaufen wie heute. Als ich realisiere, was er vorhin gesagt hat, halte ich schlagartig inne. Wieso ist mir das jetzt erst aufgefallen?

»Habt ihr mitbekommen, was er gesagt hat?«

»Eine Menge unnützes Zeug. Auf was willst du hinaus?«, erwidert Ryan stutzig.

Austin schaut verwirrt und sieht nachdenklich aus. Er ist kein Mann der vielen Worte und eher in sich gekehrt.

»Er hat auf Talia angespielt.«

Mit einem Mal verstehen beide, was ich meine und was gerade passiert ist. Er weiß von Talia. Woher kennt er sie?

»Wie konnte das passieren?«, zische ich und verfluche mich gleichzeitig selbst. »Das darf nicht wahr sein. Ein einziges Mal war ich für wenige

Minuten allein mit ihr. Ein verdammtes einziges Mal.«

»Wir wissen nicht, was er mitbekommen hat, Ethan. Beruhige dich. Solange wir keinen Anhaltspunkt haben, sollten wir weitermachen wie bisher. Ich sehe sie nicht in Gefahr«, sagt Ryan, holt mich zurück auf den Boden der Tatsachen und ich kann seine Worte nachvollziehen. Irgendwie hat er recht. Vielleicht wollte er mich nur testen oder provozieren.

Mein Puls entschleunigt sich wieder und ich lockere meine Finger, die die ganze Zeit über zu Fäusten geballt waren. Meine Atmung geht regelmäßiger und ich schaffe es, ruhiger zu werden.

»Du wirst recht haben, Ryan.« Ich fange an, mir einzureden, dass Talia sicher ist und ihr nichts passiert. Sie werden sie nicht kriegen. Nicht, wenn ich sie beschütze. Und wie könnte das besser gehen, als wenn sie nun jeden Wochentag in meiner Kanzlei verbringt? Ich kann sie im Auge behalten und werde Feinde um jeden Preis von ihr fernhalten.

KAPITEL 6

Nach den merkwürdigen Ereignissen Freitag Nacht frage ich mich noch immer, wer der Mann war, der mir bis nach Hause gefolgt ist. Ob ich ernsthaft so stark durch den Wind war und mir das alles nur ausgedacht habe. Ob mir mein Gehirn einen Streich spielen wollte und mich in die Irre geführt hat.

Mein erster Arbeitstag ist also gekommen. Ich stehe vor der Drehtür in das riesige Gebäude, welches direkt in den Himmel ragt, und frage mich, was heute auf mich zukommt. Habe ich die richtige Entscheidung getroffen, mit Ethan zusammenzuarbeiten? Kann das denn überhaupt gut gehen?

Meine Füße setzen sich langsam in Bewegung und es ist, als könne ich nicht dagegen angehen. Mein Herz rast und ich bin wirklich aufgeregt. Unter meinem weißen und ziemlich edlen Overall zittern meine Knie und ich bin froh, dass man sie unter meiner gewählten Kleidung nicht sehen kann. Heute möchte ich den bestmöglichen Eindruck von mir vermitteln und zeigen, dass ich den Job verdient habe, dass Ryan Clark eine gute Entscheidung getroffen hat. Auch abseits meiner Referenzen, die er ja vor unserem knappen Gespräch schon kannte. Ich werde Ethan zeigen, dass ich ihn nicht brauche und mein Leben selbst bestimme, nicht abhängig von ihm mache.

Also fasse ich neuen Mut und trete mit gestrecktem Rücken und erhobenen Hauptes in die Eingangshalle. Die kleine blonde Frau vom letzten Mal kommt auf mich zu.

Ich kann mich nicht mit ihrer Art anfreunden und doch würde ich gern mehr über sie erfahren.

»Guten Morgen«, begrüßt sie mich doch ziemlich nett.

Ich erwidere mit einem freundlichen Hallo und gebe ihr die Hand. Schließlich sind wir nun auf nicht absehbare Zeit Kolleginnen.

»Ich bin übrigens Sophia Baker. Ich schmeiße

den Empfang und kümmere mich hauptsächlich um die Gäste, wenn sonst nichts ansteht«, erklärt sie und zwinkert mir verführerisch zu. Wow. Was genau will sie mir gerade sagen? Hat sie etwa etwas mit einem der Angestellten hier? Wäre ja gar nicht so abwegig, wenn ich über Ethan und mich nachdenke.

Eigentlich wollte ich nicht wieder in diese Gedankenrichtung abrutschen und doch fällt mir das Ganze schwer. Natürlich. Wie soll es anders sein, wenn ich mit ihm unter einem Dach zusammenarbeite.

»So dumm von dir, Talia«, platzt es aus mir raus.

»Wie bitte?«, fragt Sophia genervt. Ups.

»Eh. Ist mir rausgerutscht«, erwidere ich verunsichert.

»Ach ja, führst du oft Selbstgespräche? Wie hast du Ryan von dir überzeugen können, wenn du Selbstgespräche führst? Na ja. Er ist ja auch nicht die hellste Leuchte hier.«

Mit Sophia werde ich es nicht leicht haben und innerlich juble ich bereits, dass sie keine direkte Kollegin von mir ist und ich sie kaum sehen werde. Sie mag Ryan wohl nicht besonders. Ich gehe nicht weiter auf sie ein, bevor das Gespräch merkwürdige Wendungen nimmt.

Sophia läuft bereits in Richtung Aufzüge. Natürlich gibt es nicht nur einen, was habe ich mir auch gedacht?

»Wahnsinn«, murmle ich völlig erschlagen von diesem Gebäude und der stilsicheren Einrichtung.

Sophia dreht sich zu mir um und schaut mir kritisch entgegen. »Du solltest das definitiv lassen, wenn du heute nicht schon deinen letzten Tag haben willst«, sagt sie zickig und meine Stimmung kippt.

»Puh, wer könnte nur auf die stehen.« Als ich die Worte laut ausgesprochen habe und erst hinterher bemerke, dass ich sie LAUT ausgesprochen habe, halte ich mir blitzschnell die Hand vor den Mund und starre Richtung Sophia. Meine Hoffnung, sie könnte meinen Ausbruch nicht gehört haben, zerplatzt mit einem Mal.

»Das hab ich gehört.« Sie schaut mich nicht einmal an und steigt einfach in den Aufzug.

»E- Entschuldige.«

»Ja, ja, komm schon. Steig ein.« Ihre Ansage ist klar und deutlich. Also springe ich, so schnell es mit hohen Schuhen eben möglich ist, in den noblen Aufzug. Während der Fahrt in den vierzehnten Stock sage ich kein Wort mehr und Sophia würdigt mich keines Blickes. Wer kann es ihr verdenken? Ich habe mich schon jetzt nicht gerade beliebt gemacht und frage mich, ob der Tag ein Reinfall wird. Ich kann nur hoffen, keine kleinen oder gar großen Katastrophen auszulösen.

Der Aufzug ist angekommen und ich halte den Atem immer noch an. Ich laufe Sophias wippendem Pferdeschwanz hinterher. Hm. Ob ich mir die Haare auch so stylen sollte?

Ich fange lautstark an zu lachen und wenn sie mich jetzt nicht für völlig verrückt hält, weiß ich auch nicht. Ich konnte es mir nicht verkneifen. Ihre ganze Erscheinung spiegelt das Gegenteil von meiner wider.

»WAS verdammt ist so lustig?«

Oh je. Da hast du was angestellt, Talia, ermahne ich mich selbst.

»I- Ich bin gestolpert«, gebe ich zurück und hoffe, sie glaubt mir meine kleine Notlüge.

»So, so.« Sie dreht sich zu mir um und fängt an, mit ihren Fingern zu zählen. »Ich fasse zusammen. Du führst Selbstgespräche, lästerst gern und kannst nicht einmal gerade laufen, angemerkt auf einem ebenen Boden ohne jegliche Hindernisse?«

Bevor ich etwas erwidern kann, fällt mein Blick auf Ryan, der gerade hinter ihr um die Ecke biegt und auf uns zukommt. Meine Rettung, mein Held.

»Du hast unsere reizende Sophia also schon kennengelernt«, stellt er lachend fest.

»Sie war so freundlich und hat mich begleitet«, erwidere ich stockend.

»Vielen Dank, Sophia. Den Rest schaffe ich allein«, lässt er sie wissen. Sophia steigt wieder in den noch offenen Aufzug und hinterlässt mir einen kühlen Blick, als sich die Tür schließt, der mir direkt durch Mark und Bein schießt. Bezaubernd. Sie ist wirklich bezaubernd.

»Eine nette Person«, bekunde ich monoton.

»Nicht wirklich. Aber das muss ich dir ja nicht sagen. Das hast du sicher schon selbst herausgefunden«, meint er ehrlich und grinst. »Dann will ich dir mal dein Büro zeigen.«

Unauffällig folge ich ihm und bin schon aufgeregt. Diese Kanzlei ist wie eine fremde Welt für mich.

Im Dorf gibt es eine Frau für alles. Hier hat jeder seinen eigenen und einzigartigen Platz. Als wir vor einem Zimmer gegenüber von seinem und Ethans Büro stehen, überkommt mich ein Gefühl der Enge. Ich werfe einen Schulterblick in Ethans Büro, welches sich durch das Metallschild als solches verraten hat, und kann ihn nicht ausmachen. Er ist nicht da.

Sein Stil ist unglaublich männlich und ich fühle

106

mich auf Anhieb angezogen. Dennoch engt mich die Nähe zu ihm und seinem eigenen Leben ein. Ich vermisse sie und gleichzeitig weiß ich nicht, wie ich damit klarkommen soll, ihn jeden Tag zu sehen, zu riechen, nicht berühren zu können. Sein Duft hängt sogar jetzt in der Luft, ohne dass er überhaupt anwesend ist. Ich habe nie aufgehört, ihn zu lieben, und kann mir mit einem Mal kaum noch vorstellen, hier zu arbeiten.

Ob er Frauenbesuch bekommt?

»Hey«, schimpft Ryan belustigt und reißt mich aus meinen Gedanken, die wieder einmal die Oberhand gewonnen und sämtliche Zweifel in mir ausgelöst haben. »Hier spielt die Musik.«

Das lasse ich mir nicht zweimal sagen. Was er wohl von mir denkt?

»Entschuldige«, gebe ich kleinlaut zurück. Bereits meine zweite Entschuldigung an meinem ersten Arbeitstag, von dem sage und schreibe genau zehn Minuten vorüber sind. Folgen nur noch sieben Stunden und fünfzig Minuten. Was soll da schief gehen?

»Ich kann's dir nicht verübeln«, sagt er und schaut wieder in das Zimmer vor ihm. »Das ist es. Du kannst dich einrichten, wie du möchtest. Wenn dir irgendetwas fehlt, sag direkt Bescheid.«

Ich trete ein und mir fällt auf Anhieb der cleane Stil auf. Ein weißer Schreibtisch und eine helle Fensterfront, die ausreichend Licht in den Raum lässt. Ein großes Büro für mich allein und ich kann es kaum fassen. Meine Gefühle fahren Achterbahn und ich weiß gerade gar nicht mehr, was richtig und falsch ist. Eigentlich sollte ich extrem froh darüber sein, einen solchen Job bekommen zu haben. Ich bin sicher, es erwarten mich einige spannende Aufgaben. Andererseits muss ich es schaffen, mit Ethan als direktem Vorgesetzten eng zusammenzuarbeiten. Schon jetzt, obwohl er nicht einmal anwesend ist, fällt es mir schwer und ich bin froh, dass Ryan mich bereits allein gelassen hat. Mir wird bewusst, dass ein Neuanfang auch immer ein Abschied ist. Mal mehr, mal weniger schmerzhaft. Allmählich kann ich aber behaupten, mich schon nach wenigen Tagen an Chicago gewöhnt zu haben. Denn ich stehe genau hier, in meinem eigenen Büro. Ich blicke nach unten auf das rege Treiben der Menschen, die von hier oben winzig wirken, und frage mich, wie es wohl wäre, einer von ihnen zu sein.

Ich wende mich ab, lasse mich auf dem Lederstuhl nieder und starre an die Decke. Ich drehe mich im Kreis und neben den Unsicherheiten verspüre ich langsam ein Gefühl des Glücks. Ich muss nur lange genug graben, um es völlig zum Vorschein zu bringen und versuche, es wenigstens für den Moment auszukosten. Seufzend genieße ich also die Umdrehungen, die mich so stark ablenken, dass ich nicht bemerke, nicht allein zu sein. Natürlich trete ich auch ins nächste Fettnäpfchen.

»Verrückt durch und durch«, ertönt Austins Stimme, die ich mir bereits bei unserem ersten Treffen gut eingeprägt habe. Sie ist markant und fast unvergleichlich. Zumindest besitzt sie einen starken Wiedererkennungswert.

Im Handumdrehen bremse ich meine Drehungen mit den Füßen ab und versuche, einen seriösen Gesichtsausdruck aufzusetzen.

»Guten Tag, Austin«, begrüße ich ihn ruhig und gelassen, obwohl mir mein Herz bis zum Hals schlägt. Am liebsten würde ich auf der Stelle im Boden versinken und nie wieder auftauchen.

Moment. Hat er gerade verrückt gesagt? Meint er mich damit?

»Herzlich willkommen, Talia. Keine Sorge, ich werde niemandem verraten, was ich da gerade gesehen habe«, sagt er belustigt und vor allem sarkastisch.

Austin besitzt eine freundliche Art, die mir direkt aufgefallen ist. Ich suche nach den passenden Worten und die Pause scheint schier Ewigkeiten anzudauern.

»Hast du deine Zunge verschluckt?«, fragt Austin nun ernst.

»Eh, nein. Ich … Ich freue mich, hier zu sein, wenn vielleicht auch etwas zu sehr«, versuche ich, mich rechtzufertigen.

»Talia, das war doch nur Spaß! Verstell dich nicht. Du bist genau richtig, so wie du bist. Sonst wärst du nicht hier, sonst hätte dich Ryan nicht eingestellt. Wir brauchen ehrliche und offene Menschen, die sich nicht verändern, um gemocht oder anerkannt zu werden. Mach dich locker.«

Damit hätte ich nicht gerechnet. Ich habe nicht gedacht, dass mich noch irgendetwas überraschen kann.

»Alles klar, danke«, erwidere ich unsicher. So ganz blicke ich hier noch nicht durch und doch ist Austin wirklich sympathisch.

»Dann will ich dich mal nicht weiter verunsichern«, beruhigt er mich und ist so schnell verschwunden, wie er aufgetaucht war. Ich muss mir definitiv merken, dass ich hier nicht allein bin und machen kann, was ich will. Notiz an mich, check.

110

Ich habe mich jetzt schon mehrfach merkwür- dig verhalten. Zumindest hat es jedes Mal so aus- gesehen und im Nachhinein muss ich gestehen, es ist mir peinlich. Ich muss mich auf die Arbeit konzentrieren und das Beste aus meiner Situation machen. Ich werde ihnen schon zeigen, dass ich die Richtige für diese Stelle bin, auch wenn ich immer wieder an Ethan denken muss. Wenn ich ehrlich bin, geht er mir nie ganz aus dem Kopf. Irgendein Teil von mir denkt immerzu an ihn. Es ist schon verrückt, dass ausgerechnet er mein Chef ist und ich hier in dieser Kanzlei gelandet bin. Trotz allem wecken meine Gedanken auch meinen Kampfgeist, der sich viel zu selten zeigt.

»Talia, du bist eine unabhängige und starke Frau«, sage ich mir selbst und ein bisschen glaube ich daran. Wenn ich's mir immer wieder einrede, werde ich bestimmt bald gänzlich daran glauben. Vielleicht, vielleicht auch nicht. Eins ist ganz klar. Ich werde mich jetzt auf die Arbeit konzentrieren und versuchen, alles rund um Ethan in den Hin- tergrund zu drängen.

Hastig gucke ich mich in meinem Büro um. Es ist alles da, was ich brauche. Gesetzestexte, Bücher zum Nachschlagen, ein Computer und die not- wendigen Büromaterialien eben. Eine entschei-

111

dende Sache fehlt. Die Arbeit! Ich muss also her-ausfinden, was ich eigentlich tun soll.

Erst jetzt fällt mir auf, dass ich den Vertrag un-terschrieben habe, ohne nachzulesen, was meine Aufgaben sind. Na ja. So schlimm kann es ja nicht werden. Also beschließe ich, auf die Suche nach einem Ansprechpartner zu gehen.

Noch einmal wage ich einen kleinen Abstecher in Ethans Büro. Niemand da. Merkwürdig. Direkt daneben befindet sich das Zimmer von Ryan. Zaghaft klopfe ich an seine Tür und platze rein.

»Was gibt's denn?«, fragt Ryan mürrisch. Ak-tenberge stapeln sich auf seinem Tisch und er sieht beschäftigt aus.

»I- Ich suche Arbeit«, gestehe ich.

»Ach was, hm. Wie wäre es, wenn du auf das Telefon achtest. Dort kommen nur Anrufe für uns vier an.«

Da ich ihn nicht weiter stören will, gebe ich mich mit der Aufgabe zufrieden, nicke kurz und schließe leise die Tür.

Na toll. Nachdem ich nun gefühlt stundenlang auf das Telefon vor mir gestarrt habe und es nicht ein einziges Mal geklingelt hat, beschließe ich, eine kurze Pause zu machen. Verzweifelt nehme ich meinen Kopf in die Hände und frage mich, ob

112

jeder Tag so aussehen wird, als ich ein Räuspern vernehme.

»Hi, Sophia. Was führt dich zu mir?« Eigentlich habe ich überhaupt keine Lust, mich mit ihr zu unterhalten, und doch sehe ich das Gespräch als kurze Auszeit.

»Ich wollte nach dir sehen. Du wirkst aber nicht gerade glücklich«, stellt sie fest. »Darf ich mich setzen?«

Bevor ich antworten kann, sitzt sie bereits auf dem Stuhl vor meinem Tisch und überschlägt ihre langen Beine. Immerhin hat sie Stil, das muss ich ihr lassen. Das weinrote knielange Kleid passt perfekt zu ihr und schmeichelt ihrer Figur.

»Versteh mich nicht falsch, Sophia. Ich bin wirklich glücklich, hier zu sein, und doch frage ich mich gerade, wozu ich eigentlich hier bin.« Ein Seufzen entweicht mir.

»Vielleicht haben wir ja doch mehr gemeinsam, als du denkst«, erwidert sie kritisch und ich wusste, dass es noch spannend mit ihr werden konnte.

»Inwiefern?«

»Versteh mich nicht falsch. Ryan und die anderen sind schon anständig. Dennoch solltest du dich besser fern von ihnen halten. Sie sind verstrickt in Dinge, aus denen wir uns besser raushalten«, meint sie ernst und ich verstehe kein einziges Wort. Worauf will sie hinaus und was genau versucht sie, mir zu sagen?

»Ich entscheide gern selbst, auf wen ich mich einlasse und auf wen nicht«, erwidere ich kühl und abweisend. Meine Menschenkenntnisse sind nicht die schlechtesten, auch wenn ich mich oft genug daneben benehme.

»Kann es sein, dass du auf einen der vier stehst?«

Ich habe nicht damit gerechnet, dass sie so weit geht. »Bist du auf irgendeine Art und Weise eifersüchtig, Sophia?«, frage ich sie fordernd.

»Ha, also habe ich recht«, platzt es aus ihr raus.

»Keine Sorge, du darfst Austin gern behalten«, kontere ich und hoffe, sie lässt mich jetzt in Ruhe.

»Wie kommst du bitte darauf, dass ich auf ihn stehe?«, fragt sie empört und ist anscheinend eingeschnappt. Gut. Vielleicht lässt sie ja endlich von mir ab, wenn ich sie vor den Kopf stoße. Eigentlich nicht mein Stil und doch nimmt dieses Gespräch eine Wendung, die ich nicht kommen gesehen habe. Auf die ich definitiv verzichten kann.

»Es gibt sicher niemanden hier, der es nicht sieht«, lüge ich. Eigentlich habe ich gar keine Ahnung und hoffe, gut gebluﬀt zu haben.

»Aha. So wie du, die stündlich Ausschau nach Ethan Hunt hält?« Es kommt mir so vor, als würde sie gezielt auf Ethan anspielen. Mir ist nur noch nicht klar, wieso. Was verspricht sie sich davon?

»Selbst wenn, wäre das ganz allein meine Sache«, sage ich nachdrücklich. Aber anstatt dagegen anzugehen, schleicht sich ein breites Lächeln auf ihre Lippen und sie sieht zufrieden aus.

»Das reicht mir schon, vielen Dank für das überaus ergiebige Gespräch, liebe Talia«, erwidert Sophia rein provokant und macht mich ziemlich sauer. Sie springt auf, würdigt mich keines Blickes mehr und verschwindet.

Nachdem sich meine Wut langsam wieder zügelt, frage ich mich, was das Ganze zu bedeuten hat. Verwirrt laufe ich auf und ab. Ich schaffe es aber nicht, einen klaren Gedanken zu fassen. Die heutigen Ereignisse nagen an mir. Ich bin in mehrere Fettnäpfchen getreten, Ethan ließ sich nicht blicken und ich fühle mich mehr als fehl am Platz. Noch sehe ich keinen Nutzen darin, hier zu sein.

Als ich meine Tasche packe und mich gerade auf den Weg machen will, um endlich hier raus zu kommen, fängt mich Ryan ab.

»Alles in Ordnung, Talia?«

»Sicher.« Im Grunde schon. Eigentlich aber nicht. Nichts ist in Ordnung. Gar nichts.

»Ich hoffe, du hattest einen schönen ersten Arbeitstag. Bei mir stapelt sich die Arbeit, aber ich verspreche dir, dass wir mehr Zeit für dich haben werden.«

Ich glaube ihm, auch wenn ich mich gefühlt habe, als wurde ich hinten angestellt. Oder wie ein Fahrzeug geparkt.

»Wir sehen uns morgen«, sage ich entschlossen und beende das Gespräch, bevor es noch unangenehm wird. Davon hatte ich heute genug, an meinem ersten Tag, der gänzlich daneben lief.

»Ich will dich nicht weiter aufhalten. Bis morgen, Talia.«

Ich schiebe mich an ihm vorbei, steige in den Aufzug und bin froh, diesen Tag überlebt und bestanden zu haben. Egal auf welche Weise. Egal wie. Morgen werde ich ganz neu anfangen. Wie sagt man so schön? Neuer Tag, neues Glück. Ich hoffe, dass etwas Wahres dran ist.

Unten angekommen beachte ich Sophia gar nicht und glaube, sie hat mich nicht einmal bemerkt. Besser so. Mittlerweile kenne ich den Weg nach Hause. Das komische Gefühl bleibt, welches sich jetzt noch stärker zeigt. Es ist bereits dunkel

116

und einige Wege nicht so hell beleuchtet wie andere. Ich laufe schnell und schaue mich nicht groß um. Ich fokussiere meinen Blick nach vorn. Niemand sonst ist hier unterwegs.

Zwölf Minuten. *Es sind nur zwölf verflixte Minuten, Talia,* ermahne ich mich. So lange brauche ich, um zu Hause anzukommen. Einen Fuß vor den anderen setzen und atmen nicht vergessen. Ich bin schon fast da, als ich erleichtert aufatme. Nichts ist passiert. Vielleicht habe ich mir die Ereignisse von Freitag Nacht wirklich nur eingebildet. Ich zweifle an meinem Verstand. An dem, was ich gesehen haben will, und doch war ich mir so sicher, dass mir der Mann genau in die Augen geschaut hat.

Die Trennungszeit verlief nicht ohne Komplikationen für mich und meine Psyche. Noch vertraue ich mir selbst nicht gänzlich und hinterfrage jede merkwürdige Situation.

Vor dem kleinen Gartentor angekommen, wühle ich nach meinem Schlüssel. Mit einem lauten Rascheln gleitet mir der Bund aus den Fingern und fällt direkt auf den Asphalt zu meinen Füßen. Mist.

Ich bücke mich und will nach ihm greifen, als eine fremde Hand auf meine stößt. Mein Herz hört auf zu schlagen. Ich bekomme keine Luft, kann nicht atmen.

Eine Sekunde später hebt sie den Schlüssel auf und ich versuche, nicht in Panik zu geraten. Wie in Zeitlupe richte ich mich langsam auf und mache mich darauf gefasst, den Fremden zu erblicken. Fehlanzeige.

Ich drehe mich einmal um die eigene Achse und kann ihn nicht entdecken. Meinen Schlüssel kann ich auf dem Sockel neben dem Törchen ausmachen. Ohne große Umschweife schnappe ich ihn mir, stecke den Schlüssel so schnell wie nie ins Schloss und eile auf das Grundstück.

Grace muss mich gehört haben, sodass sie im passenden Moment die Haustür öffnet und ich mit einem Satz wie eine Verrückte hinein springe.

»Mach die Tür zu«, rufe ich hysterisch. »Mach sie zu!«

Grace schaut mich erschrocken und fragend an. Rasch schließt sie die Tür von innen ab und drückt sich mit dem Rücken gegen sie. »Was ist hier los?«

Ich falle ihr in die Arme.

»Du bist ja ganz außer Atem. Geht es dir gut? Was ist da draußen passiert?« Grace klingt aufgeregt.

Ich bekomme keinen Ton raus und ringe noch immer nach Luft. »Grace.«

»Ich bin ja da, Talia. Lass uns nach oben gehen.«

Widerwillig löse ich mich von ihr und gemeinsam erklimmen wir die knarrenden Stufen des alten Hauses. Grace nimmt mir sanft die Jacke, meine Tasche und die Schlüssel ab, die ich fest umklammert in der Hand behalten habe.

»Du siehst aus, als hättest du einen Geist gesehen«, murmelt sie aufgeregt. Ich kann ihre Unsicherheit spüren. Langsam schaffe ich es, mich wieder zu fangen. Wir setzen uns an den Tisch und ich versuche, ihr zu erklären, was passiert ist. Von Anfang an.

»Wenn ich's dir doch sage. Er ist mir den ganzen Weg bis zur Ecke gefolgt und blieb dort stehen. Er hat mich direkt angesehen«, schildere ich mehr schlecht als recht.

»Und wenn er sich nur nicht sicher war, wo er hin muss? Vielleicht hast du dir das nur eingebildet. Du warst an diesem Abend sowieso völlig fertig. Das hab ich dir doch angesehen«, meint sie störrisch und ich zweifle selbst immer mehr an meinen eigenen Gedanken. Spielen sie mir einen Streich? Wenn Grace das Geschehene genau so sieht, sollte da etwas Wahres dran sein.

»Und wie erklärst du dir die Ereignisse heute Abend?«, frage ich sie quengelnd. Ich habe mir bestimmt nicht ausgedacht, dass eine fremde Hand meine berührte und gleichzeitig nach MEINEN Haustürschlüsseln griff.

»Da war jemand nur nett«, erwidert Grace und zieht die Schultern hoch.

»Nur nett. Nur nett? Er ist einfach verschwunden!« Wenn ich mich nur selbst reden hören könnte. Ich muss einen Schritt runter fahren und mich langsam wieder beruhigen. Ein- und ausatmen, Talia. Ein und aus.

»Dir geht das alles ziemlich nahe, oder?« Jetzt klingt sie besorgt. Sie soll sich aber keine Sorgen um mich machen. Sie hat ihre eigenen, die sie quälen. Ich weiß es. Und ich muss wieder klarkommen, auch wenn mir das nicht leicht fällt. Ich habe die Chance einer steilen Karriere und lasse sie mir nicht entgehen. Nicht durch Ethan und schon gar nicht durch eingebildete Verfolger. Wenn ich nur nicht so stark zweifeln würde.

Sie greift nach meiner Hand, um für mich da zu sein.

»Schon gut. Wirklich. Ich komme klar.«

Auch wenn mir keiner glaubt, will ich hinzufügen und doch tue ich's nicht.

»Bist du sicher? Wenn du wirklich davon überzeugt bist, rufe ich die Polizei für dich an. Dann
sollten sie wissen, dass dich jemand verfolgt«, bemerkt sie und doch kann ich ihre Unsicherheit
heraushören.

Sie glaubt mir nicht. Ich glaube mir nicht. Oder
doch? Verdammt.

Die Nacht war ziemlich kurz und geschlafen habe
ich auch kaum. Wie sollte ich, wenn mich so viele
Gedanken plagen und einfach keine Ruhe geben.
Die zahlreichen Eindrücke sind immer noch er-
schlagend. Ein neuer Job, neue Kollegen und
Chefs, ein völlig neues Zuhause. Da sollte mich
das nicht gerade wundern, dass ich neben mir stehe und nicht mehr weiß, wo oben und unten ist.

Die Stunden und Tage vergehen schnell. Die
erste Woche rast an mir vorbei und ich weiß
nicht, wo die Zeit hin ist.

Noch kann ich nicht sagen, ob ich wirklich glücklich bin und mein Leben genau so leben will,
wie es sich momentan darstellt.

Ryan und Austin haben weiterhin kaum Zeit
für mich und ich verbringe die meisten Tage mit
herumsitzen. Ständig starre ich aufs Telefon und
warte darauf, dass endlich jemand anruft. Lang-

121

sam glaube ich, dass sie so gut wie keine Anrufe erhalten. Zumindest keine, die direkt an die vier gehen. Die übrigen Mandanten fangen die Angestellten ab, die im Gebäude verteilt sitzen. So habe ich mir meine Stelle nicht vorgestellt. Der Alltag einer Rechtsanwaltsfachangestellten sollte daraus bestehen, Abrechnungen zu erstellen, Schriftsätze zu verfassen und Mandanten über Neuigkeiten zu informieren.

Sophia ignoriert mich seit dem ersten Tag. Wieso geht mir das so nahe? Eigentlich halte ich nach wie vor nichts von ihr, aber gehasst werden möchte ich auch nicht.

Ich habe mich also durch diese Woche geschleppt, obwohl ich motiviert war und alles geben wollte.

Ethan ist nicht aufgetaucht. An keinem beschissenen Tag. Er geht mir aus dem Weg. Ganz klar. Sein Zimmer ist leer. Immer, wenn ich einen kurzen flüchtigen Blick hineinwerfe, ist niemand da. Ich kann es ihm nicht verübeln. Er hat wahrscheinlich genug von mir. Vielleicht auch eine andere Frau gefunden? Ich will nicht darüber nachdenken. Der Gedanke quält mich, auch wenn wir schon einige Jahre getrennte Wege gehen. Mein Herz schlägt für ihn. Nur für Ethan Hunt.

KAPITEL 7

Mir ist nicht bewusst gewesen, dass ich diese Auszeit wirklich gebraucht habe. Denn erst jetzt merke ich, wie gut sie mir getan hat. Seit langem habe ich keinen Urlaub mehr gemacht und als solchen kann man meine Zwangsauszeit auch gar nicht betiteln. Denn ich habe mich ausschließlich mit mir beschäftigt und bin nicht verreist. Sonderlich viel habe ich nicht getrieben. Ich habe mir Zeit für mich genommen und mich mit meinen wirren Gedanken auseinandergesetzt. Mir ist nach dem Aufeinandertreffen mit Caden klar geworden, wie gefährlich diese Kriminellen sind. Ich habe aber beschlossen, endlich gegen sie anzukämpfen.

Ich kann mich nicht länger von ihnen unterdrücken lassen. Ich kann nicht länger mein Leben nach ihnen richten. Sie haben in diesem nichts zu suchen und ja, das ist eine Kampfansage. Auch wenn sie keiner zu hören vermag, ich meine es todernst. Ich hoffe sogar darauf, dass Caden von meinem Angriff berichtet und wie dumm er war, mich zu provozieren. Er hat sich mit dem Falschen angelegt, auch wenn ich bisher immer klein beigegeben habe. Damit ist Schluss. Jetzt und ein für alle Mal. Keine Unterdrückung, keine Drohungen mehr.

Auch wenn Austin, Ryan und Finley meine Entscheidung nicht als gut durchdacht ansehen, bin ich mir im Klaren darüber, was sie bedeutet.

Mir ist bewusst, dass ich alles verlieren kann, dass sie mir alles nehmen können. Ob ich dieses Risiko eingehe? Ja. Mit all den Konsequenzen und Niederschlägen. Solange ich niemanden als mich selbst damit verletzen kann, muss auch nur ich mit diesen leben. Ich ziehe niemanden mit rein und gehe hoffentlich als gutes Beispiel voran. Vielleicht trauen sich die anderen auch irgendwann, diesen Weg einzuschlagen. Egal, was passieren mag, ich kann mir sagen, dass ich alles richtig gemacht habe.

Eine Verbindung zwischen mir und Talia White kann Caden nicht ahnen. Woher auch? Von meiner Vergangenheit weiß er nichts und einen Anhaltspunkt gibt es nicht, der auf irgendetwas zwischen ihr und mir hindeutet. Ein Kuss. Mehr war nicht zwischen uns. Mehr wird nicht zwischen uns sein. Ich bin ihr Boss. Und genau diesen wird sie nun auch bekommen. Nicht mehr und nicht weniger. Keine Beziehung, keine Liebschaften. Dabei bleibt es, bis ich Caden oder vielmehr seinen Auftraggeber losgeworden bin. Erst dann kann ich mich wieder auf etwas anderes konzentrieren. Bis dahin muss ich eisern bei meiner Entscheidung bleiben.

Ich bin mir sicher, dass ich unter Beobachtung stehe. Vielleicht sogar in der Kanzlei. Bisher lässt nichts darauf schließen und doch kann ich's nicht ausschließen. Kein Risiko eingehen. Das habe ich mir geschworen. Niemanden mit reinziehen. Ich kämpfe meinen Kampf ohne Verluste, ohne Schäden.

Als ich meinen schwarzen Mercedes in der Tiefgarage des Gebäudes parke, schiebe ich meine Gedanken beiseite. Dafür hatte ich eine ganze Woche Zeit. Jetzt muss ich mich endgültig auf die Arbeit konzentrieren, die unweigerlich vor mir liegt. Den Luxus habe ich mir hart erarbeitet und doch würde ich alles für ein normales und selbstbestimmtes Leben eintauschen, wenn ich könnte. So einfach ist das Ganze aber nicht. Also steige ich aus und fahre mit dem Aufzug nach oben. Dahin, wo ich wieder die Maske eines anderen aufsetzen werde. Wo ich ein anderer bin. Der harte, unantastbare und vor allem unnahbare Strafverteidiger Ethan Hunt. Der, den alle erwarten. Auch wenn ich dieser gar nicht bin. Nicht immer jedenfalls. Der, der ich gar nicht sein will. Dennoch behalte ich meine Gefühle und Ansichten für mich. Der Abstand zu mir selbst tut gut. Den Boss heraushängen lassen, der respektiert wird. Der Verteidiger sein, vor dem die Staatsanwälte Angst haben.

Widerwillig muss ich zugeben, dass sich langsam aber sicher meine Aufregung zeigt. Der erste Arbeitstag mit Talia. Ich muss es schaffen, mich von ihr zu distanzieren und zu zügeln. Ich kann für nichts garantieren und muss mich irgendwie zurückhalten. Ihre Wirkung auf mich ist beängstigend und mit einem Mal hatte sie mich in der Bar um den Finger gewickelt, ohne die geringste Mitwirkung. Ich reagiere auf sie, mein Körper reagiert auf sie. Sofort und unwiderruflich.

Als sich diese verdammte Aufzugstür endlich

öffnet und ich auf den Gang trete, fühlt es sich an wie nach Hause kommen. Die vertraute Umgebung, der Geruch von Papier und Büchern. Das habe ich gebraucht und vermisst.

Als ich um die Ecke biege und an der Tür meines Büros stehe, versuche ich, mich nicht umzudrehen. Ich weiß, dass sie im Zimmer gegenüber meinem sitzt, und ich spüre ihre starke Präsenz. Ihr süßlicher blumiger Duft spielt mit meinen Sinnen.

Ich schließe meine Finger fester um den Türgriff. Meine weißen Knöchel treten hervor. Kurz halte ich inne und schaffe es schließlich, mich aus diesem Bann zu befreien, den Talia auf mich wirkt. Schnell drücke ich die Klinke nach unten und traue meinen Augen nicht.

»Hey, Mann«, ertönt die fröhliche Stimme von Ryan.

»Ethan, lange nicht gesehen«, scherzt Austin.

Sogar Finley ist gekommen. »Guck nicht so«, meint er mürrisch und doch stiehlt sich ein breites Lächeln auf seine Lippen. »Sie haben mich gezwungen, eine kurze Auszeit zu nehmen und hier aufzukreuzen.«

So, so. Ich gehe auf ihn zu und klopfe ihm anerkennend auf die Schulter. »Mach dir nichts draus.

Ich wurde zu einer ganzen Woche Zwangsurlaub verpflichtet.«

Was für eine starke Stimmung hier herrscht, mit der ich nicht gerechnet habe, und doch beruhigt sich mein Körper langsam. Allmählich schaffe ich es, mich nur auf meine Partner zu fokussieren und alles andere auszublenden.

»Das ist nicht euer Ernst«, bemerke ich fragend und versuche, ernst zu wirken. Natürlich meine ich das gar nicht so, wie es herüberkommt, und doch muss ein bisschen Spaß sein.

Ryan schaut mich irritiert an. »Was meinst du, Ethan?«

Ich entspanne meine Gesichtsmuskeln und Ryan fängt an, lautstark zu lachen. »Verarschst du uns gerade?«

»Ich glaube eher, ihr tut das. Wo sind meine Aktenberge hin?«

»Oh man. Im Ernst?«, mischt sich nun auch Austin ein. »Wir haben vielleicht geschuftet, um die loszuwerden. Was hast du dir da nur für Mandate angelacht.«

Ja, meine Mandanten sind wirklich nicht ganz einfach. Alles andere wäre aber auch viel zu leicht. Ich lasse mich gern auf die verwirrenden und verzwickten Fälle ein. Ich kann mich dann gänzlich

128

fallen lassen und bis spät in die Nacht arbeiten. Sie halten mich auf Trab und geben mir ein gutes Gefühl, wenn ich sie gewinne.

»Meine Gehirnzellen brauchen Futter, solltet ihr vielleicht auch mal versuchen«, scherze ich.

Selbst in dieser einen Woche habe ich die Jungs vermisst. Es macht Spaß, sich mit ihnen auszutauschen und einen Zusammenhalt wie unseren gibt es kaum.

Stille kehrt ein und sie wird unangenehm, bevor Ryan sie durchbricht. »Hast du sie schon gesehen?«

Alle Augen richten sich auf mich. Scheint Gesprächsthema Nummer eins zu sein. Was ich wohl noch verpasst habe?

»Nein. Dabei kann es auch ruhig bleiben. Ich bin ihr Chef, nicht weniger und nicht mehr.«

Ich kann sehen, dass sich Austin und Finley unwohl fühlen und sich deshalb nicht einmischen. Verständlich. Sie haben mit der ganzen Sache nichts zu tun.

Ryan geht zur Tür und bedeutet ihnen, ebenfalls zu gehen. »Wenn es nicht funktioniert, können wir immer noch die Notbremse ziehen. Denk dran!«

Ich habe definitiv nicht vor, Talia vor die Tür zu setzen. Sie hat mir nichts getan. Im Gegenteil.

Ich kann sie doch nicht dafür bestrafen, welche Wirkung sie auf mich und meinen Körper auswirkt. Ich kann ihr nicht verübeln, dass sie meine absolute Traumfrau ist und ich sie am liebsten ständig in meiner Nähe wissen will. Aber wie genau soll ich ihr erklären, dass es nicht an mir liegt, sondern an meinen Entscheidungen in der Vergangenheit, die mir das Leben schwer machen.

Als die drei gegangen sind, lassen sie mich nun mit einer bedrückenden Stille zurück. Als ich meinen Blick umher schweifen lasse und mich schlussendlich an meinen Schreibtisch begebe, fällt mir die dünne Akte auf, die als einzige einsam und allein dort verweilt. Sie haben mir also tatsächlich einen Fall übrig gelassen, dem ich mich mit neuer Energie widmen kann.

Als ich den roten Deckel der Akte öffne, muss ich lautstark lachen. »Mistkerle«, rufe ich und kann kaum glauben, dass sie mir einen ganz einfachen und üblichen Raser zugewiesen haben. Zu schnelles Fahren wird vielen zum Verhängnis, die auf unseren Schreibtischen landen und ihren Führerschein nicht verlieren wollen. Diese kleinen Fische bearbeiten wir eher nebenbei, zu den großen Fällen der Haie unter ihnen. Dennoch gehört auch diese Tätigkeit zu unserem Fachgebiet und viele Menschen sind auf ihren Führerschein angewiesen. Also schlage ich die Ermittlungsakte auf, die zum Glück bereits angefordert wurde und die wir für einige Tage zur Einsicht bekommen haben, und arbeite mich durch. Nichtsdestotrotz will mir der Fall einer jungen Frau nicht aus dem Kopf gehen, deren Akte ich in meiner Schublade aufbewahre und den die anderen bestimmt nicht entdeckt haben. Ein verzwickter Fall ohne richtige Beweise. Meine Menschenkenntnis reicht aus, um mir sicher zu sein, dass sie unschuldig ist. Und ich habe rein gar nichts, das sie entlastet. Es muss mehr hinter diesem unerklärlichen Mord stecken, der sie verfolgt. Etwas, das mir verborgen bleibt, sich nicht zeigt und tief versteckt ist.

Ich schiebe den Raser beiseite und nehme mir die Akte der jungen Frau vor.

Die Zeit vergeht wie im Flug und der erste Tag neigt sich bereits dem Ende zu. Ein kurzer Blick auf die Uhr verrät mir, dass die meisten Angestellten schon nach Hause gegangen sein dürften.

Ich beschließe, es für heute sein zu lassen und mir die Beine zu vertreten, als ich direkt in die warmen rehbraunen Augen von Talia blicke, die genau vor meiner Tür steht. Uns trennt nur eine Armlänge. Ich stelle mir vor, wie einfach es wäre, sie jetzt zu berühren, zu küssen. Wie gerufen spannt sich mein ganzer Körper an und das Feuer lodert in meinem Innern. Unbarmherzig und gefährlich. Ungebremst und dunkel. Wenn ich mich jetzt nicht zügeln kann, falle ich wie ein Raubtier über sie her. Ich würde sie verschlingen, gänzlich.

»Hi«, flüstert sie leise. Ihre sanfte Stimme hinterlässt ein Beben. »Ich wollte ...«

»Komm rein«, entgegne ich völlig überstürzt und ohne groß nachzudenken. Zögerlich stellt sie sich vor meinen Schreibtisch und ihr süßlicher und so verführerischer Duft steigt mir in die Nase. Meine Sinne spielen völlig verrückt. Ich will sie und am besten sofort, obwohl ich mich gar nicht auf sie einlassen darf.

Ich folge Talia und verschränke die Arme vor meiner Brust. *Du musst dich zügeln*, denke ich. Halt dich zurück.

Ich schaue auf sie hinab. Mit ihrer zierlichen und doch kurvigen Gestalt steht sie unweigerlich und ohne Schutz vor mir. Sie wagt es, in das Territorium eines Löwen einzudringen. Eines Königs, der seine Königin vermisst. Der sich nach ihr sehnt, mit jeder Faser seines Körpers. Talia kann mir nicht mehr entkommen. Sie ist zu mir gekommen und ich werde mir nehmen, was ich brauche, was sie ebenfalls begehrt und wonach sie giert.

Sie schaut hoch zu mir. »Ich wollte dich sehen«, haucht sie und hebt ihre Hand. Zärtlich berührt sie die kleine Narbe an meiner Stirn, die Caden hinterlassen hat. Ihre Fingerspitzen gleiten über meine Schläfe, bis Tal ihre Hand wieder herunternehmen will. Im passenden Moment fange ich sie ab und hauche einen Kuss auf diese.

»Hier bin ich. Und ich habe nicht vor, wegzugehen.«

»Was ist da passiert?«

Ich gebe Talia keine Antwort und streiche mit meinem Zeigefinger über ihre Lippen. Für einen Moment schließt sie die Augen. Ihr Atem geht flach und es ist, als würde sie die Luft anhalten. Ihr Körper presst sich gegen meinen und ich spüre ihr Verlangen.

»Ethan«, haucht sie und fleht mich an.

»Nicht so gierig, Tal.«

Ihr flehender Blick entgeht mir nicht. Ich streiche ihr die offenen Haare aus dem Gesicht, sodass ihr feiner Hals freigegeben wird. Vorsichtig und gleichzeitig begierig nähere ich mich diesem und fange an, ihr Ohr zu küssen. Ich wandere über ihren Hals und bedecke auch diesen mit zarten

Küssen. Ich werde mich nicht mehr lange zurückhalten können. Starkes Verlangen breitet sich in mir aus. Es gibt kein Entkommen mehr, sodass ich mich ihrem Mund nähere, den ich in Beschlag nehmen werde. Gänzlich und vollkommen.

Ich umfasse Talias Hüfte und ziehe sie an mich. Mein Ständer drückt gegen ihre Mitte und Tal atmet stockender. Als ich meine Lippen auf ihre lege, explodieren tausende Gefühle in mir und ein Schlag fährt durch meinen Körper. Sie gibt sich mir gänzlich hin und gewährt meiner Zunge Einlass. Unsere Lippen verschmelzen miteinander.

Meine Hand wandert an ihren Hinterkopf und ich drücke sie fester gegen mich. Kein Entkommen. Kein Zurück. Jetzt gibt es nur noch uns beide, diesen Moment und die Leidenschaft.

»Ich will dich, Talia«, raune ich losgelöst in ihr Ohr und eine Gänsehaut breitet sich auf ihren nackten Armen aus. Langsam lasse ich die dünnen Träger an ihrem Arm hinunter wandern. Sie macht sich bereits an den Knöpfen meines Hemdes zu schaffen und kann es kaum erwarten. Meine Hose fühlt sich schlagartig viel zu eng an, sodass ich ihren Overall mit einem Mal zu Boden fallen lasse. Talia schleudert ihn zur Seite und steht nur in ihrem Spitzen-BH und dem hauchdünnen Höschen vor mir. Ich lecke mir über die Lippen und sie schaut mir verlegen entgegen.

»Meins«, knurre ich und sie kommt auf mich zu. Mit einem Ruck befreit sie mich von meinem Gürtel und der lästigen Hose. Mein Mund wandert über ihre Brüste und ich lasse meine Zunge auf ihnen kreisen. Meine Hand wandert ihren Rücken runter und sie windet sich unter meinen Berührungen.

»Mehr. Gib mir mehr!«

Das lasse ich mir nicht zweimal sagen und befreie sie von ihrem BH. Talia kann ihr leises Stöhnen nicht mehr zurückhalten.

Es klingt wie eine sanfte Melodie in meinen Ohren. Mit beiden Händen packe ich ihren Hintern und setze sie auf meinen Schreibtisch. Sie wirft den Kopf nach hinten, als ich mit meiner Zunge über ihre Nippel wandere. Als ich meine Hand über ihren Bauchnabel gleiten lasse und in ihrem Höschen ankomme, windet sie sich vor Lust.

»Fuck, du bringst mich um den Verstand, Tal.«

Sie krallt ihre Fingernägel in meinen Rücken, als ich einen Finger in sie gleiten lasse. Mit meinem Daumen streichle ich ihre Perle. Ich atme schneller und kann ihr rasendes Herz spüren. Als ich meine Hand aus ihrem Slip nehme, zischt sie und ich weiß genau, was sie will. Also befreie ich sie gänzlich von diesem und drücke mit meinem harten Schwanz gegen ihre Öffnung. Mit einem kräftigen Stoß fülle ich sie gänzlich aus und gerate mit einem Mal in Ekstase. Nur noch sie und ich. Nur dieser Moment.

Ein lauter Schrei entweicht ihrer Kehle und ich drehe sie gekonnt um, sodass Talias Arsch in meine Richtung zeigt. Sie liegt bereit auf meinem Schreibtisch und gibt sich mir vollkommen hin. Ohne Widerrede. Mein dunkles Verlangen kämpft sich komplett an die Oberfläche und ich stoße in sie. Immer und immer wieder, bis sich Schweißperlen auf meiner Stirn sammeln. Ich packe ihren Nacken und bewege mich hart und rhythmisch weiterhin vor und zurück, bis ich die heftige Anspannung ihres Körpers spüre. Der heiß ersehnte Höhepunkt erreicht uns beide und Talia wird lauter, als sich ihr Orgasmus in Wellen ausbreitet. Ich gleite noch einmal tief in sie und komme ebenfalls.

Talia liegt flach auf meinem Tisch vor mir, als ich mich zurückziehe und anfange, mich wieder anzuziehen. Das schlechte Gewissen nimmt mich gänzlich ein. Ich habe versagt und meine innere

Dunkelheit hat die Überhand gewonnen. Ich wollte mich von ihr fernhalten und habe nicht geschafft, ihr zu widerstehen. Durch mein törichtes Verhalten bringe ich Talia in Gefahr. Niemand darf davon erfahren und ich kann nur hoffen, dass keiner der Angestellten etwas mitbekommen hat, sollte doch noch jemand hier sein. Ich kann es nicht ausschließen.

Sie lässt mich nachlässig werden. Ich stehe am Fenster und schaue in die Nacht. Sterne leuchten am Himmel und ich genoss den Moment der Schwäche, den ich gerade erleben durfte. Ich darf ihr keine Hoffnung machen, bevor ich Caden und seine Anhänger nicht losgeworden bin.

Wieder angezogen kommt sie auf mich zu. »Alles in Ordnung?«, fragt sie vorsichtig und umfasst meinen Oberarm.

»Wir dürfen das nicht wiederholen, Tal«, flüstere ich ihr entgegen.

»Wovor hast du Angst, Ethan? Bitte sag mir gleich, wenn es an mir liegt. Wenn du mich nicht mehr willst.«

Mein Gewissen wiegt schwer. Ich will sie nicht vor den Kopf stoßen. Ich durfte mich nicht auf sie einlassen und konnte meinem starken Verlangen nicht widerstehen. »Das zwischen uns ist vorbei.

137

Schon seit vier Jahren. Ich hatte meine Gründe, dich zu verlassen.«

Ich will Talia sagen, wie sehr ich sie liebe und doch kann ich es nicht. Ich will sie an mich ziehen, sie küssen und im Arm halten. Ihre Hand zittert leicht an meinem Arm und jedes weitere Wort fällt mir noch schwerer.

All das gegen meinen Willen. Mein Herz schreit und hämmert gegen meine Brust.

»Schau mir in die Augen und sag mir, dass du mich nicht mehr liebst. Sag es mir und du wirst mich nicht wiedersehen. Ich werde dich nicht mehr berühren oder dir nachstellen, versprochen.« Ihre Stimme wird dünner und als ich sie anschaue, glänzen Tränen in ihren großen Augen. In mir tobt ein Kampf. Mein Gehirn weiß genau, dass sie gehen muss. Mein Herz schmerzt und weint.

Aber ihr Schutz, ihr Leben, geht vor und ich darf sie der Gefahr nicht aussetzen, meinen Fehlern. Das Leben ohne sie ist für mich vorherbestimmt. Ich werde kämpfen und doch muss ich diesen Kampf allein bestreiten. Also entscheide ich mich für meinen Kopf, das Teufelchen auf meiner Schulter, und lüge.

»Ich liebe dich nicht mehr. Ich fühle nichts.« Als die Worte über meine Lippen kommen, fühle ich mich auf einmal gänzlich leer und verlassen. Etwas in mir ist zerbrochen und ich sehe, wie Talia ihre Tränen nicht mehr stoppen kann. Sie laufen ihr über ihr wunderschönes Gesicht und ich will sie weg küssen. Stattdessen drehe ich mich wieder in Richtung Fenster und warte, bis sie gegangen ist. Ihre Hand wird lockerer und sie verschwindet von meinem Arm. Talia geht und ich weiß, dass sie nicht wiederkommen wird.

»Du verdammter Mistkerl«, murmle ich und beleidige mich selbst damit. »So eine Scheiße.«

Meinen Tag habe ich mir so nicht vorgestellt. Ich kann aber nicht behaupten, dass ich den Sex mit ihr nicht genossen habe. Der Letzte liegt Ewigkeiten zurück und ich durfte die schönste Nacht seit Monaten mit ihr erleben. Nun habe ich Tal vor den Kopf gestoßen und sie selbst fortgeschickt. Verdammt.

Ich kann nicht klar denken. Die letzten Tage konnte ich keinen klaren Gedanken fassen. Ich balle meine Hände zu Fäusten. Meine Wut steigt. Mein Zorn lodert tief in mir und gleitet langsam an die Oberfläche.

Ich werde ihn finden. Ich werde Cadens kriminellen Boss ausfindig machen. Vielleicht findet er mich und kommt mir zuvor. Ist mir nur recht.

Es reicht und ich muss zurückschlagen. An meinem Entschluss hat sich nichts geändert. Talia ist in Sicherheit, solange sie sich von mir fernhält. Und das wird sie. Diese Lüge war die schlimmste in meinem Leben und es gab bisher keine, die so falsch war wie sie.

KAPITEL 8

Talia

Ich eile aus dem Gebäude, welches mich zu erdrücken droht. Ich durfte einen wunderschönen Moment mit Ethan verbringen. Mit dem Mann, der mir so viel bedeutet, den ich liebe. Er hat sich auf mich eingelassen, ich habe es in seinem Blick gesehen. Zumindest dachte ich, dass er mich genauso sehr will wie ich ihn. Habe ich mir all das nur eingebildet? Habe ich nichts als Ablehnung gespürt?

Ethan war so zärtlich und liebevoll. Im nächsten Augenblick stößt er mich gänzlich von sich und sagt mir, ohne auch nur mit der Wimper zu zucken, dass all das ein Fehler war. Ein dummer Fehler.

Dass ich nicht lache. Erst der Kuss vor der Bar und dann so ein Ausrutscher?

Mein Leben neigt sich in dieselbe Richtung, die es schon einmal eingeschlagen hat. Ich drohe, all dem zu entgleiten, in das tiefe Loch vor mir zu rutschen und keinen Weg mehr zu finden, um ihm wieder zu entkommen. Ich stehe am Abgrund. Mit beiden Beinen fest verankert auf dem Boden und es fehlt nur ein kleiner Schritt, um gänzlich abzustürzen.

Meine Schritte tragen mich in die Dunkelheit, die mich willkommen heißt. Sie schmiegt sich dicht an mich und bietet mir den ersehnten Schutz, den ich in diesem Augenblick so dringend brauche. Ich habe den Blick für die Realität völlig verloren und irre durch die Straßen. Merkwürdige Gedanken schießen mir in den Kopf.

Nur zu gern würde ich Gedankenlesen können. Dann wüsste ich, was in Ethan vorgeht, was er fühlt und denkt. Ich komme an einem verlassenen Park vorbei und greife zum Handy.

»Grace Hill«, ertönt die genervte Stimme von ihr. Ich weiß direkt, dass ihr Tag nicht besser gewesen ist als meiner.

»Grace«, presse ich hervor.

»Oh Gott, Talia. Was ist denn los? Ist etwas passiert?«

»Er ist passiert. Erst will er mich und im nächsten Augenblick stößt er mich wieder von sich. Einfach so«, schluchze ich in mein Smartphone.

»Wo bist du? Komm nach Hause, Talia.«

»I- Ich sitze irgendwo in einem Park.«

»Ich hole dich. Schick mir deinen Standort und beweg dich nicht weg«, ruft sie, bevor die Leitung unterbricht.

Ich versinke in Selbstmitleid. Vier Jahre ist es her, dass ich genau an diesem Punkt stand. Nein, heute bin ich sogar einen Schritt weiter. Denn Ethan Hunt hat mir zum zweiten verfluchten Mal das Herz aus der Brust gerissen, welches wahrscheinlich noch immer auf seinem Schreibtisch ruht.

Ich wische mir die letzten Tränen vom Gesicht und aus den Augen. *Du hast es schon einmal überstanden, Tal. Du wirst es wieder überstehen,* sage ich mir. Etwas Wahres muss ja dran sein. Vielleicht muss ich nur fest daran glauben und ein Wunder wird wahr. Eines wie im Märchen.

Ich verwerfe den Gedanken gleich wieder, der mich in die Irre führt und auf eine falsche Fährte lockt.

Wunder gibt es nicht im realen Leben. Wir müssen uns selbst helfen. Selbst aus dieser Scheiße rauskommen, die uns runter drückt und am Boden hält. Ja verdammt, die Welt ist nicht gerecht und das Leben ist hart. Wenn ich ihm egal bin, muss er es auch für mich werden. Egal. So sehr sich mein Herz gegen meinen Entschluss stellt, so sehr will es mein Kopf, der dafür kämpft.

Ab sofort werde ich kämpfen. Ich bin keine schwache Frau, die ihrer vergangenen Liebe nachtrauert. Ich bin stark und unabhängig. Das werde ich ihm zeigen. Wenn er sich die Zähne an mir ausbeißen will, bitte.

»Genau das kannst du haben, Mistkerl«, schreie ich in die Leere, die mich umgibt. Lediglich eine kleine Laterne strahlt und gibt alles, um die Gegend um sie herum zu erhellen. In ihrem Schein habe ich mich auf einer alten Holzbank niedergelassen und kann nur hoffen, dass mich keiner sieht. Jeder Mensch mit ausreichendem Verstand würde mich für verrückt halten. So, als ob ich irgendwo ausgebrochen bin.

In meinem Smartphone-Display kann ich erkennen, wie meine Wimperntusche verlaufen ist. Große Klasse.

Als ich Schritte wahrnehme, schrecke ich hoch und springe auf.

»Wer kann was haben, Talia«, fragt Grace amüsiert. »Was genau treibst du hier?«

Ich falle ihr in die Arme und brauche den kurzen Halt, den sie mir geben kann. Einen Moment für mich, in dem ich ihre Wärme spüre, die mich in dieser kalten Nacht einnimmt. Sanft streichelt sie mir über den Rücken, bevor ich mich wieder sammle und wir gemeinsam nach Hause laufen.

»Was hat er dir angetan? Du bist ja völlig aufgelöst«, sagt sie empört und ich spüre ihre Entrüstung.

»Wir hatten einen wunderschönen Abend, Grace. Bis er mein Herz genommen und entsorgt hat«, erwidere ich viel gelassener, als ich eigentlich sein sollte.

Tut es beim zweiten Mal vielleicht nicht so weh wie beim ersten? In keiner Weise bin ich abgehärtet oder vorbereitet. Niemals. Doch für den Moment schaffe ich es, meine Gefühle zu kontrollieren und sie zu unterdrücken. Gut oder schlecht. Ich kann nicht wieder versinken, mich verschlingen lassen von der Dunkelheit.

»Es tut mir leid, Tal. Vielleicht ist er nur überfordert und weiß nicht, wie er mit seinen Gefühlen umgehen muss?«

Wenn ein Mensch genau das tut, an das er glaubt, dann ist es Ethan. Er weiß, was er will und wofür er einsteht. Wenn er eine solche Entscheidung trifft, dann bei klarem Verstand und nicht unüberlegt. Das muss ich ihm lassen.

»Er meint es genau so, wie er es gesagt hat«, erwidere ich monoton.

»Und wie hat er es gesagt? Vielleicht hast du ihn nur falsch verstanden.«

»Er hat gesagt, dass er nichts fühlt, Grace. Nichts! Er hat mir direkt in die Augen geschaut und verzog keine Miene dabei, verstehst du?« Meine Stimme wird laut und ich schaffe es nicht, sie ruhig zu halten. Ich bin froh, keine Tränen mehr zu vergießen. Ich möchte keine Schwäche zeigen, auch wenn sie menschlich ist. Auch wenn sie ein großer Teil von mir ist.

Es gibt diejenigen, die Gefühle zurückhalten und alles in sich hineinfressen. Und es gibt diejenigen, die so sind wie ich, die sie ungehindert und ungebremst rauslassen. Ich lasse all meinen Emotionen freien Lauf und kann sagen, dass es mir danach zumindest ein bisschen besser geht.

Grace gibt mir die Distanz, die ich brauche, und doch spüre ich gleichermaßen ihre guttuende Nähe.

»Wenn ich den in die Finger bekomme«, ruft sie laut und aufgebracht.

»Grace, dir geht es doch nicht besser mit Ryan,

146

der dich immer wieder hinhält. Dich zappeln lässt.«

Sie nimmt es einfach hin. Keine Widerworte und keine Diskussion. Ich weiß genau, dass ihr das Thema ganz schön zusetzt und Ryan ihr so viel bedeutet. Ich weiß es, weil es mir nach all den Jahren genauso beschissen geht wie ihr. Vielleicht erleben wir nicht dasselbe Schicksal und vielleicht wartet nicht die gleiche Zukunft auf uns. Dennoch wissen wir genau, wie es der anderen geht und wie sie fühlt. Schmerz mit jeder Faser unseres Körpers. Schmerz, der sich immer wieder an die Oberfläche frisst und die Gedanken verwirrt. Er ist immer da und schläft nie. Auch wenn wir ihn nicht alltäglich zeigen und oft kontrollieren können, ist er anwesend, wie ein stetiger Begleiter. Wie ein Verfolger, der die Fährte seiner Beute aufnimmt und sich nie gänzlich abschütteln lässt. Ein jeder von uns besitzt innere und äußere Dämonen. Manche sind stärker, intensiver und kraftvoller. Andere beherrschen sich und kämpfen gegen sie an.

»Was willst du jetzt tun?«, fragt mich Grace nach einer längeren Gesprächspause. Wir waren beide versunken in unseren Gedanken und ich wette, wir dachten an dasselbe.

»Ich habe noch nicht groß darüber nachgedacht. Gerade möchte ich alles hinschmeißen und mich verkriechen. Vor der Welt und jeder Person, der auf ihr lebt. Andererseits will ich stark sein. Um jeden Preis und um es ihnen zu zeigen.«

Dadurch, dass mich Ethan auf eine schreckliche Art und Weise verlassen hat, musste ich schnell lernen, mit Niederschlägen klarzukommen. Es hat ewig gedauert, bis ich wieder zu mir gefunden habe. Ich kann mir das nicht mehr nehmen lassen.

»Du willst ihn gewinnen lassen?«, fragt sie empört.

Ich bleibe stehen und packe Grace leicht am Arm. Ich kann die Traurigkeit und die Verzweiflung in ihren Augen sehen. Oh, Grace. »Hör mir gut zu. Wir beide werden uns von niemandem unterkriegen lassen. Wir werden kämpfen, mit allen Mitteln, mit allem, was wir haben! Ich lasse mir dieses Leben nicht mehr nehmen und auch du wirst glücklich werden. Verstanden? Mit oder ohne Ryan!«

Ich hoffe, dass sie mir glaubt und ich ihr ein bisschen Hoffnung machen kann. Auch wenn ich mir selbst nicht jedes Wort abkaufe.

»Vollkommen egal, wie zerrissen wir innerlich sind. Egal, wie stark der Sturm in uns wütet. Wir werden das durchstehen, gemeinsam.«

Ich sehe, wie sich funkelnde Tränen in ihren Augen sammeln und sie schimmern lassen.

»Es ist alles andere als leicht, nicht an ihn zu denken, wenn sich alles um ihn dreht«, flüstert sie leise und ehe ich sie daran hindern kann, ihre angesammelten Tränen zu vergießen, laufen sie ihr auch schon die Wangen hinunter.

»Das sagst du so, als würdest du hören, was mein Herz ruft«, erwidere ich ruhig. Ich habe genug Tränen vergossen. Für Ethan, für die Liebe und die Rückschläge, die ich erleben musste. Ich habe genug gelitten und wurde genug bemitleidet dafür. Obwohl ich es nicht brauchte oder danach gefragt habe. Deshalb erfahren die wenigsten Menschen in meiner Umgebung von meiner Vergangenheit. Denn sie alle schenken mir Mitleid.

Ich ziehe ein sauberes Taschentuch hervor und streiche Grace das Gesicht trocken.

»Und jetzt Schluss damit, Grace.«

Ihre Augen weiten sich und sie schafft es, sich langsam wieder zu sammeln. »Wir beide vereint gegen alle, die uns im Weg stehen«, murmelt sie und schenkt mir ein zaghaftes Lächeln.

»Und eigentlich war ich diejenige, die sich hierher verlaufen hat und deinen Trost brauchte. Jetzt lass uns aber schnell von hier verschwinden. Die ganze Nacht wollte ich nicht im Park irgendwo im Nirgendwo verbringen.«

Nach einigen Minuten Fußweg kann ich bereits die vertraute Umgebung ausmachen, in der wir wohnen. So weit weg war ich also gar nicht. Lediglich meine Gedanken haben mich in die Knie gezwungen und verwirrt zurückgelassen.

»Wir sind da«, ruft Grace glücklich und ich kann gar nicht in Worte fassen, wie sehr ich mich auf mein Bett freue. Meinen Neuanfang habe ich mir vollkommen anders vorgestellt und doch stehe ich hier und bin auf eine seltsame Art und Weise glücklich. Ich habe den Schritt gewagt und finde meine eigene Stärke wieder, die sich langsam, aber stetig zeigt. Es mag kein bedeutender Schritt sein, aber ein großer für mich.

»Gute Nacht, Grace«, rufe ich, bevor ich meine Tür schließe, und warte eine Antwort nicht mehr ab. Die Müdigkeit überfällt mich still und heimlich. Dennoch beschließe ich, den restlichen Abend dem nachzugehen, was ich immer gern gemacht habe. Das Malen hat mir ein Ventil für Emotionen gegeben, mich beruhigt. Durch die verschiedenen Farben konnte ich ihnen Ausdruck verleihen, sie in Bilder packen. Ich habe die Leinwände und Utensilien in Kisten in der hintersten

Ecke meines großen Zimmers stehen, da sie so viele Geschichten erzählen, die mich mitreißen. Ein Blick und ich verfalle ihnen, den Erinnerungen. Meine Mom war es, die es mir beibrachte. Schon als kleines Mädchen wollte ich so sein wie sie. Gutherzig, mitfühlend und ehrlich. Sie zeichnete und malte für ihr Leben gern und ich half ihr dabei. Wir hatten unser eigenes Atelier im Haus, in dem ich sie so gut wie immer antraf. Blumen, Landschaften und ganze Städte. Nichts war sicher vor ihr und dem Pinsel in der Hand.

Jetzt stehe ich vor den Kartons, die all das wegsperren und fernhalten. So, als sei dann alles besser, was es nicht ist. Ich weiß nicht, warum ich diesen Schritt gerade jetzt gehe, aber irgendetwas sagt mir, dass es Zeit wird. Zeit, um diese Tür zu öffnen und die Erinnerungen frei zu lassen, die mich sowieso quälen und verfolgen.

Mein Leben ändert sich, ist nicht mehr wie vor einigen Tagen oder gar vor Ethan. Alles steht Kopf, dreht sich in die falsche Richtung und dennoch darf ich Augenblicke erleben, die mich an die guten Dinge erinnern.

Ich packe den Deckel, hebe ihn an und gehe einen Schritt zurück, statt nach vorn. Es riecht nach Farbe, Lacken und Ölen. Der Geruch steigt mir in die Nase, umgibt mich. Plötzlich sehe ich genau vor mir den Unfall meiner Eltern. Als würde er sich in diesem Zimmer abspielen, immer und immer wieder. Als würde er mich verfolgen. Ich sitze auf der Rückbank unseres Autos und wir fahren in den Freizeitpark. Endlich. Ich habe mein gelbes Sommerkleid an, die Sonne strahlt und der Himmel lacht. Wir haben solche Ausflüge gern gemeinsam gemacht. Den ganzen langen und kalten Winter habe ich mich darauf gefreut, auf die Wasserbahn und das Leuchten in den Augen der vielen Kinder um mich herum. Die Zuckerwatte und natürlich die Drehtassen, von denen mir immer schwindelig wird. Ich war zweiundzwanzig, als es passierte. Als ein betrunkener Mann die Kontrolle über sein Fahrzeug verlor und ungebremst in unseres raste. Mom und Dad hatten keine Chance. Ich bin im Krankenhaus aufgewacht, allein. Sie waren fort und haben mich zurückgelassen.

Ich frage mich, wieso. Wieso habe ich überlebt und sie nicht? Wieso stehe ich heute hier und meine Eltern liegen auf einem Friedhof? Unter Massen von feuchter Erde in einer Kiste aus Holz.

Die vielen Eindrücke und Bilder drohen, mir den Boden unter den Füßen wegzureißen, und ich lasse den Tränen, die sich anbahnen, freien Lauf. Vorsichtig wühle ich mich weiter durch die Bilder, lasse meine Finger über die Leinwände gleiten, berühre die grobe, rissige Oberfläche. Die Acrylfarben sind bereits verblasst, die Bilder eingestaubt und matt, trotz des Schutzes.

Ich treffe auf ein Gemälde. Nicht irgendeines. Ich habe es für meine Mom gemacht. Ich habe sie gemalt und wollte immer ihr Lachen einfangen, ihr freundliches Gesicht und die kleinen Falten um ihre Nase. An den Tag kann ich mich noch sehr gut erinnern. Ethan war da, hat gerade die lichtdurchflutete Küche betreten und grinste breit, als er mich entdeckte, wie ich sie zeichnete, während sie am Esstisch saß.

Ich erhasche den kleinen Fehler, der sich dadurch eingeschlichen hat, mir aber jetzt ebenfalls ein Lächeln entlockt. Zwischen all den Tränen, die auf den Boden tropfen, finde ich doch das, was mich glücklich macht. Erinnerungen sind nicht immer düster und dunkel. Dennoch tun sie weh, tief im Innern. Sie berühren meine Wunden, die provisorisch zusammengewachsen und geheilt sind, reißen sie auf. Manche stochern in ihnen, andere lassen sie weniger schmerzhaft erscheinen.

Ich kenne Ethan nun schon viele Jahre, meine Eltern liebten ihn vom ersten Moment an. Sie hatten prophezeit, dass wir irgendwann heiraten würden, und lagen falsch, wie ich nun feststellen muss. Mom hat immer gesagt, es würde nicht leicht sein und es gäbe schwere Tage. Mit diesem Ausmaß habe ich aber nicht gerechnet. Konnte ich gar nicht. Sie hat versucht, mich auf alles vorzubereiten. Meinen Weg musste ich allein finden und einschlagen. Auch meine Eltern hatten Streitigkeiten, Meinungsverschiedenheiten und Momente voller Regen und trüben Gedanken. Eines hielt sie immer zusammen. Die Liebe. Die einzig wahre und echte Liebe, die sie füreinander verspürten.

Und in diesem Moment scheint nichts klarer zu sein als jetzt. Ich muss für und um Ethan kämpfen. In guten und in schlechten Tagen, bei Gewitter und Sonnenschein. Denn ich liebe ihn.

Ich lege mich zufrieden und ausgelaugt in mein Bett und erinnere mich an unser erstes richtiges Treffen, nach dem er völlig unverblümt und frech fragte, mit einem breiten Grinsen im Gesicht. Ich sehe das Bild ganz klar und deutlich vor mir, als wäre es erst gestern gewesen.

Es war kein übliches Date wie in Büchern oder

Filmen. Er hat mich abgeholt und wir sind in den Park gegangen. Ethan und ich haben uns vom ersten Moment an verstanden, ergänzt und waren sicher, den gegenseitigen Seelenverwandten gefunden zu haben. Teenagergedanken eben, wenn man auf die erste große Liebe trifft. Meine ist er geblieben, bis heute.

Erst jetzt merke ich, wie gut mir all diese Erinnerungen tun. Die Wärme meiner Bettdecke heißt mich willkommen, nachdem ich eine besondere und emotionale Zeitreise erlebt habe, und ich lasse mich in einen traumlosen Schlaf fallen.

Auf dem Weg zur Arbeit überlege ich mir, wie ich den Tag am besten überstehe. Ein Schlachtplan muss her. Vielleicht habe ich Glück und Ethan ist heute nicht da. Wer weiß. Nichtsdestotrotz werde ich ihm mit erhobenem Haupt begegnen. Auf Augenhöhe. Ich nehme mir fest vor, nicht schwach oder klein zu wirken. Er soll sehen, wen er da vor sich hat. Denn Talia White lässt sich nicht so leicht besiegen. Wenn meinem endgültigen Neustart nur er im Weg steht, sollte das nicht mein größtes Problem sein. Ich habe lange ohne ihn gelebt und werde das auch weiterhin tun, wenn es sein muss.

Als ich endlich, und ohne jemandem begegnet zu sein, an meinem Schreibtisch ankomme, fühle ich mich gleich viel leichter.

Es klopft an meiner Tür und ich erschrecke. Dabei stoße ich meine Kaffeetasse um und fluche. »Scheiße. Komm rein.«

Wer auch immer vor meiner Tür steht und darauf wartet, hereingebeten zu werden. Schnell schnappe ich mir Tücher, um mein Missgeschick zu beseitigen, und merke dabei nicht, wer eigentlich vor mir steht.

»Was kann ich für dich tun?«, murmle ich, ohne genauer hinzuschauen. Diese blöden Kaffeeflecken werde ich wohl nicht mehr aus meiner weißen Bluse bekommen. Einige Notizen sind ebenfalls nicht verschont geblieben und der Tag fängt wirklich gut an.

Ich schaue hoch und sehe Ethan, der mit verschränkten Armen vor mir steht. Scheiße, scheiße, scheiße.

Ich habe mir noch nicht überlegt, was ich tue, wenn ich ihm begegne, so wie in diesem Moment.

»Du bist da.«

»Wo soll ich denn sonst sein um diese Zeit?«

Es ist, als würde mich sein stechender Blick durchbohren. Seine dunklen grünen Augen funkeln gefährlich und auch wenn ich es nicht zugeben will, sie bringen mich um den Verstand. Er raubt mir den letzten verbliebenen normalen Gedanken.

»Ich habe nicht mit dir gerechnet«, gesteht er rau und unnachgiebig.

»Na ja, ich arbeite hier, würde ich sagen«, kontere ich.

»Gut. Dann tu das auch, ohne alles zu versauen.«

Wow. Meint er das wirklich ernst? Eine Kriegserklärung? Die kann er haben. So schnell schafft es Ethan sicher nicht, mich hier rauszuekeln.

»Keine Sorge. Ich weiß genau, was ich tue.«

Noch immer starrt er mich an und ich fühle, dass da mehr zwischen uns ist, als er wahrhaben will. Sein Körper spricht die Wahrheit. Ethan atmet schneller und ich spüre seine Unruhe, obwohl er versucht, sie zu verstecken. Ich kenne ihn viel zu gut, noch immer. Ich kann in ihm lesen wie in einem Buch und doch frage ich mich, was für ein Problem er hat. Irgendetwas plagt ihn.

»Gut. Dann fang mal lieber an. Es ist viel zu tun.«

Bevor er sich wieder in Richtung Tür dreht und geht, muss ich ihn fragen. »Was bereitet dir solche Sorgen, Ethan? Was ist es, das uns im Weg steht?«

Er hält inne und bleibt mit dem Rücken zu mir stehen. »Zwischen uns ist nichts und da wird auch nichts sein. Wir sind Geschichte. Je schneller du das begreifst, umso schneller kann ich wieder in Ruhe arbeiten.« Seine Stimme bleibt kühl und hinterlässt ein ungutes Gefühl in mir.

»Meinst du das ernst, Ethan? Denn wenn das so ist und du rein gar nichts für mich empfindest, werde ich mich endgültig von dir fernhalten.«

Für einen Augenblick ist es, als würde er überlegen und nicht wissen, was er sagen soll. Es ist, als verlange sein Körper genau dasselbe wie meiner. Er setzt sich langsam in Bewegung und verschließt die Tür, ohne sich noch einmal umzudrehen.

Es ist wichtig, zu wissen, wann es Zeit wird, um zu gehen. Und ich bin mir sicher, dass diese noch nicht gekommen ist. Ich bin davon überzeugt, dass er mir etwas Bedeutendes verheimlicht. Der Ethan Hunt, der eben vor mir stand, war nicht die Person, die ich einmal kannte. Dennoch war es genau der Ethan, den ich noch immer liebe. Auch wenn ich mir einrede, es nicht zu tun. Ich spüre sie mit jeder verdammten Faser meines Körpers, der sofort auf ihn reagiert hat.

Nervös kaue ich auf dem Ende meines Bleistifts

herum. Er weckt eine Hitze in mir, die sich durch meine Adern frisst. Sie nimmt mich ein, steckt mich in Flammen. So ein Mist. Was machen Gefühle nur mit uns, mit mir. Sie lassen mich nicht mehr klar denken, verwirren mich. Im einen Moment fühlt es sich so leicht und schwerelos an. Im nächsten fühle ich nichts als Leere und Schmerz. Die Schwelle kann so schnell übertreten werden.

Ethan denkt, er könne mir nicht vertrauen. Er hat Angst, auch wenn er sie nie zugeben würde. Aber woher bekomme ich meine Informationen? Wen kann ich fragen? Ich muss wissen, was mit ihm nicht stimmt, wovor er flüchtet.

Nach seinem Besuch in meinem Büro muss ich erst einmal wieder zu mir finden. Einen klaren Gedanken fassen. Schon einer wäre mir lieb, was schwieriger ist, als gedacht. Die durchzuarbeitenden Akten auf meinem Tisch stapeln sich. Wenn ich den Job behalten will, muss ich mich mehr denn je anstrengen. Ich bin mir sicher, dass einige Mitarbeiter der Kanzlei gegen mich sind. Eingeschlossen Ethan, der mich wahrscheinlich nur loswerden will. Nicht wegen dem, was er sagte. Dafür muss es einen anderen Grund geben. Ich wäre nicht ich, wenn ich nicht für das kämpfen würde, was mir wichtig ist, und er ist es definitiv.

Dennoch versuche ich, mich jetzt in die Arbeit zu stürzen, und nehme mir die erste Akte vor.

Schnell erkenne ich, dass ich hier nur eine Rechnung für die Tätigkeit von Ryan erstellen muss. Gesagt getan. Bevor ich mir die nächste vornehme und den Stapel abarbeite, mache ich mich auf den Weg in die Küche, um mir einen neuen Kaffee zu holen, den ich ganz dringend brauche. Irgendwie muss ich runterkommen und schaffe es einfach nicht, mich gänzlich zu konzentrieren.

Jetzt streng dich doch mal an, Talia. Nichts will so recht klappen und es schießt mir in den Kopf, dass die letzte Woche auch nicht besser aussah. Na toll. Bin ich hier wirklich richtig? Oder macht nur Ethan diesen Ort richtig für mich? Will ich hier sein, weil er hier ist?

Völlig versunken in meinen Gedanken laufe ich mit meiner heißen Tasse zurück in mein Zimmer. Es wäre schön, heil dort anzukommen. Zu meiner Überraschung stoße ich mit Ryan zusammen. War ja klar, dass mir nichts erspart bleibt.

»Verflucht, tut mir leid«, murmle ich völlig verlegen.

Er schaut mich grimmig an. So habe ich ihn noch nie erlebt oder gar einen solchen Ausdruck in seinem Gesicht gesehen. Welche Laus ist ihm denn über die Leber gelaufen?

»Das war nicht meine Absicht!«

Wenn es nicht am Licht liegt, werden seine Augen gerade tatsächlich dunkler und funkeln mich an. Fuck.

»Vielleicht solltest du besser schauen, wo du hinläufst«, knurrt er. Er schafft es nicht, mich einzuschüchtern.

»Wie bereits erwähnt, war es nicht meine Absicht, meinen Kaffee an dein Hemd zu verschwenden.« Nicht jeder kommt mit meiner manchmal frechen Art zurecht, aber ich muss mir nicht alles gefallen lassen.

»So, so. Dann solltest du deine Zeit besser für die Arbeit nutzen. Wie wär's damit?« Er will mich provozieren. Arsch. Dabei habe ich bereits meinen zweiten Kaffee verschüttet, den ich wirklich dringend gebrauchen kann.

»Keine Sorge, die erledige ich im Nu.« Wenn ich meinen Mund da mal nicht zu voll genommen habe. Ich reiße mich zusammen, um ihm nicht noch einen merkwürdigen Spruch an den Kopf zu werfen, und stelle blitzschnell meine Tasse wieder in der Küche ab. Schluss mit Kaffee. Der ist für mich gestorben. Zumindest heute.

Ok, vielleicht auch nur bis heute Nachmittag. Alle guten Dinge sind schließlich drei. Beim dritten Anlauf wird es sicher etwas mit uns. Mit mir und meinem heiß ersehnten Kaffee.

Ich kann mir ein Grinsen nicht verkneifen und laufe direkt an Ryan vorbei, der noch immer wie angewurzelt im Flur steht und in meine Richtung starrt. Mich bringt so einiges aus dem Konzept oder für einen Augenblick aus der Fassung. Mir aber endgültig meine meist gute Laune zu verderben, schaffen die wenigsten. Auch Ryan hat es nicht geschafft. Selbst mit seiner mürrischen Art, die er an den Tag legt.

Allgemein sind die meisten ziemlich angespannt heute und ich frage mich, was hier los ist. Erst Ethan, dann Ryan und die anderen, die mir schon auf meinem Weg begegnet sind. Um genau zu sein Austin und Finley. Auch die beiden sind nicht gerade gut drauf und haben sich schnell in ihrem Büro verbarrikadiert.

Bevor ich zurück in mein Zimmer gegangen bin, konnte ich einen flüchtigen Blick auf Ethan erhaschen, der seine Tür nicht geschlossen hat. Er stand regungslos am Fenster und hielt seinen Blick starr auf die umliegenden Hochhäuser gerichtet. So, als würde er nachdenken.

Was stimmt nur nicht mit ihm, mit den anderen. So langsam wird mir bewusst, dass sie zusammen unter einer Decke stecken. Sie teilen alles. Ich habe sie schon oft gemeinsam gesehen und immer haben sie irgendetwas besprochen, was keiner mitbekommen soll.

Ich werde schon noch herausfinden, was da vor sich geht und was mir Ethan seit Jahren verheimlicht.

Eigentlich muss er wissen, dass ich nicht so leicht aufgebe. Nicht, wenn ich keinen Anlass dazu sehe und auch jetzt werde ich nicht aufgeben. Niemals.

KAPITEL 9

Ich wusste, dass Talia eine starke und unabhängige Frau ist. Mit ihrer Entscheidung, weiterhin in die Kanzlei zu kommen, habe ich dennoch nicht gerechnet. Es hat mich sogar überrascht, sie hier anzutreffen.

Ich habe sie nach meinem Ausrutscher vor den Kopf gestoßen, abgewiesen und erniedrigt. Das weiß ich und es ist mir mehr als bewusst, was ich da getan habe. Ich kann weder mein Verhalten noch meine Vergangenheit rückgängig machen oder ändern. Jede meiner Entscheidungen ist ein Teil von mir und bestimmt in irgendeiner Art und Weise mein Leben. Damit muss ich klarkommen. Damit muss sie klarkommen.

Sie hat mir den Kopf mehr als verdreht. Es war nie anders. Ich habe mich nicht bewusst dafür entschieden, in ihrem Büro zu landen, als ich sie verzweifelt an ihrem Schreibtisch gesehen habe. Tollpatschig wie immer. Mein Herz fing direkt an zu strahlen und ich konnte mir gerade noch verkneifen, laut loszulachen, als sie ihren Kaffee umgestoßen hat.

Meine abweisende Art stellt eine Schutzmauer für mich und meine Gefühle dar. Sie bewahrt mich davor, noch einen Fehler zu begehen, den ich so gerne begehen möchte. Je mehr ich mich gegen meine Gefühle stelle, umso stärker werden sie und ich weiß es nicht zu verhindern. Diese Frau macht mich völlig wahnsinnig. Genau wie damals, als ich sie zum ersten Mal gesehen habe.

Talia musste nicht viel tun oder sagen. Ich wusste auf Anhieb, dass sie die Frau meines Lebens ist. Dass sie meine verdammte Zukunft ist, die mir zum Verhängnis wird. Die Gefahr um uns herum ist so real und zum Greifen nahe. Deshalb muss ich aufpassen. Ganz besonders auf sie. Talia besitzt nicht nur ihr eigenes Herz, auf das sie aufpasst. Auch meines schlägt in ihrer Brust. Ich habe es zurückgelassen, als ich gegangen bin, und es wird keinen Menschen geben, der es je für sich gewinnen wird. Es wird immer Talia sein, die ich wählen werde. Selbst wenn das bedeutet, nie wieder eine andere Frau an meiner Seite zu haben. Selbst wenn ich dafür auf eine Beziehung verzichten muss.

Diese Woche ging verflucht schnell um und ich habe nichts geschafft. Zumindest macht es den Anschein. Morgen ist Freitag und ich weiß nicht, was ich mit meinem Wochenende anfangen soll. Meine Gedanken sind verblendet und ich schaffe es nicht, eine klare Sicht durch den dichten Nebel zu erhalten. Ich habe gehofft, dass mich die Arbeit ablenkt und doch hat nicht einmal sie es geschafft, mich von meinen Gedanken abzubringen.

Als ich auf die Uhr schaue, bemerke ich erst, wie spät es schon ist. Als ich eine laute Meinungsverschiedenheit auf dem Flur bemerke, frage ich mich, wer das sein kann. Um diese Zeit sollte sich niemand mehr hier aufhalten. Es müssten alle bereits nach Hause gegangen sein. Nur ich bin immer wieder so verrückt und verbringe meine Abende lieber auf der Arbeit. Mit Ablenkung. Ohne Freizeit.

Ich will gerade aufstehen und in Richtung Tür gehen, als sie schwungvoll und mit einem lauten Krachen auffliegt.

»Ethan«, ruft mir Ryan entgegen und ich sehe, wie Austin ihm folgt, in Begleitung. Sie verschaffen sich Zutritt und kommen geradewegs auf mich zu. Was ist hier los?

»Entschuldige die plötzliche Störung«, meint Austin und ich erkenne die junge Frau, die sie im Schlepptau haben, sofort. Aus der Boxhalle. Sie ist es. Die Neue von Caden. Wobei er ja auch nur ein billiger kleiner Handlanger für einen weit mächtigeren und bösartigen Boss ist, der hinter ihm steht. Für den er alles tut. Sogar die richtig hässlichen Dinge, aus denen wir uns immer herausgehalten haben.

Sie reißt sich von Austin los, der sie am Arm festgehalten hat. Ich befürworte sein Verhalten. Er weiß genau, warum. Austin genießt mein volles Vertrauen, ebenso wie Finley und Ryan.

»Was willst du hier«, knurre ich, um meinem Ausdruck etwas Drohendes zu verleihen. Sie ist in unser Territorium eingedrungen. Einfach so und ohne zu fragen. Ihr Boss weiß genau, dass dieses Gebäude tabu ist. Seine Leute haben hier nichts zu suchen, sie ganz bestimmt nicht. Ob er darüber Bescheid weiß?

»Ich bin sicher nicht aus Spaß gekommen und weil es mir Freude bereitet, hier zu sein«, kontert

sie und es ist, als wurde sie dazu gezwungen. Warum macht sie das mit und wieso ist sie einen Deal
mit diesen Monstern eingegangen? Auf einen
Schlag spüre ich ein Fünkchen Mitleid mit ihr.
Selbe Situation und so. Jeder entscheidet sich bewusst dafür, einen solchen Weg einzuschlagen,
und auch ich bin mir dessen sehr wohl bewusst.

»Was hat er gegen dich in der Hand?« Ich muss
sie das fragen. Meine Neugier siegt und für einen
Moment bin ich nicht das Raubtier in diesem
Raum.

Ryan, Austin und Finley akzeptieren meine
Entscheidungen. Jede einzelne. Sie schauen zu
mir auf und ich kann sie dabei nicht verstehen.
Sie haben es sich selbst ausgesucht und ich akzeptiere im Gegenzug ihre Entscheidung, mir zu folgen. Ein Rudel, eine Familie. Mögen die Zeiten
noch so hart sein.

Ich erkenne ihre verletzliche Seite, die sie für
einen Moment zulässt. »Das wüsstest du wohl
gern«, spie sie die Worte. Natürlich. Hätte mir
klar sein müssen. Sie darf kein falsches Wort über
die Menschen sagen, für die sie die Drecksarbeit
erledigt.

»Mit der Frage wollte ich dir helfen, nicht mir
selbst.«

Ryan und Austin stehen jeweils neben ihr, sollte sie irgendetwas versuchen. Was auch immer. Wir sind gewappnet. So leicht hat es keiner mit uns. Besser gesagt, wir machen es niemandem leicht.

»Da pfeife ich drauf.«

Kann sie haben.

»Wie ist dein Name?« Zumindest will ich wissen, mit wem ich es hier zu tun habe.

»Ava. Ava Brown.«

Klingt echt und ich habe nicht erwartet, dass sie mir diesen wirklich nennt. Namen in den falschen Händen sind Macht. Sie können beeinflussen und gefährlich werden. Ganz schön mutig von ihr, ihn mir zu nennen und die Gefahr einzugehen, dass ich mich an den Obersten wende.

»Gut, Ava. Es wird wohl Zeit, den Smalltalk zu beenden. Wer schickt dich und wieso?« Ich versuche, keinen Druck auf sie auszuwirken, auch wenn es wahrscheinlich so herüberkommt. Im Verstellen bin ich nicht besonders gut und ihre bloße Erscheinung hier reizt mich. Sie kann nichts Gutes bedeuten und so sehr ich die bemitleidenswerte Seite der Sache oder ihre sehen will, ich kann meine Wut nicht zurückhalten. Mit gelassener Art habe ich die Chance, mehr zu erfahren. Mit einem offensiven Angriff hätte ich diese wohl sofort verspielt. Also gehe ich den Mittelweg. Aus irgendeinem Grund muss sie ja hier hereinspaziert sein.

Immerhin bietet sie mir Ablenkung. Ablenkung von den Gedanken, die mich den ganzen Tag plagen. Die immer wieder auf mich einprasseln. Denen ich nicht aus dem Weg gehen kann.

»Er hat gesagt, ich soll mit dir spielen, bevor ich dir die Informationen gebe, die du willst. Er hat gesagt, dass du es verdienst, zu leiden.« Ihre Stimme klingt nun nicht mehr unsicher. Es ist, als habe sie eine Maske übergestreift, die ihr eine völlig neue Persönlichkeit zuteilwerden lässt. Sie spielt ein Spiel, seit ihrer Ankunft. Natürlich weiß ich das und kann mir schon denken, wer dahintersteckt.

»Was auch immer Caden will, es ist mir egal«, gebe ich mürrisch zurück. »Wenn du nicht redest, kannst du genauso gut wieder gehen.«

Mit einer abwertenden Handbewegung bedeute ich Austin und Ryan, sie vor die Tür zu setzen. Gerade als sie bemerkt, was ich vorhabe, nimmt das Gespräch eine Wendung.

»Bist du ganz sicher, dass ich gehen soll? Was würde deine Süße davon halten?«, fragt mich Ava und in diesem Moment könnte ich platzen vor Zorn. Er steigt weiter an und frisst sich an die Oberfläche.

Tiefe Dunkelheit umhüllt mich und ich könnte ausbrechen, wie ein Vulkan, der mit seiner heißen Lava alles in seinem direkten Umkreis vernichtet. Ich gebe nicht klein bei, damit ich meine Gefühle zu Talia nicht verrate. Ich habe keine Ahnung, was Caden wirklich weiß oder ob er mich nur provozieren will. Das liegt schließlich in seiner Natur. Wir sind Rivalen, Erzfeinde und können uns nicht ertragen.

»Worauf willst du hinaus?«

»Tu doch nicht so, als wüsstest du nicht, wovon oder besser gesagt von wem ich rede.«

Bevor ich mich nicht mehr zurückhalten kann, sollte sie sich kurz halten. Ich balle meine Hände zu stahlharten Fäusten. Unter meinem Tisch kann sie diese nicht sehen, zu meinem Glück. Vermutlich würde Ava mich dann nur weiter provozieren und gar nicht mehr reden.

Austin und Ryan stehen wie zwei Aufpasser neben ihr und ich bin dankbar, dass ich auf sie zählen kann.

»Sag mir, welche Botschaft du überbringen sollst, und verschwinde wieder«, erwidere ich genervt.

172

»Na, na. Wer wird denn gleich so zornig werden?«

In diesem Moment platzt der Knoten in meinem Innern, der die ganze aufgestaute Wut zurückgehalten hat, und ich schlage mit der Faust auf den Tisch.

»Es reicht«, rufe ich und ich sehe, wie sich Avas Augen weiten. Damit hat sie nicht gerechnet. Was glaubt sie denn, was passiert, wenn sie mich provoziert? Dass ich ruhig und gelassen bleibe? Sie ein feiges und hinterhältiges Spiel mit mir spielen darf?

»Ok. Ist ja gut. Ich soll dir nur den Umschlag geben«, gibt sie kleinlaut zurück.

Sie legt den braunen Briefumschlag direkt vor mir ab und ehe ich mich's versehe, verschwindet sie aus meinem Blickfeld. Wir lassen sie gewähren und halten Ava Brown nicht auf. Endlich ist sie weg.

Austin und Ryan schauen mich fragend an.

Ich schnappe ihn mir und bin gespannt, was Caden oder eher sein Chef von mir will. Als ich ihn leere, halte ich drei Fotos in der Hand. Fotos von Talia.

Scheiße. Verdammte Scheiße. Das kann und darf nicht wahr sein. Auf einem sitzt sie in unserer

Stammbar, auf dem anderen befindet sich Tal auf dem Heimweg. Sie haben sie beobachtet. Auf einem dritten Bild hält sie sich in ihrem Büro auf.

Niemals. Woher stammt es und wer hat es gemacht?

»Was ist da drauf?«, fragt Ryan und deutet auf die Fotos in meiner Hand.

»Nun zeig schon her. Mit was will er dich diesmal kleinkriegen?«, mischt sich auch Austin ein.

Ich schlage erneut auf den Schreibtisch und will ihn in Einzelteile zerlegen. »Talia. Es ist Talia White, mit der sie mich in die Knie zwingen wollen.«

Wenn ich Caden in die Finger bekomme, wird nichts mehr von ihm übrig bleiben. Wenn er mich damit fertig machen will, soll er es ruhig versuchen. Ich werde zurückschlagen. Immer wieder. Bis er aufgibt und das wird er!

»Fuck, Ethan«, sagt Ryan und schnappt sich das Foto von Talia, welches unverkennbar direkt hier im Büro geschossen wurde.

»Wer hat das gemacht?«, fragt Austin entsetzt und ich weiß einfach nicht, wer es sein kann. Wer sich traut, uns direkt zu hintergehen. In unserer Kanzlei. Unserem vertrauten Umfeld. Es muss einer von uns sein.

»Habt ihr eine Ahnung?«, frage ich die beiden und im nächsten Moment stirbt auch diese Hoffnung, denjenigen zu erwischen, der dahintersteckt und uns alle ausspioniert.

»Nein«, meint Austin und Ryan schüttelt den Kopf. Er sieht nachdenklich aus und überlegt.

»Was werden wir jetzt unternehmen?«, fragt Ryan und ich habe keine passende Antwort darauf. Zumindest keine, die wirklich durchdacht ist.

»Ich glaube nicht, dass sie nähere Anhaltspunkte haben, die auf etwas zwischen Talia und mir hindeuten. Ich wüsste auch nicht, woher. Also ist das bestimmt nur ein schlechter Scherz von Caden«, antworte ich ernst und ich glaube jedes Wort. Caden weiß rein gar nichts und ich lasse mich davon nicht beunruhigen. Was sollte er von Talia wollen? Solange er keine Spur hat, die auf uns zurückzuführen ist, kann er sie auch nicht als Druckmittel nutzen, damit ich mich ihm unterwerfe. Er will den Stärkeren spielen. Dabei ist er der Schwache und der, der sich immer und immer wieder beweisen möchte. Doch der wirklich Starke muss sich nicht beweisen. Er ist es oder er ist es nicht.

Da ich mich in Zukunft sowieso von ihr dis-

175

tanzieren werde, bin ich sicher, dass sie nicht in Gefahr ist. Momentan nicht und solange ich mich daran halte, fern zu bleiben, wird auch nichts geschehen.

»Du hast sicher recht«, erwidert Ryan streng. Wir sind uns einig. »Zwischen euch beiden läuft ja auch nichts. Was war, weiß er sicher nicht.«

Selbst Ryan und Austin haben keine Ahnung, was zwischen Talia und mir vorgefallen ist. Dass ich schwach war und mich auf sie eingelassen habe. Dass ich mich für einen Moment nicht im Griff hatte und uns beide damit gefährdet habe. Ich konnte ihr nicht widerstehen.

»Richtig. Zwischen uns ist nichts und ich werde mich weiter von ihr fernhalten.«

»Dann bleibt ja nur noch das Problem mit dem Spitzel unter uns«, stellt Austin fest. Im Gegensatz zu Talia und mir ist das wirklich ein Problem. Jedes Wort könnte die falschen Ohren erreichen. Wir könnten stets beobachtet werden und merken es nicht. Wie konnten wir nur so blind sein.

Caden ist uns einen Schritt voraus und auch wenn ich's nicht gern zugebe, es sieht schlecht für uns aus. Zumindest der Punkt geht an ihn.

»Ich sehe keine Möglichkeit, herauszufinden, wer es ist. Gerade nicht. Wir könnten lediglich darauf achten, wer sich besonders oft in unserer Nähe aufhält.«

Die einzige Möglichkeit, die ich gerade sehe. Es muss jemand sein, der uns vier nahe steht oder besser gesagt näher als manch andere. Ich bezweifle stark, dass derjenige in unserer Kanzlei arbeitet. Vielleicht aber in diesem Gebäude, was nicht auszuschließen ist.

»Verdammt, ich hätte es diesem Scheißkerl in der Boxhalle zeigen sollen. Wieso habt ihr mich zurückgehalten?«

»Vielleicht solltest du dich fragen, ob er sich nicht genau deshalb gerade an dir rächen will«, kontert Ryan und ich verstehe genau, was er mir damit sagen möchte. Ich habe ihn vor seinen Leuten erniedrigt und er kann das nicht auf sich sitzen lassen. Er darf nicht.

»Jetzt mal ehrlich. Du hast nichts mit der Kleinen am Laufen, Ethan?«, fragt Austin belustigt.

Als ich schweige und nicht auf ihn eingehe, mischt sich Ryan ein. »Im Ernst, Ethan? Wirklich?«

Beide schauen mich vorwurfsvoll an.

»Es war ein Ausrutscher, ok? Seitdem halte ich mich komplett fern von ihr.« Ein verdammter kleiner Fehler, der direkt gegen mich verwendet wird. Unglaublich. Unverständlich. »Als ob ihr nichts am Laufen habt. Als ob ihr gänzlich auf Sex verzichtet.«

In der angespanntesten Situation schaffen wir es doch immer, schnell wieder gut gelaunt zu sein.

Ryan und Austin schauen sich an und ich sehe genau das dreckige und verschmitzte Lachen von Ryan.

»Erwischt«, gesteht er keck. Ich weiß doch von seiner Sehnsucht zu Grace. »Wir stehen aber nicht so stark unter Beobachtung wie du, mein Freund.«

Ja, ja. Da haben wir das Thema meiner verfluchten Vergangenheit wieder, die mich einholt. »Wir haben unsere Entscheidungen gemeinsam getroffen. Ich kann ja nichts dafür, dass Caden in mir einen Rivalen sieht und nicht in euch«, werfe ich amüsiert in den Raum.

»Na ja, gestraft bleiben wir alle«, meint Austin.

»Gut, also halten wir uns da erst mal raus und bleiben im Hintergrund«, fasst Ryan zusammen.

»So sieht's aus. Wir unternehmen nichts und bereden das Ganze in ein paar Tagen noch einmal. Wenn sich bis dahin nichts weiter ergibt, müssen wir uns die Personalakten genauer anschauen«, sage ich ernst und hoffe, dass wir das undichte Loch schnell loswerden. Menschen, die nicht loyal uns gegenüber sind, haben hier nichts zu suchen. »Und jetzt raus hier. Ich muss dieses anstrengende Mandat beenden, bevor ich nach Hause gehen kann.«

Sie denken wahrscheinlich, dass ich total verrückt bin. Bin ich wohl auch und doch können sie mich verstehen. Wir akzeptieren die Fehler des anderen und helfen einander wieder auf die Beine, wenn wir am Boden liegen.

»Als ob du je nach Hause gehen würdest, Ethan. Wohnst du nicht schon in deinem Büro? Also wenn es nicht gerade die Bar ist?«, sagt Ryan und fängt wieder an zu lachen.

»Lass uns schnell verschwinden, Ryan. Sonst verpflichtet er uns noch zu Überstunden«, erwidert Austin und stupst Ryan mit seinem Ellenbogen in die Seite.

Gemeinsam eilen sie aus der Tür und ich bin froh, endlich durchatmen zu können. Ich will die beiden nicht in meine verwirrte Gedankenwelt einweihen und in meine Pläne verstricken. Austin und Ryan sollen ruhig glauben, dass ich die Aktion von Caden einfach so hinnehme, was ich nicht schaffe. Er provoziert mich immer wieder und nutzt jetzt auch noch Talia als Druckmittel. Als Drohung mir gegenüber. Dabei weiß er nicht, dass er sich mit dem Teufel höchstpersönlich anlegt. Caden unterschätzt, was mir Talia bedeutet, wie wichtig sie mir ist und dass es keinen Bestandteil meines Lebens gibt, der wertvoller ist.

Hätte er gewusst, was Talia und mich verbindet, welche gemeinsame Zeit wir hinter uns gelassen haben, hätte er mir diese Bilder nie überreichen lassen. Immerhin weiß ich dadurch, dass er keinen blassen Schimmer davon haben kann.

Zumindest diese Tatsache beruhigt mich, auch wenn meine Wut noch immer nicht verpufft ist. Irgendwann muss das alles ein Ende haben. Die Intrigen, die Machtspiele und die Unterdrückung. Wir sind kein Teil der Kriminellen, hinter denen sich Caden versteckt. Er ist seit vielen Jahren im Geschäft und hat uns dazu gebracht, den falschen Weg einzuschlagen, weshalb wir heute hier stehen. An diesem Punkt. Diesen Weg gehen.

Eigentlich sind unsere Wünsche heute nicht mehr so groß wie damals. Wir alle würden uns zurückwünschen. Eine Zeitreise wäre hilfreich.

Ich werde meine eigenen Pläne verfolgen und meine Partner im Hintergrund halten. Ich werde sie nicht einweihen und da heraushalten. Jetzt zählt nur noch der Kampf gegen Caden und der Schutz für Talia. Koste es, was es wolle.

KAPITEL 10

Talia

Meine Woche war hart. Verdammt hart und ich hätte wetten können, dass sie besser wird als die letzte. Meine Prophezeiung hat sich nicht bewahrheitet. Stattdessen bin ich immer wieder auf die Schnauze gefallen, in ein Fettnäpfchen nach dem anderen getreten und habe mir nicht gerade viele Freunde gemacht. Ich bin definitiv außer Übung.

Nach langer Zeit, die ich allein verbracht habe, weiß ich gar nicht mehr so recht, wie ich mich anderen gegenüber verhalten muss. Andererseits möchte ich nichts weiter, als ich selbst sein. Mich nicht verstellen oder jemand anderes spielen.

Alles, was ich mir wünsche, ist anzukommen. Hier, jetzt, in Chicago. Ein ganz normales Leben. Von mir aus darf es auch ein Fünkchen Langweile besitzen.

Meine zweite Arbeitswoche war also noch schlimmer als die erste. Ich wurde ignoriert und auch die Partner haben sich von mir distanziert. Ethan hat sich gar nicht blicken lassen, hält seine Tür weiterhin versperrt und verzieht keine Miene, wenn er mir versehentlich über den Weg läuft. Selbstverständlich ungeplant. Sie tun so, als gäbe es mich gar nicht. Als wäre ich ein Geist, der seine Arbeit verrichtet und zurück in sein Grab huscht, sobald der Abend anbricht. Dazu kommen diese seltsamen Ereignisse. Grace glaubt mir kein Wort und ich stehe schon fast als paranoid da. Ich bin sicher, dass ich wüsste, wenn ich unter Verfolgungswahn leide.

Es ist bereits nach Feierabend und ich habe mir fest vorgenommen, meinen Abend heute dafür zu nutzen, mich selbst zu bemitleiden. Ich werde in diese Bar gegenüber gehen und mir einen, vielleicht auch zwei Drinks genehmigen. Meine Sorgen lösen sich dadurch natürlich in Luft auf und ich lebe glücklich und zufrieden bis an mein Lebensende. Oder so ähnlich. Danach darf ich mir anhören, dass Alkohol keine Lösung ist, und doch greife ich nach diesem und lasse es darauf ankommen. Meistens jedoch verstärkt er mein Gefühlsleben nur und lässt es schlimmer dastehen, als es eigentlich ist.

Es klopft und ich wundere mich, wer um diese Zeit noch im Büro anzutreffen ist. Außer Ethan natürlich. Er arbeitet meist bis spät in die Nacht und ich frage mich, ob er überhaupt schläft.

Vielleicht habe ich sein Geheimnis gerade gelöst, denke ich mir und schmunzle. Ethan ist ein Vampir. Eindeutig!

Bevor ich meinen verrückten Gedankengängen weiter nachgehen kann, steht Sophia Baker vor mir. Super. Eigentlich bin ich froh, ihr nur selten zu begegnen, und versuche meistens, vor ihr da zu sein, um nicht an ihr vorbeigehen zu müssen. Sophia erinnert mich an einen Wachhund und indirekt ist sie ja einer.

»Sophia. Hi«, begrüße ich sie.

»Talia. Ich weiß, dass wir keinen besonders guten Start hatten, und ich habe gemerkt, wie schlecht es dir damit geht. Du wirkst bedrückt und ich will dir helfen. Ich habe mir ein Herz gefasst und darüber nachgedacht. Wie wäre es, wenn wir gemeinsam etwas trinken gehen und von vorn anfangen?«

Ich kann ihr zwar nicht ganz zustimmen, lasse sie aber ausreden. Ob sie wirklich der Meinung ist, dass mich unser gemeinsamer merkwürdiger Start bedrückt? Wirke ich so geknickt?

»Also, was sagst du dazu?«, hakt Sophia nach und ich fühle mich gezwungen, mitzuspielen.

»Eh ja. Wirklich nett von dir, dass du an mich denkst. Meine Woche war tatsächlich nicht die angenehmste und ich hatte sowieso vor, einen Abstecher in die Bar zu machen, bevor ich mich zu Hause einsperre und schneller als gedacht der Montag vor der Tür steht«, erwidere ich freundlich und glaube meine Worte selbst nicht. Ich kann sie schlecht abweisen, wenn Sophia extra einen Schritt auf mich zu macht.

»Gut, dann sind wir uns ja einig. Wie lange brauchst du für den langweiligen Papierkram noch?«

Ich schaue auf die Uhr, die mir sagt, dass es bereits einundzwanzig Uhr ist. Ich schlage also die Akte zu und schnappe mir meine Umhängetasche. »Lass uns gehen«, sage ich enthusiastisch und zeige auf die Akten. »Die können bis nächste Woche warten. Jetzt muss ich meinen eigenen Fall bearbeiten und den ersten Drink in Angriff nehmen.«

Sophia lacht und das erste Mal denke ich wirklich, dass ich einen schönen Abend in dieser Stadt verbringen kann, seitdem ich hier bin. Und das mit Sophia Baker.

»Ich bin definitiv dabei«, ruft sie und ich schaffe es tatsächlich, Ethans Zimmer keine Beachtung zu schenken, obwohl die Tür offen steht. Dieser Abend gehört mir und ich werde ihn nutzen. Keine Konflikte, keine Gefühle und auf gar keinen Fall Katastrophen.

Wenige Minuten später drückt Sophia die schwere Tür zur Bar auf und der alkoholische Geruch dringt mir sofort wieder in die Nase. Laute Gespräche übertönen die angenehme Musik, die etwas leiser spielt als das letzte Mal. Ich fühle mich sofort wohl und die magische Atmosphäre nimmt mich gänzlich ein. Wie verzaubert folge ich Sophia und mir fallen erst jetzt die vielen Details auf, die diese Bar zu einer ganz besonderen machen. An den dunklen Wänden hängen Bilder von Gästen, die ihre Feierabende hier verbracht haben. Zwischen den runden Lampen, die gedämpftes Licht in den Raum entlassen, verlaufen alte Rohre an der Decke und den Wänden entlang. Altmodisch. Dennoch ein Hingucker.

Wir setzen uns direkt an die Theke und mein

Blick fällt auf die Regalwand vor mir. So viele verschiedene Flaschen mit alkoholischen Inhalten habe ich noch nie gesehen. Ich glaube, ich werde einige Abende hier verbringen und beschließe, mir das nicht mehr nehmen zu lassen. Selbst wenn Ethan hier auftaucht oder seine Anhängsel. Vielleicht verstehe ich mich mit Sophia besser als gedacht und verbringe mit ihr gemeinsam weitere Abende hier.

»Ich brauche definitiv was Hartes«, platzt es aus mir raus und Sophias blaue, glasklare Augen werden groß.

»Etwas Hartes klingt gut«, erwidert sie und lacht.

»An was hast du nur gedacht, Sophia.« Ich verdrehe energisch die Augen und bestelle mir einen Cocktail, der mit allem Möglichen gemischt wird. Wenn mich der nicht umhaut, weiß ich auch nicht.

»Ich nehme dasselbe«, gibt Sophia dem netten Barkeeper an und erhält ebenfalls diese merkwürdig blaue Mixtur.

»Ich bin sofort wieder da«, sage ich und mache mich auf den Weg zur Damentoilette. Ein Blick in den Spiegel verrät mir, dass ich einen harten Tag, nein, eine harte Woche hatte. Ich versuche, meine langen Haare glatt zu streichen, um nicht so unmöglich auszusehen, wie sie es gerade tun.

Sophia lächelte mir zu, als ich wieder da bin. Es ist ziemlich voll hier und die Bar scheint relativ angesagt zu sein.

»Dann mal runter mit dem Zeug«, spornt mich Sophia an und ich setze den Strohhalm zwischen meinen Lippen an.

»Wow, gar nicht schlecht«, erwidere ich und so langsam beschleicht mich das Gefühl, dieser Abend wird perfekt. Nicht ganz so perfekt wie er mit Ethan werden würde, aber auf seine eigene Art eben. »Sag mal, wie bist du eigentlich an die vier geraten?«

Genau genommen weiß ich nichts über sie, außer ihren Namen und welche Tätigkeit sie ausübt. Man könnte fast meinen, ich habe eine Fremde neben mir sitzen.

»Ach, ein guter Freund hat mir die Stelle empfohlen und ich habe mich beworben. Eins führte zum anderen und nun sitze ich den lieben langen Tag am Empfang. Nervig, wenn du mich fragst«, entgegnet Sophia.

»Wie schaffst du es, dich jeden Tag zu motivieren, wenn dir deine Tätigkeit keinen Spaß macht?« Ab und an kann ich mich morgens nicht aufraffen, habe keine Lust oder bin völlig unmotiviert. Manchmal nerven mich die Fälle oder bestimmte tägliche Situationen. Über merkwürdige Anrufe will ich gar nicht nachdenken. Dennoch tue ich das, was ich mache, gern. In gewisser Weise kann ich Menschen Trost spenden, ihnen helfen und zuhören.

»Ach, dient ja einem anderen Zweck. Sonst würde ich's womöglich gar nicht machen«, bekräftigt Sophia.

»Klar, Geld müssen wir alle verdienen.«

»So könnte man's auch sehen.« Sophia lacht und ich frage mich, ob ich etwas Falsches gesagt habe. »Bist du vergeben?«, fragt sie mich und ich erkenne die steigende Neugier in ihren Augen.

»Kann man so nicht sagen«, stammle ich und sie bringt mich völlig aus dem Konzept.

»Also ist es kompliziert. Das habe ich schon am Anfang gesehen. Eigentlich dürfte es jeder gesehen haben, der bei klarem Verstand ist, dass du auf Ethan Hunt stehst.«

Sophia hat mich kalt erwischt und ich spüre, wie sich mein Herzschlag beschleunigt. Ich fühle mich schlagartig so klein und verletzlich. Jeder sieht es, dass ich auf meinen Chef stehe? Keiner kennt unsere Vergangenheit, was noch viel schlimmer ist. Verdammt. Was mache ich denn jetzt? Wie komme ich da wieder raus?

Ihre Hand legt sich sanft auf meinen Arm. »Schon ok. Ich wollte dir kein schlechtes Gewissen einreden. Vielleicht habe ich auch meinen Favoriten«, sagt sie und zwinkert mir zu. Sophia steht auf einen der Partner. Eigentlich habe ich schon vermutet, dass es Austin ist. Bei unserem damaligen Gespräch war dies aber eher eine Vermutung, ein Bluff. Mit ihrer offenen Art, auch wenn sie einiges für sich behält, habe ich nun wirklich nicht gerechnet. Dieser Abend überrascht mich gleich in mehreren Hinsichten.

»Wenn ich fragen würde, wer der Auserwählte ist, würdest du's mir wahrscheinlich nicht verraten oder?«

»Natürlich nicht, was denkst du denn?«, antwortet sie amüsiert.

Zumindest entdecke ich immer mehr Parallelen, die uns irgendwie verbinden. Sie versteht mich und mein Problem. Es ist quasi auch ihres.

Bisher kann ich mir aber keinen Reim darauf machen, wieso sich die vier so verhalten. Je länger ich darüber nachdenke, umso verwirrtere Gedanken projiziert mein Gehirn. Ich kann mir schon denken, wen Sophia meint und doch verkneife ich es mir, den Namen laut auszusprechen.

Ein mir bekanntes Gesicht kommt auf uns zu. Er legt seine Hand von hinten auf Sophias Schulter. Caden. Unheimlich attraktiv. Wobei seine unheimliche Seite definitiv dominiert.

Da fällt mir direkt wieder ein, wie dämlich ich mich bei unserer letzten Begegnung verhalten habe. Ich konnte nur noch Ethan vor meinen Augen sehen. Zu peinlich. Das darf auch wirklich niemals ans Licht kommen.

»Hi, Caden«, murmelt Sophia ihm zu.

»Ihr kennt euch?«, frage ich die beiden.

»Ich glaube, man lernt irgendwann alle Stammgäste dieser Bar kennen, wenn man seine Stunden nach der Arbeit hier verbringt«, raunt er mit seiner dunklen und überaus männlichen Stimme. Trotz seines Aussehens und seiner bisher freundlichen Art kann er mich nicht erreichen. Wieder einmal merke ich, dass mein Körper nur unter Ethans Berührungen in Flammen aufgeht. Dass er nur auf ihn so stark reagiert wie bei keinem Mann zuvor.

»Moment, ihr seid euch also auch schon begegnet?«, meint Sophia und ich nicke in ihre Richtung.

»Sind wir«, bestätige ich und im selben Moment beugt sich Caden zu ihr herunter, flüstert ihr etwas ins Ohr, was nicht für mich bestimmt ist. Also beschäftige ich mich mit meinem Drink, der ohnehin fast leer ist, und bemerke gar nicht, wie sich Sophia aus dem Staub macht. Na toll.

Ich drehe mich zur Seite und treffe direkt auf die unergründlichen Augen von Caden, die mich von Kopf bis Fuß mustern. Ein merkwürdiges Gefühl beschleicht mich. Eines, bei dem man besser die Beine in die Hand nimmt und ganz schnell verschwindet. Es ist, als würde ich die Gefahr, die von ihm ausgeht, spüren.

»Hi«, hauche ich, anstatt auch nur ein normales Wort raus zu bekommen.

»Hallo, Talia. Es freut mich, dich wiederzusehen.« Caden stellt eine Augenweide dar und ich kann meinen Blick nicht von ihm abwenden. Warum nicht? Er nimmt mich gefangen und es ist, als zieht er mich in seinen Bann.

»Ja, freut mich«, presse ich hervor. So ganz erfreut bin ich ja gar nicht. *Schlechte Lügnerin, Talia*, denke ich.

»Wie wäre es, wenn ich dir noch einen ausgebe?« Caden deutet auf mein mittlerweile leeres Glas, in dem ich mit meinem Strohhalm stochere. Schaden kann's ja nicht.

»Sicher, gern«, antworte ich.

191

»Warum bist du einfach verschwunden?«

Ich habe gehofft, er würde mir diese Frage nicht stellen. Eine Antwort darauf zu finden, ist nicht leicht. »Mir ging es nicht so gut«, schwindle ich und hoffe, er enttarnt meine Lüge nicht.

»Hm. Heute läufst du mir aber nicht davon«, sagt er ernst und jagt mir damit einen Schauer über den Rücken. Er spricht den Satz so aus, als wäre er ein Jäger und ich die Gejagte. So als könne ich ihm sowieso nichts entgegensetzen. Ich versuche, die Situation aufzulockern. Ohnehin kann ich nicht mehr klar denken und der Alkohol setzt mir zu.

»Zumindest hab ich nicht vor, wegzulaufen, Caden. Es sei denn, du gibst mir einen Grund.«

»Oh und wie ich dir einen Grund geben werde«, sagt er und ich vermisse die Ironie in seiner Stimme. Es wirkt, als meine er jedes einzelne Wort ernst und ich bin verwirrt. Caden ist seltsam und ich frage mich, wo Sophia hin ist.

»Ich glaube, ich werde nun wirklich langsam gehen. Der Alkohol steigt mir zu Kopf und ich brauche Luft«, sage ich flehend und hoffe, er lässt es mir durchgehen. Als ich aufstehe und zur Tür gehen will, bemerke ich, wie mir Caden folgt.

»Ich begleite dich.«

»Caden, es tut mir wirklich leid, aber ich kann das nicht. Da ist nichts zwischen uns und ich habe momentan andere Sorgen.«

Seine Reaktion wundert mich. Caden ist weder sauer noch sieht er geschockt aus. »Talia, keine Sorge. Ich will nur, dass du sicher zu Hause ankommst.« Ein Grinsen breitet sich auf seinen Lippen aus. Da ich ihn ja anscheinend nicht loswerde, kann ich ihn wohl erst vor der Tür abschütteln. Zum Glück ist Grace da und kann mir dabei helfen, sollte sich Caden quer stellen.

Seit wann bin ich so misstrauisch? Es ist viel wahrscheinlicher, dass er einfach nur nett sein möchte und mich sicher nach Hause bringt.

»Gut, bis vor die Haustür und nicht weiter«, scherze ich und Caden läuft an mir vorbei, um die Tür zur Bar für mich aufzuhalten.

»Ein Gentleman durch und durch. Wie das letzte Mal«, bemerke ich.

Die Nachtluft tut gut. Sie schmeichelt meinen Lungen, die sich gierig füllen.

»Für eine Lady immer gern«, erwidert er frech.

Nach wenigen Schritten merke ich erst, dass es keine gute Idee war, direkt nach dem zweiten Cocktail aufzustehen und zu gehen. Mir wird schummrig und meine Umgebung wirkt verzerrt.

Eigentlich reagiere ich nicht so stark auf Alkohol. Vielleicht war es die Mischung, die mir so extrem zusetzt. Nicht nur mein Magen dreht sich und mir wird übel. Auch mein Kopf tut es ihm gleich.

Als ich anfange, in Schlangenlinien zu laufen, bemerkt Caden meinen Zustand. Ist ja auch nicht zu übersehen.

»Na, na. Da kann jemand nicht mehr geradeaus gehen«, stellt er amüsiert fest und ich frage mich allen Ernstes, ob er sich gerade über mich und meine Situation lustig macht.

Bei unseren Gesprächen zuvor hat er keine Miene verzogen und es war mir, als hätte er keinerlei Emotionen. Jetzt jedoch lacht er mich aus, anstatt eine Unterstützung zu sein.

»Geht schon, danke«, presse ich hervor und Caden stützt mich. Immerhin. Er kann ja doch anders.

Was ist bloß los mit mir? Mein Körper fühlt sich so schwer an und jeder weitere Schritt ist eine Qual. Meine Arme baumeln reglos an mir runter und meine Augen fallen immer wieder zu. Schwarz. Alles wird schwarz und dreht sich. Die Welt dreht sich, meine Umgebung und dennoch kann ich klar denken. Zumindest so klar wie schon die ganze Zeit. Würde mein Zustand wirklich am Alkohol liegen, könnte ich keinen klaren

Gedanken mehr fassen. Ich kann es aber, was mir zu denken gibt. Scheiße.

»Alles wird gut«, flüstert mir Caden zu.

Was will er mir sagen? Panik steigt in mir empor. Panik, die sich einen Weg an die Oberfläche bahnt und mich verschlingt.

Ich erkenne einen schwarzen SUV, der direkt neben uns hält, bevor meine Welt endgültig schwarz wird und alles allmählich verschwindet. Es ist, als würde ich fallen und ich fühle mich so hilflos. Ich bin in einem schwerelosen, dunklen Traum gefangen. Ich kann mich nicht bewegen. Ich will schreien, kein Laut dringt durch meine Lippen. Ich will laufen, rennen und doch schaffe ich es nicht, mich zu regen. Nichts. Nur dunkle und unbarmherzige Leere.

Schlagartig schaffe ich es, meine gesamte verbliebene Kraft zusammenzunehmen und meine Augen zu öffnen. Mein Körper bleibt gänzlich bewegungsunfähig.

Nicht auffallen, Talia. Immer ruhig bleiben. Einatmen und ausatmen.

Mein Herz schlägt so wild, dass ich fürchte, es könnte mich verraten. Obwohl meine Augen offen sind, sehe ich nichts. Ich habe etwas auf dem Kopf, das mir meine Sicht versperrt.

Das Letzte, an das ich mich erinnere, ist der schwarze SUV, der neben mir zum Stehen kam. Was passiert hier nur? Ich kann nicht begreifen, in welcher Situation ich mich befinde, und ich muss wieder Herrin meiner Sinne werden.

Verdammt. Stimmen dringen zu mir durch, die mir mehr als bekannt vorkommen. Ich habe sie schon oft gehört. Zwei Stimmen, zwei Namen. Caden und Sophia. Scheiße. Was wollen die beiden von mir?

»Er wird erfreut sein, dass unser Plan aufgegangen ist«, meint Sophia und sie hört sich nicht mehr an wie ein zickiges und naives Mädchen. Ganz im Gegenteil. Ich bemerke ein Selbstbewusstsein, welches bei jedem ihrer Worte mitschwingt. Eine gute Schauspielerin.

»Endlich kann ich dem Mistkerl eins auswischen«, erwidert Caden und mein Gehirn fängt an zu rattern. Geht es hierbei gar nicht um mich?

»Er wird kommen, ganz sicher. Wir locken ihn in die Falle, bis sie zuschnappt und er uns nicht mehr entkommen kann«, fährt Sophia fort und mich überkommt ein mulmiges Gefühl.

Langsam spüre ich meine Finger wieder, die anfangen zu kribbeln. Es steigt meine Arme nach oben und meine Kraft kehrt zurück. Nicht schnell genug, denke ich, und doch wüsste ich nicht, was ich in dieser Situation anstellen sollte. Mit oder ohne körperliche Kraft. Ich bin den beiden im Moment wahllos ausgeliefert und kann mich nicht befreien. Doch leicht werde ich es ihnen sicherlich nicht machen. Sobald ich die Chance bekomme, werde ich kämpfen. Bis sich Caden und Sophia die Zähne an mir ausbeißen. Sie haben sich die falsche Frau zur Feindin gemacht. Die ängstliche Talia ist fort. In wichtigen und ernsten Situationen versteckt sie sich vor der Amazone in mir. Der Kriegerin, die meine Persönlichkeit dominiert.

Das einzige Gefühl, welches mich regelmäßig durcheinanderbringt, ist die Liebe. Nichts sonst. Nur sie allein kann mich bändigen und in Zaum halten. Ethan Hunt hatte keine schwache Frau an seiner Seite. Er wollte immer die Kämpferin, die er auch bekam. Die ich bin und stets war. Mein Plan steht. Ich muss sie aufhalten. Wie, weiß ich noch nicht und auch wenn meine Gedanken naiv klingen, werde ich's versuchen. Mit allen Mitteln, die mir irgendwie in die Hände fallen, die ich ergreifen kann.

Vielleicht ist diese Entführung meine Chance. Auch ein merkwürdiger Gedanke, aber wahr.

Denn so erfahre ich endgültig von seinen Geheimnissen, die er mir bis heute verschweigt. Die Ethan seit Jahren quälen und nicht in Ruhe lassen.

Ich sollte Angst haben. Todesangst. Und doch spüre ich davon nur ein kleines Fünkchen, welches langsam weit verborgen erlischt. Ist es das Adrenalin? Ich habe davon gehört, dass Adrenalin uns Menschen vor einigen Situationen schützen oder sogar retten kann. Ich habe mich noch nie in einer solchen befunden und weiß nicht, wie man sich richtig verhält. Gibt es überhaupt ein richtig oder falsch?

»Caio wird hocherfreut sein und ich bin es jetzt schon. Talia White vertraut aber auch viel zu schnell«, stellt Caden fest und er hat verdammt recht. Das werde ich in Zukunft definitiv ändern. Wenn ich hier lebend rauskomme, natürlich.

Von einem Caio habe ich noch nie gehört. Jedenfalls bin ich mir sicher, dass ich ihn schneller kennenlerne, als mir lieb ist.

»Er wird ihr nichts tun, Caden, oder?«, fragt Sophia ihn zweifelnd.

»Ach, kann uns doch egal sein, was er mit ihr anstellt«, spottet Caden und seine Stimme verrät, dass er es durchaus ernst meint. Genau so habe ich ihn eingeschätzt. Mein Körper wollte mich

198

warnen und ich bin nicht auf ihn eingegangen. *Jetzt hast du deine Strafe,* denke ich und Unruhe breitet sich in mir aus. Es ist gar nicht so leicht, so zu tun, als würde man schlafen. Was auch immer meinen Kopf versteckt, es hilft mir weiter. Denn so ist wenigstens er vor Blicken geschützt, der mich durchaus verraten kann. Aber was für ein Problem hat Sophia? Wieso verteidigt sie mich?

»Die schläft schon ganz schön lange«, sagt Caden kritisch. »Wie viel hast du ihr von dem Schlafmittel gegeben?«

Also hat sie es mir verabreicht. Deshalb habe ich mich so schlecht gefühlt. Verdammt. In was ist Ethan da nur verstrickt?

»Ich konnte es nicht genau abschätzen und hab's nach Gefühl dosiert«, gesteht sie kleinlaut.

Nach Gefühl. Prima. Das hätte auch anders enden können, als dass sie mir nur zu wenig davon gibt.

Mein Cocktail, schießt es mir in den Kopf. Es war mein Cocktail, den ich dummerweise außer Acht gelassen habe. Fünf Minuten auf Toilette waren fünf Minuten zu viel. Natürlich weiß ich, dass man sein Getränk niemals unbeaufsichtigt lässt, aber wer denkt denn allen Ernstes, dass die eigene Arbeitskollegin einen entführen will? Ich nicht. Auf keinen Fall. Vielleicht sollte man ja doch mit allem rechnen.

»Sophia, wie lange bist du jetzt dabei? Weißt du eigentlich, wie gefährlich es ist, so etwas falsch zu dosieren?«

Wenigstens sind wir da einer Meinung. Eine Gemeinsamkeit kann ich also doch ausmachen. Ich zwinge mich dazu, stark zu bleiben, und unterdrücke weiterhin alles, was mir an Emotionen im Weg stehen würde.

»Ich hab nicht drüber nachgedacht, verdammt. Die Situation war heikel genug. Stell dir vor, mich hätte jemand erwischt«, stellt sie klar.

»Es hat dich aber keiner erwischt«, kontert Caden.

Weil ich nicht aufgepasst habe, denke ich.

Die Gefühle in meinen Armen und Beinen kehren langsam zurück und ich kann mich wieder bewegen, auch wenn ich meinen neu gewonnenen Spielraum nicht ausnutze. Nicht jetzt. Noch nicht. Die Zeit für meinen Schlag wird kommen. Ich bin mir sicher. Ich muss nur diese verfluchten Fesseln lösen. Wie dumm von ihnen, dass sie nur ein Seil benutzen, wenn es doch Handschellen gibt, die keiner so leicht aufbekommt. Noch sollte ich mich aber nicht zu früh freuen. Denn noch konnte ich sie nicht loswerden.

»Mann, lass uns darüber nicht diskutieren. Wir müssen uns jetzt auf den Plan konzentrieren«, sagt Sophia. Damit meint sie den, von dem ich mehr wissen will. Meine Chance, mehr zu erfahren. Über die beiden, die Kanzlei und Ethan.

Ich wusste gleich, dass etwas nicht stimmt. Es erschien mir direkt merkwürdig, wie sich Ethan, Ryan, Austin und Finley eine solche Kanzlei leisten können, geschweige denn diese Innenausstattung. Vor allem als Neulinge. Keiner von ihnen ist schon lange im Geschäft. Keiner von ihnen besitzt die Anwaltszulassung seit vielen Jahren.

Ich ärgere mich, nicht länger und besser recherchiert zu haben. Mir wäre sofort aufgefallen, dass Ethan diese fragwürdige Kanzlei führt. Als ich seinen Nachnamen gelesen habe, läuteten keine Alarmglocken bei mir. Diesen Namen gibt es schließlich wie Sand am Meer.

Die ganze Gegend hat mich an ihn erinnert. Nicht nur dieser Name, der sich wie Musik in meinen Ohren anhört. Ethan Hunt. Ein Mann mit so vielen Geheimnissen, die bis zum Meeresgrund reichen. Ein Mann, dessen Dunkelheit mich nicht abschreckt, sondern anzieht. Ein Mann, den ich gleichermaßen schützen will wie er mich, mit all seinen verzweifelten Versuchen.

Nun kann er mich nicht mehr beschützen und aus allem heraushalten. Ich stecke tief in der Scheiße und bin mir dessen sehr wohl bewusst.

Die Gespräche der beiden, meiner Entführer, verstummen und der Wagen wird abrupt angehalten. Ich falle nach vorne und kann mich nicht halten. Haben sie mich nicht einmal angeschnallt? So geht man also mit einem Druckmittel um.

Hier sind wir nun und ich versuche weiterhin ruhig zu bleiben, auch wenn sich alles in mir anspannt und mein Herz in die Hose rutscht. *Stark sein*, rufe ich mir in Erinnerung. *Du musst jetzt stark sein.* Entweder warten Antworten auf mich, die ich so sehr begehre, oder ich werde in den Abgrund gezogen, mit allem, was ich habe, mit allem, was mich ausmacht.

Ich versuche, meinen Körper schlaff wirken zu lassen. Keiner darf meinen eigenen verdammt gefährlichen Plan kreuzen. Ich nehme verschiedene Geräusche wahr. Meine Sinne spielen verrückt, da ich nichts sehen kann. Ich versuche weiterhin, mich zusammenzureißen, und schaffe es nicht gänzlich, Herrin über meinen Körper, meine Atmung und meinen Herzschlag zu werden. Eines davon wird mich früher oder später verraten.

»Dann lass uns unsere schlafende Prinzessin mal da rausholen und sie in ihr neues Zuhause bringen«, sagt Caden und sein Lachen ist mehr als grausam. Als jemand nach mir greift, erschrecke ich und zucke zusammen. Verdammt.

»Fuck, Caden. Sie ist wach!«, ruft Sophia.

Erwischt. Schneller, als mir lieb ist. Damit habe ich nicht gerechnet.

Als mich weitere Arme packen und aus dem Auto zerren, fange ich an zu treten und verteidige mich.

»Lasst mich los. Finger weg«, schreie ich aufgebracht und meine gesamten aufgestauten Gefühle wollen raus. Schweiß rinnt mir die Stirn hinunter und ich fühle mich wie eine Versagerin. Dabei weiß ich gar nicht, wie sich andere Menschen in dieser Situation angestellt hätten. Die kräftigen Arme legen sich um meine Brust und drücken kräftig zu. Mir bleibt die Luft weg.

»Wenn du ruhig bleibst, wird dir auch nichts passieren, Süße«, flüstert mir Caden ekelhaft schmierig zu.

»Genau. Das wird jedem Entführungsopfer weisgemacht und am Ende wird es irgendwo tot aufgefunden«, erwidere ich noch immer tobend vor Wut und Angst zugleich.

»Versprochen, zumindest für den Augenblick«, meint er nun schon ernster.

Mir bleibt nichts weiter übrig, als zu kapitulieren und seinen Vorschlag anzunehmen. Wobei es wohl eher ein Angebot ist, welches ich nicht abschlagen darf.

»Wir wollen doch nicht, dass dir etwas zustößt, bevor Ethan davon Wind bekommt, dass du unser Gast bist«, säuselt Sophia und ich könnte kotzen. Ihre Art, ihre Stimme. Alles an ihr reizt mich. Trotzig leiste ich keinen Widerstand mehr. Für diesen einen Moment haben sie gewonnen. Nur für diesen.

Denn meinen Plan werde ich weiterhin verfolgen. Ich komme hier raus und werde für meine Freiheit und für Ethan kämpfen. Solange es eben möglich ist. Solange es meine verbliebenen Kräfte zulassen.

KAPITEL 11

Noch immer laufe ich in meinem Büro auf und ab. Mein Freitagabend spielt sich nur hier ab. In meinen vertrauten vier Wänden, die mir Schutz bieten und mich von allem da draußen fernhalten.

Meinem Dad war sein Beruf heilig. Ein Anwalt, wie er im Buche steht. Genau so, wie man sie sich vorstellt und sie bewundert werden. Er war immer der Gute und auf der anderen Seite saß das wahre Böse. Charles hat niemals Schwerverbrecher oder gar Mörder verteidigt. Er hat den Menschen geholfen, die es verdienen, an die er glaubte. Mein ganzes Leben lang habe ich zu ihm aufgesehen. Bereits im Kleinkindalter war er mein Held, mein Retter in der Not. Leider wurde ihm nicht nur sein Beruf, sondern auch sein großes Herz zum Verhängnis und brachte ihm den Tod. Nicht mehr und nicht weniger. Auch deshalb habe ich beschlossen, keine Beziehungen einzugehen. Seien sie von körperlicher oder seelischer Natur. Die Art, die nicht nur den Kopf erreicht, sondern auch das Herz. Solange ich niemanden in meine Scheiße mit reinziehe, sind die Leute um mich herum sicher.

Charles hat meine Mom lange gepflegt, bis ihre Krankheit uns nicht nur unser letztes Geld nahm, sondern auch sie selbst.

Ich ringe mit meinem Verstand, meinen Entscheidungen. Ein Kampf, der nicht gut ausgehen wird. Ich weiß es. Ich kann es spüren, tief in mir drin. Es bringt mich um den Verstand und ich finde keine Lösung für meine Probleme. Mir bleibt keine Wahl und ich muss mich endgültig entscheiden. Dafür, klein beizugeben oder dafür, mit allen mir zur Verfügung stehenden Mitteln zu kämpfen. Ein Weg ist der richtige. Einer, der über Leben und Tod entscheidet. Welcher ist es? Zumindest wird er darüber entscheiden, wie mein weiteres Leben verläuft. Als Anhänger einer kriminellen Organisation oder als freier Mann, der eine Kanzlei führt und Menschen in schier aussichtslosen Situationen hilft. So, wie ich sie gerade brauchen kann.

Hilfe. Ein einfaches Wort mit so großer Macht. Ich brauche Hilfe und werde sie nicht bekommen. Denn keiner darf mit in diese Sache verstrickt werden. Es steht so schon genug auf dem Spiel, als dass ich Ryan, Austin oder Finley mit reinziehen kann.

Vor wenigen Minuten war ich noch fest überzeugt davon, mich diesen Mistkerlen zu widersetzen, insbesondere Caden. Ich habe meine Fehde zwischen ihm und mir dafür benutzt, um einen Grund zu haben, mich zu verteidigen und nie aufzugeben. Ob das so richtig war, kann ich nicht sagen. Fehler passieren, sie sind menschlich. Wir entscheiden uns falsch und machen im nächsten Moment alles richtig. Wagen wir einen falschen Schritt, gehen wir einen zurück und fordern das Schicksal erneut heraus. So drehen sich die Zeiger der Uhr immer weiter. Wir leben, um täglich, sogar stündlich zu lernen. Um an Aufgaben zu wachsen, uns ständig herauszufordern und auch daran zu wachsen. Doch was passiert, wenn eine einzige Entscheidung alles ändern kann? Wenn sie die Macht hat, ein ganzes langes Leben lebenswert zu machen. Wenn sie befreien kann oder im nächsten Moment einen Sklaven aus dir macht. Was passiert, wenn man sich falsch entscheidet und andere Leben riskiert? Hätte derjenige sich für dasselbe Leben entscheiden, denselben Weg?

Talia hat das Ganze nicht verdient. Keiner von uns. Wir haben uns aber bewusst dafür entschieden, unseren Traum zu leben. Talia gehört nicht dazu. Sie kann ein selbstbestimmtes und freies Leben führen, welches sie sich wünscht. Ich darf ihr diese Entscheidung nicht abnehmen und muss sie deshalb von alledem fernhalten. Ich muss sie von mir fernhalten. Mir überlegen, was ich tue. Mit ihnen zusammenarbeiten und wissen, dass all meine Lieben in Sicherheit sind oder mich gegen sie stellen und darauf warten, was passieren wird.

Ich überlege, wie ich diesen Abend weiter verbringen soll.

Es kehrt keine Ruhe ein und ich schaffe es nicht, mich abzulenken. Wie schafft es Ryan nur, eine solche Beziehung mit Grace zu führen?

Gerade als ich mich wieder hinsetze und mir meine angestrengten Augen reibe, fliegt meine Bürotür auf. Mit einem lauten Krachen schlägt sie gegen die Wand und ich sitze wie angewurzelt auf meinem Stuhl. Wenn man vom Teufel spricht, klopft er persönlich an die Tür oder fällt direkt mit ihr ins Haus. Perfekt. Immerhin kann er mich vielleicht auf andere Gedanken bringen. Bessere.

»Ryan«, stelle ich fest und erst jetzt fällt mir sein gequälter Gesichtsausdruck auf.

»Ethan, ich bin nicht allein«, erwidert er und ich bin gespannt, was er mir zu sagen hat. Als er auf mich zu läuft, erkenne ich eine Frau, die ihm folgt und ebenfalls auf mich zu kommt. »Das ist Grace«, stellt Ryan sie vor.

Ich bin ihr schon begegnet, aber eher flüchtig. Ich glaube, mich nicht daran erinnern zu können, bisher ein Wort mit ihr gewechselt zu haben.

»Hallo, Grace. Schön dich kennenzulernen. Aber was verschafft mir die Ehre, euch hier begrüßen zu dürfen?«

Grace sieht besorgt aus. Was ist nur los mit den beiden?

»Was steht ihr denn da so rum? Setzt euch«, sage ich, um die Situation aufzulockern. Meine Geduld hält sich in Grenzen. Wenn sie nicht schon am seidenen Faden hängt.

Meine Probleme steigen mir zu Kopf und ich kann mich gerade nicht auf andere Menschen konzentrieren.

Ryan und Grace setzen sich und schauen sich an.

»Ethan«, meint Ryan ernst. »Sie ist nicht nach Hause gekommen.«

Von wem redet er?

»Ja, sie ist einfach verschwunden und ich weiß nicht, was ich tun soll«, mischt sich Grace ein.

»Eins nach dem anderen, bitte. Von wem redet ihr und was genau ist passiert?«, frage ich die beiden und schaue sie abwechselnd an.

»Talia«, sagen beide im Chor und für einen Moment denke ich, mich verhört zu haben. Oder ich wünsche es mir nur. Ich wünsche mir, dass sie ihren Namen nicht ausgesprochen haben, niemals in mein Büro gekommen sind und ich weiterhin hier sitze, um mir Gedanken über Gott und die Welt zu machen. Aber wie oft gehen meine Wünsche schon in Erfüllung. Die Rate dafür kann ich an einer einzigen Hand abzählen.

»Und was ist mit Talia? Vielleicht könntet ihr einzeln sprechen, damit ich auch etwas verstehe.« Ich muss wissen, warum die beiden so aufgebracht sind.

»Sie ist verschwunden«, sagt Ryan.

»Inwiefern denn verschwunden? Muss ich euch alles aus der Nase ziehen?«

»Wir haben uns verabredet und wollten zusammen essen. Sie hat noch einen Abstecher in

210

die Bar gemacht und ist nicht nach Hause gekommen«, meint Grace stotternd.

Immerhin reden die beiden nicht mehr durcheinander.

»Und wenn sie noch dort ist?«, frage ich. So schnell verschwindet keiner. Schon gar nicht Talia. Sie ist taff. Mehr als das. Sie ist eine einzigartige Powerfrau, die mich immer wieder in Zaum gehalten hat und mit der man unglaublich viel Spaß haben kann.

»Hältst du uns für bescheuert, Ethan?« Ryan klingt wütend.

»Ich möchte nur die Tatsachen abwägen. Talia ist alt genug, um ihren eigenen Weg zu gehen und den Abend zu verbringen, wie sie es für richtig hält. Vielleicht hat sie einen netten Mann kennengelernt.« Und das aus meinem Mund. Ich fasse es selbst nicht, was ich da gerade gesagt habe. Im Grunde weiß ich gar nicht, was sie die letzten Jahre gemacht und wie sie sie verbracht hat. Ob ich es wissen will? Keine Ahnung.

»So ein Müll aus deinem Mund, Ethan«, sagt Ryan und er hat wie immer recht.

»Ihr solltet euch jetzt erst einmal beruhigen und dann überlegen wir, was zu tun ist.«

Grace schüttelt den Kopf. »Nein, nein, nein.

Das darf nicht sein. Wir dürfen nicht warten und müssen nach ihr suchen.«

»Und wo genau willst du da bitte anfangen?«, frage ich sie und bin definitiv auf eine Antwort gespannt. Chicago ist ja auch wirklich klein und überschaubar. Hier kann sich niemand verstecken. Jeder weiß, wo sich der andere befindet.

»Ich weiß es nicht«, gibt sie geschlagen zurück und senkt den Kopf.

»Grace, willst du's ihm nicht sagen?«

»Mir was sagen?«, frage ich Ryan, der sich zu Grace gewandt hat.

»Na ja. Ich habe es erst für eine Spinnerei gehalten. Weil sie so durcheinander war, wegen dir und dem Job. Sie hat seelisch stark gelitten.«

Natürlich. Sie war durcheinander wegen mir und weil ich mich mal wieder nicht von ihr fernhalten konnte. Weil ich's nicht geschafft habe, meinen Willen durchzusetzen, weil mein Herz nachgegeben hat.

Grace fährt fort. »Sie ist nach unserem ersten Abend in der Bar allein nach Hause gelaufen und hat von einem seltsamen Mann geredet. Ich habe ihr gesagt, dass sie sich das bestimmt nur eingebildet hat. Zu viel getrunken und dann noch aufgebracht. Keine gute Mischung.«

Mein Gehirn spielt verrückt und läuft auf Hochtouren. Ein Name taucht immer wieder auf. Caden. Dabei bin ich mir sicher, dass er nichts damit zu tun haben kann. Wieso werden mir sonst Bilder von ihr vorgelegt, wenn ich keine Chance dazu bekomme, darauf zu reagieren? Oder erwarten sie gar keine Reaktion? Ich schaffe es nicht, ihren Plan zu durchschauen. Sie wollen mich, nicht sie.

»Hm. Ich weiß nicht.«

»Verdammt, Ethan! Was gibt es da nicht zu wissen«, flucht Grace laut und ich verstehe ihre Sorge. Ihre beste Freundin und Mitbewohnerin ist nicht zu Hause angekommen. Dennoch muss wenigstens ich einen kühlen Kopf bewahren, wenn es sonst schon niemand tut. »Machst du dir überhaupt keine Sorgen? Du hättest sie mal sehen sollen und ich habe ihr nicht geglaubt«, flüstert Grace leise. Es scheint, als würde sie wirklich leiden.

Ich bin felsenfest davon überzeugt, dass sie bisher nicht in Gefahr ist. Vielleicht liege ich falsch. Die Wahrscheinlichkeit dafür ist sehr gering. Sie könnte irgendeinen Abstecher gemacht haben und kommt später, vielleicht auch erst morgen. Die heutige Drohung galt nur mir. Caden weiß genau, dass ich nicht zurückkehren würde, wenn er sich an ihr vergreift.

»Ich glaube dir ja, aber wie du schon sagst, du hast ihr das selbst nicht abgekauft. Das kann irgendein Mann gewesen sein, der seine Runde draußen gedreht hat oder in dieselbe Richtung musste.«

Auch Ryan hat noch etwas dazu zu sagen und lässt sich nicht beirren. »Das könnte wirklich sein, Grace. Ethan könnte recht haben.«

Alle Entscheidungen, die Ryan trifft, trifft er niemals ohne nachzudenken oder ohne Plan. Bevor er die Worte ausgesprochen hat, hat er also jedes Pro und Kontra abgewogen.

»Also sind wir uns einig«, stelle ich fest.

Grace ist nicht ganz damit einverstanden. »Ist das dein verdammter Ernst, Ryan? Du hältst nicht zu mir? Du glaubst mir nicht? Talia kam völlig aufgelöst nach Hause und stammelte nur vor sich hin. Sie wurde verfolgt und war der Meinung, dieser Unbekannte wäre direkt neben ihr gewesen. Erst weiter entfernt und dann hat sie seine Anwesenheit gespürt. Ihre Angst war definitiv real. Auch wenn ich ihr nicht geglaubt habe. Erst jetzt wurde mir klar, dass ich es hätte tun sollen. Jetzt, wo sie nicht ans Handy geht, keine Nachrichten von mir beantwortet und nicht auffindbar ist. Oder glaubst du, ich wäre nicht schon in der Bar gewesen und hätte da nach ihr gesucht?«

»Konnte dir dort denn jemand weiterhelfen, Grace?«, frage ich sie direkt.

Jemand muss sie gesehen haben. Zumindest beiläufig muss jemand etwas mitbekommen haben.

»Sie wurde nur mit einer Frau und einem Mann gesehen«, gibt sie kleinlaut wider.

»Also doch ein Mann«, meint Ryan. »Liegt es da nicht nahe, dass sie mit ihm mit ist? Ich könnte es ihr nicht verdenken. Leicht gemacht haben wir's Talia nun wirklich nicht, oder Ethan?«

»Da magst du recht haben. Es war aber das Beste für sie. Der Abstand von mir.«

»Das denkst du! Talia hat vier Jahre niemanden an sich ran gelassen oder sich überhaupt einem Mann geöffnet«, sagt Grace empört.

Das habe ich nicht gewusst, nicht gedacht. Sie hat sich zurückgezogen, genau wie ich. Sie hat keine Beziehung geführt, keine Bekanntschaften gemacht.

»Ethan, du hast wirklich Scheiße gebaut, würde ich sagen«, wirft Ryan mir an den Kopf.

»Danke, Ryan. Für deine grandiose Unterstützung«, erwidere ich ironisch.

»Könnt ihr euch mal zusammenreißen? Es geht hier um Talia!«

»Haben wir das nicht geklärt?«, sage ich mürrisch und bin diese Diskussion langsam leid. Nach der harten Woche, die nicht nur schrecklich für Talia war, hat sie sich wahrscheinlich einfach eine längere Auszeit gegönnt. »Wir warten bis morgen. Wenn sie sich weder meldet noch auftaucht, werden wir etwas unternehmen. Ryan, du weißt Bescheid und rufst mich an. Ich will es sofort erfahren, wenn sie wieder da ist. Aber auch, wenn sie morgen früh nicht nach Hause gefunden hat. Davon gehe ich jedoch nicht aus.«

Damit hat sich das Thema hoffentlich erledigt. Es ist nicht so, dass ich mir keine Gedanken darüber mache. Ich muss erfahren, ob an der Geschichte mit der Verfolgung wirklich etwas dran ist. Aber das werde ich selbst in die Hand nehmen. Ich werde mir einen eigenen Plan zurechtbasteln und diesen verfolgen, koste es, was es wolle.

Grace verschränkt die Arme vor der Brust, springt auf und läuft in Richtung Tür. Ich habe sie verärgert. Lief ja super.

»Grace«, ruft Ryan ihr hinterher. »Ich begleite dich und wir kriegen diese Nacht schon um!«

Es ist richtig von ihm, mit ihr zu gehen, und ich

hoffe wirklich, dass die beiden eine Zukunft haben. Keine wie die von Talia und mir. Eine, die
schon lange zerbrochen ist und keine großartigen
Aussichten bereithält.

»Wir sehen uns morgen, Ethan. Halt die Ohren
steif!«

Nun ist auch Ryan gegangen und ich widme
mich wieder meiner Einsamkeit, die Einzug in
meinem Büro hält. Es ist schon spät und ich sitze
noch immer hier. Seit Talia in Chicago ist, hat
sich mein Leben schlagartig geändert. Alles ist
anders. Nicht nur mein Alltag. Auch meine Ge-
fühlswelt spielt völlig verrückt. Mein Leben hat
sich schon immer nur um sie gedreht. Auch die
letzten vier Jahre. Selbst wenn ich nicht bei ihr
sein konnte, schlägt mein Herz für Talia. Es ist
alles andere als leicht, mich von ihr fernzuhalten.
So, wie es eben richtig ist. So, wie es sein muss.
Die weiteste Entfernung ist nicht weit genug,
wenn ich sie mit in den Abgrund ziehen kann.

KAPITEL 12

Es ist, als würde meine ganze Welt kopfstehen. Ich kann nicht fassen, dass ich entführt wurde und nicht einmal weiß, wieso. Doch eins ist klar. Ich darf das, was mir wichtig ist, nicht aufgeben, nur weil es gerade nicht leicht ist. Es war nie leicht und die letzten Jahre habe ich oft gelitten. Ich weiß, dass das Leben nicht einfach ist. Kein Schritt ist wirklich harmlos. Jeder einzelne bringt irgendeinen Stein ins Rollen und jeder führt näher an die Zukunft heran.

Ich werde für Ethan kämpfen. Er ist es wert. Er war es immer und wird es immer sein. Ich habe lange mit meinem Kopf gegen mein Herz gekämpft.

Es wird Zeit, meinem Herzen die Chance zu geben, alles richtig zu machen. Selbst dann, wenn es sich falsch anfühlt. In diesem Augenblick fühlt sich nichts richtiger an, als alles für Ethan zu geben. Mag es noch so naiv klingen.

Angst erfüllt mich. Sie steckt tief in meinen Knochen und verankert in meinem Körper. Meine Angst hindert mich nicht, so wie viele andere Menschen. Sie gehört zu mir und ich akzeptiere sie. Sie hilft mir, vorsichtig zu sein und Respekt vor dem zu haben, was da auf mich lauert.

Unter dem Sack auf meinem Kopf fühlt sich jede Minute wie eine Stunde an. Ich bekomme schlecht Luft und kann mich kaum bewegen. Meine Hände sind hinter meinem Rücken gefesselt. Das Seil ist rau und rissig. Es kratzt an meiner Haut, die sich schon ganz wund anfühlt und brennt.

Ich versuche, alles wahrzunehmen und aufzuschnappen. Jedes kleine Bisschen, jedes Wort.

Ich wurde auf diesen harten und unbequemen Stuhl gesetzt. Einzig und allein die ständige und andauernde Ungewissheit leistet mir Gesellschaft. Caden und Sophia sind direkt wieder gegangen. Ich weiß nicht, wohin. Ich weiß ja nicht einmal, wo ich überhaupt bin. Meine Beine zittern und ich habe keine Ahnung, was als Nächstes kommt.

Schritte. Ich höre vereinzelte Schritte. Aus welcher Richtung kommen sie? Ohne meine Augen nehme ich alles nur dunkel wahr. Es ist schwierig, mich zu orientieren.

»Wen haben wir denn da?« Eine männliche Stimme mit italienischem Akzent ertönt.

»Ich nehme an, Sie lassen mich nicht gehen. Dann nehmen Sie mir diesen grauenvollen Sack vom Kopf«, rufe ich und weiß nicht einmal, mit wem ich mich eigentlich unterhalte.

»Kluges Mädchen. Kein Wunder, dass sich Ethan Hunt für dich interessiert.«

»Machen Sie sich nicht lustig über mich und nehmen Sie mir das verdammte Ding vom Kopf«, rufe ich nervös und zapple auf dem Stuhl herum.

»Na, na. Ich glaube nicht, dass du dich in der Position befindest, Forderungen zu stellen.« Ich höre seine Schritte im Raum hallen. Er geht und lässt mich allein. Allein mit dem Ungewissen. Allein mit mir selbst, die ich gerade tief verachte. Denn ich will nicht schwach sein.

Ich rutsche immer wieder ab und drifte weg. Die ganze Zeit über versuche ich, stark zu sein. Aber ist es nicht oft so, dass die äußerlich Starken innerlich kaputt sind? Trotz meiner inneren Unruhe sollten sie mich nicht unterschätzen.

Nach kurzer Stille, die alles um mich herum verschlang, vernehme ich Stimmen. Verschiedene Stimmen. Es müssen mehrere sein.

»Wie gehen wir jetzt vor?« Das muss Sophia sein. Ich würde diese Klangfarbe überall erkennen.

»Wir werden ihn unter Druck setzen. Ethan Hunt wird nichts anderes übrigbleiben, als sich uns wieder anzuschließen. Die anderen drei werden ihm folgen. Ohne Widerworte«, antwortet der Mann, der bereits mit mir gesprochen hat.

Eine Falle. All das soll eine Falle für Ethan sein. Glaubt er wirklich, dass er ihnen das abkauft und einfach hier hereinspazieren wird?

»Caio, bist du sicher, dass er den Köder schlucken wird?«, mischt sich nun Caden ein.

Sie unterschätzen meine Hörfähigkeit oder es interessiert sie nicht besonders, da ich hier sowieso nicht rauskomme. Wer weiß.

»Ich bin mir sicher. Er wird sein Schmuckstück wiederhaben wollen. Ich wusste, dass der Tag kommt, an dem wir seine Schwachstelle entdecken. Das Warten hat sich gelohnt«, meint Caio siegessicher.

Eine Schwachstelle? Meint er wirklich mich damit? Das würde bedeuten, dass Ethan die ganzen Jahre über keine Wahl hatte. Es würde bedeuten, dass er mich verlassen musste. Ich hätte ihn nie gehen lassen. Niemals. Ich hätte immer an seiner Seite gestanden und gekämpft. Ich wäre mit ihm durch das Feuer gegangen. Hätte jede einzelne verschlingende Flamme für ihn in Kauf genommen und er wollte mich aus all dem heraushalten.

Ich muss den nächsten Schritt gehen.

»Hey, ich kann euch hören, wisst ihr. Vielleicht solltet ihr nicht unbedingt aus dem Nähkästchen plaudern, wenn ich anwesend bin«, rufe ich ihnen zu und hoffe, sie damit zu provozieren. Zumindest Caio. Er scheint der Boss zu sein.

»Deinen Humor hast du nun wirklich nicht verloren«, erwidert er und kommt auf mich zu. »Ob er dir weiterhelfen wird, ist dabei unklar.«

Mit einem Ruck reißt er mir den Sack vom Kopf. Endlich. Es fühlt sich an wie Befreiung und ich versuche, etwas zu sehen. Meine Augen haben sich schon an die anhaltende Dunkelheit gewöhnt, sodass sie stark auf das helle Licht reagieren, welches in diesem großen Raum strahlt. Man könnte schon fast meinen, er sei eine Halle. Kisten stehen in jeder Ecke und einige Meter vor mir kann ich einen Tisch mit Plänen ausmachen. Waffen. Ich sehe Waffen.

Verdammte scheiße. Wo bin ich hier nur rein

geraten? Damit habe ich beim besten Willen nicht gerechnet. Natürlich weiß ich, dass ich es mit echten Verbrechern zu tun habe. Aber solche, die es todernst meinen, habe ich nicht erwartet.

Meine Situation schlägt eine krasse Wendung ein. Alles ändert sich und ich glaube nicht mehr daran, heil wieder hier rauszukommen.

»Hier spielt die Musik, Süße«, sagt er und schnippst mit den Fingern. Das ist also Caio. Ein hochgewachsener und breitschultriger Mann mit schwarzen Haaren und dunklen Augen. Sein Dreitagebart lässt ihn ungepflegt wirken. Oder eher angsteinflößend. Alles an ihm wirkt beängstigend.

Ich mustere ihn und erkenne die feinen Narben auf seinen Armen. Das Jackett hat er hochgekrempelt und er hält nicht alle Knöpfe seines Hemdes verschlossen, sodass ich freie Sicht auf einen Teil seiner Brust habe. Ich schätze ihn auf Mitte dreißig, skrupellos und mächtig.

Caden und Sophia stehen hinter ihm am Tisch, an dem sie sich eben noch beraten haben. In jeder Ecke weitere Männer in dunklen Anzügen, die nicht gerade freundlich wirken.

»Ich bin nicht deine Süße«, keife ich und will ihm zeigen, dass er es alles andere als leicht mit mir haben wird. Soll er sich doch die Zähne an mir ausbeißen.

»Bringt mir einen Stuhl, na los«, befiehlt Caio seinen Männern. Er setzt sich direkt vor mich und sein Blick wandert abschätzend meinen Körper entlang. »Talia White. So ein harmloser Name für eine biestige junge Frau«, raunt er und jagt mir damit einen kalten Schauer über meine Arme, der sich immer weiter ausbreitet.

»Was wollt ihr von mir?«, knurre ich.

»Oh, du kommst also gleich zur Sache. Wenn das so ist. Eigentlich wollen wir gar nichts von dir. Du dienst lediglich als Druckmittel. Ein Kollateralschaden ist nicht auszuschließen.«

Ich weiß sehr wohl, was er mir damit sagen will. Wenn es Caios Wille ist, mir Angst einzujagen, muss ich ihn enttäuschen.

»Das wird nicht funktionieren«, erwidere ich.

»Du scheinst dir da ziemlich sicher zu sein. Weißt du denn überhaupt, wer dein Ethan wirklich ist? Oder was er getan hat, um genau da zu stehen, wo er heute steht? Wie er seine prachtvolle Kanzlei finanziert?«

Genau das will ich wissen. Ich habe mir so viele Gedanken über diese Fragen gemacht und könnte jetzt all die mir zustehenden Antworten bekommen. Ich möchte jedes Detail erfahren und doch fürchte ich mich vor der Wahrheit. Sie ist so machtvoll und kann eine ganze Welt zerstören. Die Welt eines Menschen. Sie kann meine untergehen lassen. Schneller als mir lieb ist, wird alles Geschichte sein, was ich erlebt und gefühlt habe.

Ich sage nichts und Caio lacht gehässig.

»Also hat er dich völlig im Dunkeln gelassen. Er hat dich da mit reingezogen, ohne dass du irgendeine Ahnung hast, was hier los ist.«

Er trifft den Punkt genau. So sieht es aus. Ich habe keine Ahnung und kann mir das gesamte Ausmaß seiner Probleme gar nicht vorstellen, die gerade zu meinen eigenen werden. Ich lasse den Kopf sinken. Das kurze Gefühl einer weiteren Niederlage beschleicht mich und es ist, als habe ich bereits verloren. Ohne überhaupt wirklich gekämpft zu haben.

»Ethan ist ein Dieb, kleine Talia. Er hat mich und meine Leute bestohlen. Nur deshalb konnte er so mächtig werden. Nur deshalb hat er es geschafft, sich das alles aufzubauen, was er heute ist und besitzt«, sagt er und ich höre ihm gespannt zu. Ich will alles wissen. Jedes einzelne dreckige Detail.

»Erzähl mir mehr«, fordere ich Caio auf, der recht amüsiert wirkt.

»Gut, gut. Vielleicht ändert sich deine Meinung zu ihm. Vielleicht auch nicht. Nichtsdestotrotz erfüllst du deinen Zweck«, meint er und ich würde ihm am liebsten an den Hals springen. »Ethan Hunt und seine Freunde waren verzweifelt. Ähnlich wie du jetzt, nur in eincr gänzlich anderen Situation. Sie standen vor dem Aus, vor dem Nichts. Das ändert Menschen und ihre Ansichten. Ohne Geld für das Studium, keine finanziellen Rücklagen oder Eltern, die einem unter die Arme greifen, haben sich die vier in einer schier aussichtslosen Situation wiedergefunden. Ihr größter gemeinsamer Wunsch war es, Jura zu Ende zu studieren und ein starkes Imperium aufzubauen. Ethan ist der Mutigste unter ihnen und hat mein Angebot angenommen. Ich habe ihnen zu ihrer jetzigen Position verholfen, ihnen mein Geld gegeben und keine Gegenleistung erhalten.«

Das habe ich nicht gewusst. Nichts davon.

»Es geht also nur um Geld?«

»Nein, es geht um Macht und Gerechtigkeit. Er hat versucht, mich übers Ohr zu hauen. Sie wollten aussteigen, als es ernst wurde. Eigentlich sollten sie in meine Geschäfte involviert werden und mit ihren Fähigkeiten für mich arbeiten. Mit ihrem Rechtswissen und der Kanzlei hätten wir uns etwas viel Größeres aufbauen können als das hier. Wir hätten weit machtvollere Geschäfte abschließen können. Uns hätte die Stadt zu Füßen gelegen. Waffenhandel, Geldwäsche und kleinere Delikte. Mein Metier ist breit gefächert und ich hätte der König von Chicago sein können.«

Ethan wollte das Richtige tun. Er hat Fehler gemacht. Viele Fehler, die ihn für immer verfolgen werden und doch wollte er aussteigen und dem Ganzen den Rücken kehren. Das ist mehr wert als alles, was er getan hat. Ich würde ihm jedes Bisschen davon verzeihen. Er war jung und wusste es nicht besser. Ich wäre immer bei ihm gewesen und hätte ihn unterstützt. Wieso konnte er nicht mit mir sprechen? Wir hätten eine Lösung gefunden. Für alles.

»Wieso suchst du dir nicht einfach andere Leute, die sich für deine kriminellen Machenschaften interessieren und dir blind folgen?«, frage ich Caio und muss unbedingt mehr erfahren. Vier Jahre habe ich gedacht, Ethan hat mich von heute auf morgen verlassen. Mir den Rücken gekehrt, weil er sich gegen mich entschieden hat. Dabei wollte er das alles gar nicht.

»Kannst du dir vorstellen, wie viel Geld ich in die vier gesteckt habe? Wie viel sie über mich und meine Geschäfte wissen? Kannst du dir vorstellen, welche Kreise das alles ziehen würde,

228

wenn sie reden? Genau deshalb wirst auch du nicht mehr hier rauskommen«, ruft er aufgebracht und ich spüre seinen Zorn, der in ihm aufsteigt.

»Was erhoffst du dir dadurch, dass ich hier bin?«

»Oh, das ist leicht. Er wird klein beigeben und Ethan wird sich mir zu Füßen werfen. Er schließt sich meinen Männern an und erfüllt mit seinen Partnern die Aufgaben, die für ihn bestimmt waren, die ganzen Jahre über. So dreht sich der Kreislauf immer weiter und er wird mir gehorchen.«

Ethan hat es geschafft, sich von heute auf morgen von mir zu trennen. Er hat es geschafft, nicht zurückzublicken. Wieso sollte er jetzt aufgeben? Ich bezweifle nicht, dass er mich wirklich geliebt hat, als er gegangen ist und mich im Elend zurückgelassen hat. Aber ob er heute noch so fühlt, wage ich zu bezweifeln.

Ich muss lachen. Diese ganze Situation fühlt sich so unwirklich, so surreal an. Als befinde ich mich in einem schlechten Traum. Es könnte auch ein Comedy-Film sein. Leider erwischt mich die Realität schneller als gedacht und ich sitze immer noch Caio gegenüber, der mich finster anstarrt.

»Was gibt es da zu lachen? Findest du das etwa lustig?«

Alles fängt an, mich zu überfordern. Ich wurde entführt, sitze gefesselt auf einem Stuhl vor einem Gangsterboss, der es todernst meint, und finde keine Lösung, hier rauszukommen. All die Informationen schwirren in meinem Kopf umher und es ist, als würde ich mich im Kreis drehen.

»Das alles klingt wie ein schlechter Scherz«, platzt es aus mir heraus.

Caio steht auf und schaut wütend auf mich hinunter. Er packt den Stuhl und wirft ihn kraftvoll in eine Ecke.

Reiß dich zusammen, Talia. Du musst ruhig bleiben und darfst ihn nicht provozieren. Ich muss Zeit gewinnen. Zeit, um mir einen Plan auszudenken.

Die Informationen, die ich begehrte, habe ich bekommen. Auch wenn ich eins und eins noch nicht genau zusammenzählen kann, bin ich einen großen Schritt weiter. Jetzt muss der nächste Plan her. Einer, der mich aus diesem Schlamassel befreit.

»Ein schlechter Scherz?«, schreit Caio. »Ein schlechter Scherz? Ist das dein Ernst?«

Er zieht seine Waffe aus dem Bund seiner Hose, die ich erst jetzt bemerke. *Dumm, dumm, dumm, Talia. Du bist einen Schritt zu weit gegangen.* Er lädt sie durch und drückt mir den Lauf schmerzvoll gegen den Kopf.

Ich schließe die Augen. Meine Anspannung steigt ins Unermessliche und ich halte den Atem an. Wie fühlt es sich an, zu sterben? Wie fühlt es sich an, erschossen zu werden? Wenn ich nicht mehr bin, ist Ethan frei. Er würde sein Leben wieder selbstbestimmt führen können, ohne nach hinten blicken zu müssen. Denn der Ballast, der ihn verfolgt, wäre fort. Endgültig und unwiderruflich.

Ich weiß genau, dass er bereit wäre, so viel für mich zu geben, wie ich für ihn. Wie stark seine Liebe zu mir noch ist, weiß ich nicht. Ich spüre meine für ihn aber umso tiefer in mir. Nur das zählt. Meine Liebe zu Ethan, die Berge versetzt und selbst diese Situation übersteht. Die mir die Kraft gibt, die ich brauche, die mich über Wasser hält.

Ich erinnere mich an die wunderschönen Momente mit ihm, die mein Herz höherschlagen ließen. An die Nächte, in denen wir kein Auge zugemacht haben, um uns gegenseitig zu betrachten. Ich erinnere mich an seine Lippen, die sich auf meine legen. Weich und sanft, fordernd und rau. Ich erinnere mich an seinen dunklen Blick, der mir immer wieder die Sprache verschlug. An sein Lächeln, welches mir ein warmes Prickeln verschaffte und an sein Herz, das stets für mich schlug. Wir haben alles miteinander geteilt, waren eine Seele.

»Fuck«, flucht Caio und nimmt seine Waffe von meinem Kopf. Noch immer halte ich die Augen geschlossen. »Nicht heute, nicht jetzt«, sagt er und ich höre, wie er sich von mir entfernt.

Ich atme erleichtert ein und aus.

Hektisch ringe ich nach Luft, um den Sauerstoffverlust zu kompensieren. So einen Moment will ich nie wieder erleben. Ich habe noch nie eine Waffe aus nächster Nähe gesehen, geschweige denn den Lauf einer Pistole am Kopf gehabt. Für einen Augenblick dachte ich, dass mein Leben vorbei sei. Dass ich ihn nie wieder sehen würde, hier nicht rauskomme und die Jahre, die noch vor mir liegen, verloren sind.

Immer wieder muss ich mich selbst ermahnen, ruhig zu bleiben, mich zu beruhigen und keine Angst zu zeigen.

Als ich meine Augen langsam öffne, sehe ich Caio am Tisch bei den anderen. Er wollte mir nur Angst machen, mich einschüchtern und klein halten. Das wird mir jetzt bewusst. Er hätte mich nicht erschossen. Er darf es nicht. Sein ganzer Plan wäre zunichte, wenn ich nicht mehr bin. Sein Druckmittel verloren.

»Was machen wir mit ihr, wenn Ethan hier ist und sich uns wieder anschließt?«, fragt Caden.

Ja, was will er mit mir anstellen, wenn ich nicht mehr gebraucht werde?

»Ich weiß es noch nicht. Vielleicht bleibt sie ja hier und ist weiterhin unser Gast. Wir finden bestimmt nette Aufgaben für sie«, erwidert Caio und grinst dreckig in meine Richtung.

Verflucht sollst du sein, Dreckskerl. Seine Gedanken sind so schmutzig wie er selbst und seine gesamte Persönlichkeit ist äußerst abstoßend.

»Oh, ganz bestimmt«, bestätigt Caden.

Was habe ich nur an ihm gefunden? Na ja, der Charakter eines Menschen spiegelt eben nicht immer sein Äußeres wider.

»Und, Sophia. Bist du auch ein Mädchen für alles hier?«, rufe ich ihr zu. Ich kann meine Klappe einfach nicht halten. Mensch, Talia. Selbst dann nicht, wenn es die Situation erfordert, wie jetzt. Ich bin nahe dran, die Beherrschung gänzlich zu verlieren und verrückt zu werden.

Sie kommt wütend auf mich zu. »Wie bitte? Was hast du gesagt?«

»Gar nichts«, gebe ich belustigt zurück. Soll sie ruhig denken, was sie möchte. Sophia bedeutet mir nichts. Sie ist auch ganz bestimmt nicht meine

233

Freundin. Es musste schließlich so kommen. Ansonsten hätte ich sie womöglich ewig auf der Arbeit ertragen müssen.

»Du hältst dich wohl für sehr schlau«, meint Sophia und ich würde sie sofort bestätigen. Ich halte mich nicht für schlau, ich bin es auch. Ganz im Gegensatz zu ihr.

»Vielleicht«, gebe ich zurück und weiß genau, dass sie das ärgert. Sophia zu provozieren, dient einzig und allein dem Zweck, zu erkennen, ob sie alle die Finger von mir lassen müssen.

»Miststück«, ruft sie und erhebt die Hand gegen mich, die im selben Moment von Caden abgefangen wird, der hinter ihr auftaucht.

»Nicht, Sophia. Lass dich nicht provozieren. Sie ist es nicht wert.«

Da sollte er sich nicht so sicher sein. Sobald ich die Gelegenheit dazu bekomme, werde ich sie mir alle holen. Ich werde hier verschwinden und ihnen das geben, was sie verdienen. Ich werde einen Weg finden, der mich an mein Ziel bringt. Der ihr Untergang, ihr Ende sein wird.

»Du bist doch die Schlampe, die es mit ihrem Chef im Büro treibt, wenn sie denkt, dass keiner hinsieht«, sagt sie kichernd. Sie war da. Sie weiß es. Das ändert alles und doch nichts. Mein Plan bleibt derselbe. Dennoch ist mir nun klar, dass Caden und Sophia mehr über meine Beziehung zu Ethan wissen, als ich dachte. Sie ist ein Spitzel und hat alles mitbekommen. Verfolgt mich Sophia schon die ganze Zeit?

Allmählich ergibt alles einen Sinn und ich verstehe, was hier vor sich geht.

»Wow, wie falsch du doch bist, Sophia«, stelle ich fest und sie schaut mir bitter entgegen.

»Glaubst du wirklich, man hat nicht gesehen, wie ihr aufeinander steht und euch selbst im Weg seid? Es war so offensichtlich und du siehst es noch immer nicht. Wie er mit sich kämpft. Tag für Tag. Jeder hat es bemerkt«, erwidert sie. »Und mit Austin hatte ich eine verlässliche Quelle. Eine, die unversiegbar war und mir stetig berichtet hat. Der Arme wusste nichts von seiner Rolle. Ohne ihn wäre mir das nie gelungen.«

Bin ich doch so blind gewesen, so abgestumpft von der langen Zeit allein? Immer wieder hat er mich von sich geschubst. Dabei wollte er nur nach mir greifen und mich nicht mehr loslassen. Ich muss ihm sagen, was ich für ihn empfinde. Ihm zeigen, dass es nur einen einzigen Mann für mich gibt. Aber erst einmal muss ich einen Weg raus finden.

»Danke, Sophia. Ich danke dir«, sage ich ehrlich und meine es auch so. Austin trifft keine Schuld.

Sophia hat mir gerade die Augen geöffnet. Sie hat mir gezeigt, was ich nicht gesehen habe, wofür ich blind war. Durch sie blüht mein Kampfgeist wieder auf und ich gewinne deutlich an Stärke. An derjenigen, die mich nach und nach verlassen hat. Die mich runterziehen wollte. Jetzt schöpfe ich neue Kraft und neuen Mut. Für Ethan, für mich, für uns. Für eine gemeinsame Zukunft ohne Felsen, die sich in den Weg stellen. Denn Steine sind es schon lange nicht mehr. Unsere Probleme sind weit größer und heftiger.

»Was soll das denn jetzt?«, fragt sie empört.

»Du hast mir gerade ehrlich gesagt, was ich nicht sehen konnte. Du hast mir gezeigt, dass die Zukunft wichtiger ist als die Vergangenheit, die hinter mir liegt.«

Dass der kleine Kompass in meinem Herzen mir den Weg weist und unentwegt auf Ethan zeigt, sage ich ihr nicht. Auch nicht, dass ich meine Schwäche nun akzeptiere, die mich nur stärker macht.

»Lass dich doch nicht von ihr verwirren«, mischt sich Caden ein, der hinter ihr steht. Manchmal scheint es tatsächlich so, als würde er auf sie stehen. Mein erster Gedanke, als ich die beiden in der Bar erlebt habe. Wie er sie angesehen hat.

»Verwirren?« Sophia dreht sich zu ihm um. »Inwiefern soll sie mich denn verwirren?«

Jetzt darf er sich da raus reden. Ich habe schon so viele Seiten von ihr kennengelernt und frage mich wirklich, wer die echte Sophia ist. Wie sie ist. Hinter ihrer Fassade muss mehr stecken. Wahrscheinlich werde ich aber nie dahinter steigen.

»Sophia. Sie will dich auf ihre Seite ziehen«, sagt er.

Das will ich nicht. Ganz und gar nicht. Sophia hat mir geholfen, indem sie mir gesagt hat, was ich nicht sehen konnte.

»Keine Sorge, Caden. Ich brauche niemanden, der sich auf meine Seite stellt«, sage ich ernst.

»Du weißt überhaupt nicht, wie es ist, von keinem gemocht zu werden. Ich hatte Glück, die Empfangsstelle zu ergattern und glaubst du, das ist alles, was ich im Leben erreichen will? Jeden Tag am Empfang zu sitzen, keine Freunde zu haben und einen Mann anzuschmachten, der sich nicht auf mich einlassen will?« Sophia klingt erniedrigt. Jedes Wort, welches aus ihrem Mund kam, entspricht das erste Mal der Wahrheit.

»Du musst mehr du selbst sein und darfst die Menschen in deinem Umfeld nicht immer vor den Kopf stoßen. Weißt du, warum er sich nicht auf dich einlassen kann?«

»Hör ihr nicht zu, Sophia«, unterbricht Caden mich.

»Weißt du, warum?«, rufe ich ihr entgegen und achte nicht auf Caden.

Sie schüttelt den Kopf. Tränen sammeln sich in ihren Augen.

»Er kann nicht. Wegen euch! Genau wie Ethan«, fahre ich fort.

»Lass uns gehen«, meint Caden und legt seinen Arm um sie.

Ich weiß nicht, ob es etwas gebracht hat, ihr die Wahrheit zu sagen. Ob ich ihr damit die Augen öffnen konnte, so wie sie mir meine geöffnet hat. Sie ist ein Teil des Ganzen, des Problems, und muss es erfahren. Nur deshalb haben die beiden keine Chance auf eine Beziehung. Nur deshalb hält er sich fern von ihr. Ich weiß aber auch, dass es nicht einfach wird, dagegen anzukämpfen. Weder für sie noch für mich.

Mittlerweile habe ich einiges mitbekommen, seit ich hier bin. Caio ist das Oberhaupt einer ganzen kriminellen Organisation, deren Ziel ich zwar nicht kenne, die aber ziemlich machtvoll und vor allem gefährlich ist. Sie gehören gestoppt. Auch wenn es nicht leicht wird, ihnen Einhalt zu gebieten. Ich habe meine Seite gewählt und stehe zu einhundert Prozent hinter ihr.

Dann, wenn es am härtesten ist, braucht mich Ethan erst recht. Ich kämpfe für ihn, für unsere Zukunft, für seine.

KAPITEL 13

Ich habe die Nacht im Büro verbracht und dennoch keine Lösung für all meine Probleme gefunden. Sie sind so weit fortgeschritten, dass ich keine Ahnung habe, wie ich die drohende Explosion noch aufhalten kann. Ich weiß, dass ich nicht immer den einfachen Weg einschlagen kann. Aber ist der schwere stets der richtige? Ich glaube nicht.

Ich habe kaum ein Auge zugemacht und von Erholung kann ich nicht sprechen. Mir geht es beschissen. Ganz einfach. Die unverblümte Wahrheit ist, dass es mir verdammt schlecht geht und ich keinen Weg finde, der mich aus diesem

Schlamassel befreit. Zumindest sehe ich ihn nicht, auch wenn er genau vor mir liegt und mir zu lächelt.

Gestern noch habe ich die Gefahr für Talia unterschätzt. Ich wollte Grace und Ryan nicht zuhören, sie von meiner Meinung überzeugen.

Ich stehe am Fenster und lasse meinen Blick über die farblosen Gebäude schweifen. Sie strahlen das aus, was ich fühle, wie ich mich fühle. Triste Leere, graue Farben. Der Himmel ist bedeckt und passt sich seiner Umgebung perfekt an. Es heißt, jeder würde die Stadt so sehen, wie er sich fühlt. Ein fröhlicher Mensch, der sich keine Gedanken über morgen macht, kann jeder Situation etwas Schönes abgewinnen. Ich sehe nichts als Traurigkeit. Eine, die sich auf mich überträgt und mich zugrunde richtet. Eine, die mich zerfrisst und einsam zurücklässt, wenn sie ihre Arbeit verrichtet hat. Ich drohe, wahnsinnig zu werden. Immer und immer wieder. Meine Gedanken spielen verrückt, seit Wochen. Jeder Versuch, mein Herz vor Talia abzuschotten, hat nichts gebracht. Sie bringt jede Mauer zum Einstürzen und lässt mein Herz lebendig werden. Es schlägt wie wild, wenn sie in meiner Nähe ist, auch wenn ich versuche, ein anderer zu sein. Ich bin mir sicher, dass sie hinter meine aufgesetzte Fassade sieht. Ihre braunen Augen bringen mich zum Kochen und mein Blut erhitzt sich. Sie blickt in meine Seele, direkt durch mich durch, durch meinen Körper, meine Knochen.

Die gesamte Nacht habe ich damit verbracht, in Erinnerungen zu versinken, die die Macht über mich gewannen. Sie strömten auf mich ein und ich badete in ihnen. Ich sehne mich nach der Zeit, in der das größte Problem die Frage nach dem Abendessen war. Wenn ich Talia zur Weißglut gebracht habe und sich ihre Wangen röten, wenn ich sie aus dem Konzept bringe. Ich habe mich an jeden einzelnen Moment erinnert, den ich mit Talia verbringen durfte.

Mein Handy klingelt und lenkt mich ab. Endlich gibt es etwas zu tun und ich hoffe, dass ich den übrigen Tag einen Grund habe, um meinen Kopf frei zu bekommen. Ohne Alkohol, ohne Akten, die unbearbeitet sind.

»Ryan, was gibt's?«

»Ethan, du hörst dich echt merkwürdig an. Kann ich vorbeikommen? Wo steckst du? Ach was. Wieso frage ich überhaupt? Ich wette, du beschäftigst dich gerade mit dem Fall, der dir keine Ruhe lässt.«

Ich frage mich, ob Ryan nie die Luft zum Sprechen ausgeht. Es gibt Momente, in denen quasselt er wie ein Wasserfall. Dann gibt es welche, in denen ich ihm jedes einzelne Wort entlocken muss und er völlig in sich gekehrt ist.

»Hm. Welchen meinst du? Die Akten auf meinem Tisch stapeln sich schon wieder. Du kannst vorbeikommen und mir dabei helfen, sie durch den Schredder zu jagen«, sage ich belustigt. Ich muss Gas geben, um meine Quote zu schaffen. Um genug Einnahmen zu generieren und die Kanzlei am Laufen zu halten. Die meisten Fälle erhalten wir durch Mundpropaganda und natürlich die Gewinnrate, die ziemlich beträchtlich ist. Es gibt kaum einen Fall, den wir verlieren. Unsere Kanzlei vertritt nur ganz spezielles Klientel. Die Menschen, von denen wir überzeugt sind, dass sie unfreiwillig in der Scheiße stecken oder wirklich unschuldig sind. Kein Verbrecher, den wir vorher enttarnen können, wird einen Fuß über diese Schwelle setzen. Meine Menschenkenntnis ist gut und ich durchschaue die meisten. Viele verraten sich bereits durch ihre Körpersprache, die sie nicht unter Kontrolle haben. Plötzliche Schweißausbrüche, Gezappel und Stottern sind nur einige Anzeichen dafür.

»Ich meine nicht deine Aktenberge, die schon keine Türme mehr sind. Die kannst du schön allein bearbeiten«, meint Ryan. Auf was will er hinaus? »Mann, Ethan. Tust du nur so oder bist du wirklich so blöd?«, scherzt er und meine Alarmglocken fangen an zu läuten.

Nach einer kurzen Pause, in der ich noch immer kein Wort rausbekommen habe, fährt Ryan fort.

»Talia. Die Frau, die du nicht aus dem Kopf bekommst. Ich übrigens auch nicht mehr, weil mir Grace seit Stunden mit ihr in den Ohren liegt.«

Was gibt es da noch zu sagen? Ein komisches Gefühl beschleicht mich. »Was ist mit ihr?«, murmle ich in den Hörer.

»Ich komme vorbei und wir klären das besser persönlich.«

»Halt Grace da am besten raus«, erwidere ich.

Ryan legt auf und ich bin gespannt darauf, was er zu sagen hat. Mir kommt unser gestriges Gespräch in den Kopf.

Wieder klingelt mein Handy. Hat Ryan den Weg in die Kanzlei vergessen?

»Ryan, was gibt es denn? Bist du auf dem Weg?« Eine unangenehme Stille tritt ein.

»Ryan? Was ist los mit dir?«

Stille. Ein Blick auf das Display zeigt mir, dass es nicht Ryans Nummer oder dessen Name ist, die ich sehe. Unbekannt. Wer auch immer sich gerade einen Scherz mit mir erlaubt, hat die Nummer unterdrückt. Da will jemand nicht erkannt werden.

»Hallo? Wer ist da?«

Ich bin kurz davor, wieder aufzulegen und mich wichtigeren Aufgaben zu widmen, bis sich eine mir bekannte Stimme meldet. »Ethan, mein Lieber. Haben dich meine Bilder erreicht? Gut sind sie geworden, muss ich sagen. Eine Meisterleistung meinerseits oder nicht?«

Caden. Es ist immer Caden, der für Unruhe sorgt und den ich einfach nicht loswerde. Wie eine Klette hängt er an mir und ich kann ihn nicht abschütteln.

»Was willst du?«, frage ich und er kann froh sein, dass ich dieses Gespräch nicht sofort beende.

»Wer wird denn gleich so unfreundlich sein, wenn sich ein alter Freund mal wieder meldet?«

»Ein Freund bist du ganz gewiss nicht. Auch nichts anderes. Ich frage dich noch einmal. Was willst du?«

Als ich mich umdrehe, steht Ryan vor mir. Er ist da. Sein Blick verfinstert sich und er ballt die Hände zu Fäusten.

»Ich glaube eher, du willst etwas von mir«, sagt Caden und Ryan beäugt mich kritisch.

»Was sollte das sein?«

»Wie wäre es mit deiner süßen Talia? Sie hat es ja wirklich in sich und hat es uns nicht leicht gemacht, sie hierher zu schaffen. Man könnte meinen, sie sei ein Biest. Aber das müsstest du ja schon wissen.« Als er die Worte ausspricht, an die ich nicht denken wollte, zerfällt meine Welt in tausend kleine Teile. Kann es noch schlimmer kommen? Ich weiß nicht mehr, wo oben und unten ist. Wo ich überhaupt bin und wer ich bin.

Verdammt, Ethan. Reiß dich zusammen. Für sie.

»Wenn du oder einer deiner Affen ihr ein Haar krümmt, wird meine Rache unerbittlich sein«, sage ich sachlich ins Telefon.

»Soll das eine Drohung sein? Wirklich, Ethan?«

»Mehr als das. Es ist ein Versprechen, Caden. Eines, welches ich niemals brechen werde.« Nicht heute und nicht in eintausend Jahren. Ich würde ihn verfolgen und finden. Ich würde ihn nicht mehr verschonen wie in der Boxhalle. Es gebe kein Zurück mehr.

»Heute Abend in der Lagerhalle. Du weißt wo. Allein«, erwidert er und legt auf.

Sie locken mich in eine Falle und erwarten, dass

ich mich ihnen beuge. Zorn erwacht aus dem tiefen Schlaf. Meine dunkle Seite kommt zum Vorschein, die ich schon so lange versuche, gefangen zu halten. Sie breitet sich langsam und gefräßig in mir aus, bahnt sich ihren Weg an die Oberfläche, bis sie endgültig ausbricht und alles mit sich reißt. Insbesondere Caden und seine Anhänger.

Meine Hand schließt sich kräftiger um mein Smartphone und mit einem lauten Schrei werfe ich es gegen die Wand vor mir.

»Verdammt, Ethan«, ruft Ryan und ich habe ihn tatsächlich vergessen. Ich habe vergessen, dass er anwesend ist und ich nicht allein bin. Würde es einen Unterschied machen? Nein. Ich kann meine Wut nicht mehr unterdrücken.

Ich entdecke Austin und Finley in der Tür. Prima. Dann kann die Party ja steigen.

»Mann, was ist los mit dir?«, fragt Austin geschockt und sein Blick fällt auf mein Handy, welches am Boden liegt. Genau so zerbrochen, wie ich es bin. Genau so kaputt und zerstört.

Ich betrachte die Einzelteile vor meinen Füßen, welche mein Leben darstellen könnten. Irreparabel und nicht wieder zu erneuern. Beschädigt wie mein Herz in diesem Moment. Es wiegt schwer und es füllt sich randvoll mit Hass. Die Liebe, die es gerade noch erfüllt hat, ist verschwunden und weicht dem Schmerz, der Kälte und dem innerlichen Druck, den ich verspüre.

Caden bedroht nicht nur mich. Er bedroht die Liebe meines Lebens. Talia. Meine Talia, die mit der ganzen Sache nichts zu tun hat und die ich aus all dem heraushalten wollte.

Ich laufe auf und ab, reagiere nicht auf die drei, die wie angewurzelt in meinem Büro stehen und mich anstarren. Ich bemerke ihre Blicke. Ich weiß, dass sie nicht an mir zweifeln. Wir würden nie aneinander zweifeln und vertrauen auf jede Entscheidung.

Auf und ab, auf und ab. Meine Augen starr gen Boden gerichtet.

Ryan kommt auf mich zu und legt seine Hand auf meine Schulter. Er stoppt mich. Ich spüre nur den puren Hass in mir. Verzweiflung mischt sich unter ihn. Ich weiß einfach nicht, was ich tun soll.

»Was hat er gesagt, Ethan? Wir sind bei dir. Egal, was passiert«, meint er leise, fast schon flüsternd und versucht, mich damit wieder auf den Boden der Tatsachen zu holen.

Ich schaue abwechselnd Ryan, Austin und Finley an, die nun alle drei in meinem Zimmer stehen. Die Tür versperrt, damit niemand etwas mitbekommt. Wir haben es lange geschafft, unsere damaligen Geschäfte geheim zu halten. Keiner weiß es. Keiner wird es erfahren.

»Sie haben sie, Ryan. Verdammt, sie haben Talia in ihrer Gewalt«, antworte ich zornig, verzweifelt und hasserfüllt. Ich schaffe es nicht, all die verschiedenen Gefühle zu kontrollieren und zu filtern. Sie verschwimmen ineinander und werden zu einem großen explosiven Knäuel. Es will hoch gehen. Ich drohe, zu explodieren. Wie eine Granate, eine Bombe, die alles mit sich reißt und nichts als Zerstörung hinterlässt.

»Ethan, es tut mir leid«, sagt Ryan. Nur hilft mir sein Mitleid nicht weiter. Er meint es gut. Aber ich muss den einen Weg unter tausenden Abzweigungen finden, der der richtige ist. Der mich an mein Ziel bringt. Nur wie? Wie soll ich ihn finden, wenn es so viele Sackgassen und Einbahnstraßen gibt?

»Was tun wir jetzt?« Austin kommt siegessicher auf uns zu.

»Was tue ich jetzt, ist die Frage, die im Raum stehen sollte. Ihr habt damit nichts zu tun. Er hat es nur auf mich abgesehen, nicht auf euch. So soll es bleiben«, antworte ich Austin und sehe zugleich, wie sich sein Gemüt verändert, sein

Gesichtsausdruck, genau wie seine Körperhaltung. Er ist sauer. Verständlich. Aber wenn ich die drei da raushalten kann, aus meinem Kampf, dann tue ich das. Mit allem, was in meiner Macht liegt.

»Vergiss es«, mischt sich Finley ein. Der jüngste unter uns. Der, der mit diesen ganzen kriminellen Geschichten noch weniger zu tun haben sollte. »Wir stehen dem gemeinsam gegenüber oder gar nicht. Keiner wird zurückgelassen, schon vergessen?«

So ist es immer gewesen und so soll es weiterhin sein. Wir sind Brüder im Geiste und eine Familie im Herzen. Auch ohne Verwandtschaftsgrad können wir stolz behaupten, allzeit füreinander da zu sein. Ging es um ein Mädchen, die Arbeit oder Caden und seine Leute. Wir standen stets zusammen, wie Felsen in einer Brandung. Wir fielen zusammen und wuchsen miteinander.

»Finley hat recht, Ethan. Du weißt es, genau wie wir alle hier. Was ist mit unserem Kodex? Wir haben uns etwas geschworen, vor vielen Jahren«, meint Austin und Ryan stimmt ihm zu.

Der Kodex, den Austin angesprochen hat, war eine Abmachung zwischen uns vieren, dass uns niemals etwas trennen wird. Wir werden jede

Hürde gemeinsam nehmen und selbst bei Aus-
einandersetzungen und Streitigkeiten bleiben wir
vereint. Keine Freundschaft überlebt, ohne zu
streiten oder zu diskutieren. Auch unsere nicht.
Also haben wir geschworen, auf getrennte Wege
zu verzichten und zusammenzuhalten, komme
was wolle. Jetzt ist es so weit und ich muss den
Spielverderber geben?

»Caden sagte klar und deutlich, dass ich allein
kommen muss. Was, wenn sie ihr etwas antun? Ich
habe unseren Kodex nicht vergessen, werde ich nie
und er wird uns alle immer verbinden, solange wir
leben. Wollt ihr das Risiko mit mir tragen?«

»Wir wollen die Last mit dir teilen, Ethan.
Nicht mehr und nicht weniger«, äußert Ryan seine Meinung frei heraus. Wir reden immer ehrlich
miteinander und Lügen kommen nicht weit.

»Muss nur noch ein Plan her«, sagt Finley aufgeregt. Ein Plan reicht mehr als gut. Caio hat viele
Anhänger und die Halle, von der Caden gesprochen hat, wird gut bewacht sein. Zu viert werden
wir dort nicht rein kommen.

»Wir können definitiv nicht zu viert dort ein-
marschieren. Sie würden wissen, dass wir etwas
vorhaben«, erwidere ich. Wenn es sein muss,
werde ich gegen jeden Einzelnen auf Caios Seite

kämpfen. Ich würde sie alle aus dem Weg räumen, es zumindest versuchen. Mein eigener Plan sieht das jedoch nicht vor. Ich werde Ryan, Austin und Finley nichts davon erzählen. Sie sollen in Sicherheit bleiben.

Es ist das Beste, wenn ich mich ihnen wieder anschließe und mich meinem Schicksal stelle. Auch wenn es bedeutet, niemals frei zu sein, niemals zu lieben. Mein Gewissen wäre rein. Die Menschen, die mir am meisten bedeuten, könnten eine ganz neue Zukunft erleben. Ich würde sie nicht begleiten können, bin mir aber sicher, dass sie das alle schaffen. Caio hat es nur auf mich abgesehen. Ich bin der, den er will und den er gleichzeitig so sehr verabscheut. Er kann es nicht hinnehmen, dass ich mich gegen ihn gestellt habe, dass wir ausgestiegen sind.

»Wir können dich nicht allein da reingehen lassen«, meint Austin und scheint es ernst zu meinen.

»Wir können aber auch nicht mit ihm gehen«, erwidert Ryan.

Ich frage mich, wie wir dieses Problem lösen. Ich muss Talia da rausholen und weder mit Caio noch mit Caden ist gut Kirschen essen. Sie schrecken vor nichts zurück und würden Talia aus dem

Weg räumen, wenn sie ihnen gefährlich werden würde.

»Wenn du nicht zeitnah wieder da bist, mit Talia versteht sich, werden wir die Polizei rufen und dich aus der Situation befreien«, sagt Finley und seine Idee ist gut. Wirklich gut. So kann ich mich Caio allein stellen und ihn davon überzeugen, Talia gehen zu lassen. Die Jungs werden nicht mit reingezogen und Caio geht seinen Geschäften weiter nach. Talia wird mich loslassen und kann ihren Job in der Kanzlei behalten, aus der ich aussteigen werde. Ich werde mich von allem distanzieren und mich nur auf Caio konzentrieren. Wenn es sein muss, unterwerfe ich mich Caden mit Freude. Er wird es aber nicht leicht mit mir haben.

Der Plan steht und rettet viele Leben. Nicht vor dem Tod, aber vor einem Schicksal, welches sich keiner wünscht. Vor einem Weg, den niemand einschlagen möchte.

»Das klingt wirklich gut«, lobe ich Finley. »Der Plan könnte durchaus funktionieren.«

»Gut, dann sind wir uns also einig und werden deine Frau aus seinen ekelhaften Fängen befreien«, meint Ryan und ich spüre seine Unsicherheit, auch wenn er versucht, sie zu verbergen.

Keiner von ihnen ist sich wirklich sicher. Verständlich. Aber sie können auf mich und meine Entscheidungen vertrauen. Auf meinen Plan, der nicht schief gehen kann. Ihnen wird nichts passieren, nichts geschehen.

»Wir treffen uns kurz vor der Halle um zweiundzwanzig Uhr. Dann werden wir sehen, was passiert. Ich danke euch. Für alles. Für eure Hilfe, dass ihr mir zur Seite steht. Ich könnte mir keine besseren Partner vorstellen«, sage ich frei raus.

Ryan, Austin und Finley schauen mich niedergeschlagen an.

»Wir werden das schaffen, gemeinsam«, meint Austin und die anderen beiden stimmen ihm zu.

Ich nicke und die drei gehen.

»Wir sehen uns, Ethan«, verabschiedet sich Ryan.

»Bis später.«

Ich bin endlich wieder allein. Allein mit mir und meinen Gedanken. Allein mit meinem Plan, der überhaupt nicht schief gehen kann. Zumindest rede ich mir das ein. Sollte dennoch etwas schief gehen, bin ich vorbereitet. Als ich sicher bin, dass die drei weg sind, öffne ich meinen Safe und hole die schwarze Glock hervor. Ich habe sie weggesperrt, als wir uns von Caio und seinen

Machenschaften getrennt haben. Als wir unseren Mut zusammengenommen haben und ausgestiegen sind. Das Metall fühlt sich kalt an und es ist merkwürdig, sie wieder in der Hand zu halten. Ihr Griff schmiegt sich an mich und ich spüre die raue Oberfläche der Glock. Sie gibt mir kein Gefühl von Macht oder Erhabenheit. Sie drückt nicht meine eigene Stärke aus. Eine Waffe kann jeder besitzen. Jeder hat die Möglichkeit, sich eine zuzulegen. Aber nur wenige verstehen, was wirklich dahintersteckt, sie in der eigenen Hand zu halten und auf einen Menschen zu zielen. Nur wenige wissen, wie es ist, sie abzufeuern, jemanden zu verletzen oder zu töten.

Ich musste sie bisher nicht einsetzen und bin dankbar dafür. Dennoch schrecke ich nicht davor zurück, sie zu verwenden. Nicht, wenn ich damit Menschen beschützen kann, die ich liebe, die mir mehr bedeuten als mein eigenes Leben.

Neben dem Kickboxen habe ich viele Stunden mit Schießtraining verbracht und kann behaupten, dass ich mein Ziel niemals verfehle. Ich habe mich auf sämtliche Situationen vorbereitet und bin durch eine harte Schule gegangen. Ich musste sehr viel einstecken und hinnehmen. Musste Deals eingehen und Kriminelle unterstützen, um heute hier stehen zu können, und ich verfluche jede einzelne Entscheidung, auch wenn ich sie nicht mehr rückgängig machen kann. Ich verfluche meine Naivität. Denn die Erfüllung von Wünschen bekommt man nicht geschenkt. Man muss hart dafür arbeiten und wir haben den einfachen Weg gewählt, auch wenn er sich jetzt als schwieriger herausgestellt hat.

Wir waren jung und dumm. So könnte man's sagen.

Mit einem Klicken lade ich die Glock durch. Ich bin bereit.

KAPITEL 14

Ich habe jegliches Zeitgefühl verloren und weiß nicht, wie lange ich schon auf diesem Stuhl sitze. Noch immer gefesselt. Alles, was ich sehe, ist dieser Raum, der mich zu erdrücken droht.

Sie haben mich allein gelassen. Allein mit mir selbst und meinen Gedanken. Mein Mund fühlt sich trocken an. Wann haben meine Lippen zuletzt einen Wassertropfen gespürt? Ich bin mir sicher, dass ich noch nicht lange hier bin, auch wenn es sich wie eine halbe Ewigkeit anfühlt. Meine Knochen fühlen sich schwer an und die Haltung, die ich seit geraumer Zeit einnehmen muss, ist unangenehm und kaum auszuhalten.

Caden hat direkt vor mir gestanden, als er Ethan angerufen hat. Er wird kommen und doch wünsche ich mir nichts mehr, als dass er sicher ist und fernbleibt. Egal, was er getan hat. Egal, wofür er sich entschieden hat und welchen Weg er damals einschlug, er hat das hier nicht verdient. Niemand hat das. Er hat das getan, was er für richtig erachtet hat, und sich damit selbst gefährdet. Wäre ich nicht hier herein geraten, hätte ich wohl niemals davon erfahren. Deshalb bereue ich nichts. Keinen meiner Schritte, die ich gegangen bin und die mich hierhergebracht haben. Ich bin bis jetzt durch die Hölle gegangen, auch wenn ich versuche, mir all das nicht anmerken zu lassen. Ich werde niemandem von ihnen zeigen, wie schwach ich mich innerlich fühle. Ich werde mich wehren. Bis zu meinem Untergang. Ich werde versuchen, Ethan zu retten, zu schützen, auch wenn ich diejenige bin, die eine Rettung bitternötig hat. Ich werde nicht warten. Warten darauf, dass sie mich gehen lassen oder mich jemand hier rausholt.

Einige Aufpasser, die ein Auge auf mich haben sollen, kommen und gehen. Ich sehe sie in der Ferne stehen. Caio ist fort und seit langer Zeit nicht wiedergekommen. Genau wie Caden und Sophia.

Ich kann keine Fenster ausmachen und weiß nicht, welche Tageszeit wir haben. Heute Abend erscheint Ethan und ich muss vorher hier rauskommen, mich befreien. Die Fesseln um meine Handgelenke sind rau und schaben meine Haut auf. Ich versuche, sie loszuwerden, und glaube, es kann mir gelingen. Sie sind nicht besonders eng, auch wenn sie sich nicht gut anfühlen. Ich habe noch keine Gelegenheit bekommen, mich zu befreien. Immer wieder werde ich beobachtet und sollte einer seiner Lakaien dahinterkommen, was ich vorhabe, werden sie mir ganz schnell einen Strich durch die Rechnung machen.

Mit meinen Fingerspitzen schaffe ich's, an den billigen Knoten zu kommen. Es ist nicht einfach und doch gelingt es mir, ihn langsam zu lösen.

»Keine Sorge, er wird bald hier sein«, ertönt die Stimme von Caden, die ich nicht vermisst habe. Er erscheint vor mir und läuft auf mich zu. »Er wird sich mir unterwerfen. Er wird nach meiner Pfeife tanzen und dich endgültig loslassen.«

Ich kann ihn nicht einschätzen. Ich kann nicht einschätzen, was er tun wird und was er vorhat. Aber meine Hoffnung stirbt zuletzt, dass er sich doch von hier fernhält, auch wenn das bedeutet, mein Herz vom Boden aufkratzen zu müssen, weil es in Einzelteilen zu meinen Füßen liegt. In meiner Brust ein klaffendes Loch, wie die Jahre zuvor.

»Wird er nicht«, murmle ich und versuche, mir selbst zu glauben. Die Wahrheit, an die ich glauben will, glauben muss.

Caden packt nach meinem Kinn. »Bist du dir da ganz sicher? Glaubst du noch immer, dass er so stark ist und dich hier bei mir lässt? Dass er dich aufgibt?«

Keine Ahnung. Wie soll ich ihm antworten, wenn ich keine Antwort darauf habe?

Ich reiße mich von ihm los. »Nimm deine Finger von mir!«

Caden weicht einen Schritt weg. Uns trennt ein guter Meter. Fehlen nur noch tausende Kilometer, die ich zwischen ihm und mich bringen will. Ich glaube daran, dass kein Mensch ohne Grund in mein Leben tritt. Entweder ist er ein Geschenk oder eine Lektion. Meine Lektionen sind noch nicht vorüber und es gibt viel zu lernen. Mit jeder weiteren Entscheidung, die ich treffe, lerne ich dazu. Egal, ob ich scheitere oder siege. Ein Sieg bringt Bestätigung, ein Scheitern lehrt mich, weiterzumachen, weiterzukommen und zu kämpfen.

»So störrisch und wild«, raunt er mir zu und an meinem gesamten Körper stellen sich die Härchen auf. Er widert mich an.

»Halt dich fern von mir oder du wirst es bereuen«, keife ich und spucke ihm vor die Füße als Zeichen meiner Verachtung. Ich habe mein Benehmen bei Seite gepackt. Es spielt keine Rolle. Er hat meinen Anstand, meinen Respekt nicht verdient.

»Oh, was genau willst du denn tun, in deiner Position? Ich glaube nicht, dass du eine Wahl hast, als mir zu gehorchen und das zu tun, was ich von dir verlange.«

»Da kannst du lange drauf warten. Nicht in tausend Jahren werde ich dir folgen.«

»Ich habe Zeit und warte. Fangen wir doch damit an.« Caden holt eine Flasche Wasser hinter seinem Rücken hervor und kippt sie vor meinen Füßen aus. Meine Kehle ist ausgetrocknet und meine Zunge fühlt sich an wie Schmirgelpapier. Es ist, als hätte ich den Mund voller Sand. Staubig und trocken.

Ich gebe ein leises Schluchzen von mir. Ich konnte es nicht unterdrücken.

»Vielleicht begreifst du jetzt, dass du nicht in der Lage bist, Forderungen zu stellen«, meint

Caden und ich schließe die Augen, um mich irgendwo anders hin zu träumen. Weit weg von hier. Weit weg von ihm. Ich blende seine Stimme aus und sitze nicht mehr in dieser Halle, gefesselt an einen Stuhl. Leider schaffe ich es nicht, meine Gedanken lange genug abdriften zu lassen. Als ich die Augen langsam wieder öffne und mich auf das Hier und Jetzt konzentriere, ist er fort. Endlich ist er weg. Ich würde jubeln, wenn ich könnte und die Kraft dazu hätte.

Nur der Gedanke an Ethan hält mich wach und verschafft mir Klarheit. Ethan ist überall und um mich herum. Wenn er wüsste, wie viel Kraft er mir gibt. Erinnerungen bleiben und verleihen mir die Stärke, die ich brauche. Mein Blick fällt direkt auf den Tisch, um den sich Caio vorhin mit seinen Leuten versammelt hat.

Wieso ist sie mir nicht schon früher aufgefallen? Zwischen all den Plänen und den Flaschen liegt sie. Eine Schusswaffe. Ich hätte mir denken können, dass alle hier bewaffnet sind. Nach dem Vorfall mit Caio habe ich keinen Zweifel daran. Meine Gedanken spielen verrückt und ich muss es schaffen, diese Fesseln loszuwerden. Jetzt. Bevor die Babysitter wiederkommen und nach mir schauen. Bevor Caio oder Caden auftauchen.

Ich blende den Schmerz meiner Handgelenke aus und verbiege meine Hände so weit, dass ich wieder an den Knoten komme, den ich bereits gelockert habe. Meine Finger bohren sich in das Seil und ich schaffe es, den Knoten langsam gänzlich zu lösen. Mein Herz rast und ich sammle neuen Mut. Mein Atem geht schneller. Aufregung breitet sich in mir aus.

Ich schüttle hastig das Seil von meinen Gelenken und stülpe es über meine Hände. Sie sind frei. Ich kann es kaum glauben. Sie sind frei. Erleichtert atme ich auf.

Verdammt. Mir bleibt keine Zeit, um mich zu erholen. Ich muss mich beeilen. Still und leise. Ich stehe auf und mein Blick fällt wieder auf die Waffe vor mir. Es sind nur wenige Meter und doch scheint sie unerreichbar.

Ich bin allein und muss meine Chance nutzen. Fuck. Mein Gleichgewichtssinn ist im Keller und mein Kopf dreht sich. Ich falle zurück und versuche es noch einmal.

Na los. Du musst es schaffen, Talia. Die Zeit rennt und scheint gegen mich zu sein. Jeden Moment kann einer von Caios Wachhunden hier auftauchen. Ich will nicht wissen, was sie dann mit mir anstellen.

Ich will meine gerade wiedergewonnene Freiheit nicht aufs Spiel setzen. Einen Fuß vor den anderen setzen. Ich versuche, alles andere auszublenden und aus meinen Gedanken zu jagen. Kein Platz für Ablenkung. Nur das Jetzt zählt, mein Davonkommen. Ich muss Ethan warnen. Mir bleibt bestimmt noch genug Zeit, um ihn davon abzuhalten, in diese Falle zu tappen. Nach einer gefühlten Ewigkeit komme ich am Tisch an. Müll türmt sich auf verschiedenen Plänen. Ich verstehe davon nichts und doch erkenne ich, dass diese Dokumente unheimlich wichtig sein müssen. Für Caio. Ich schnappe mir den erstbesten Plan, falte ihn zusammen und verstecke ihn in meinem Hosenbund. Die silberne Schusswaffe liegt direkt vor mir und sie ist zum Greifen nahe. Ich hatte noch keine in der Hand und habe gleichzeitig großen Respekt davor. Ein Schuss kann verwunden. Eine Kugel kann töten. Eine Waffe kann Leben auslöschen, Leben nehmen und zerstören. Ich verstehe nichts von Waffen, habe aber schon viele Filme gesehen, in denen sie zum Einsatz gekommen sind. Ein Film ist nicht vergleichbar mit dieser Situation und doch versuche ich, das Beste daraus zu machen.

Ich schnappe sie mir und spüre die Gefahr, die

von der schweren Magnum ausgeht, die ich in den Händen halte. Behutsam und vorsichtig. Meine Hand legt sich automatisch an den Griff und passt sich diesem perfekt an. Sie ist geladen und ich spüre zum ersten Mal eine gewisse Leichtigkeit. Ich habe eine realistische Chance, zu fliehen und alles zum Guten zu wenden.

Ich höre schwere Schritte. Sie kommen direkt auf mich zu. Ich kann keinen Ausgang ausmachen. Sehe keinen Ausweg. Ich strecke meinen Arm mit der Magnum in der Hand aus und versuche, sie ruhig zu halten. Leichter gedacht als getan. Mein Arm fängt an zu zittern und die Aufregung in mir steigt.

Wäre ich in der Lage, abzudrücken? Könnte ich einen Menschen verletzen oder gar Schlimmeres? Diese Situation ist mir völlig fremd und ich kann sie nicht einschätzen.

Caden und zwei weitere Männer stehen nur wenige Schritte von mir entfernt. Cadens Begleiter halten die Hand an ihren Waffen, ziehe sie nicht. Noch nicht.

»Sieh mal einer an«, ertönt seine Stimme. Was tue ich hier bloß? »Hast du wirklich vor, abzudrücken? Hast du vor, mich zu erschießen? Ich glaube ja nicht, dass du den Mumm dazu hast!«

»Was weißt du schon«, erwidere ich. Mein Herz rast wie ein Rennfahrer, der an sein Ziel kommen will. Für einen kurzen Moment glaube ich, es schaffen zu können, ihn zu verletzen. Ich zögere.

»Talia, er ist es nicht wert. Lass ihn gehen.«

Seine Stimme dringt zu mir durch. Seine Stimme, die sich direkt ihren Weg in mein Herz bahnt, welches unentwegt klopft. Er ist hier. Ethan ist gekommen, wegen mir.

Ich zögere schon wieder.

»Er hat dir dein Leben geraubt, Ethan. Er wird dir auch deine Zukunft nehmen«, rufe ich und sein Duft steigt mir in die Nase. Er umschmeichelt meine Sinne und lässt meine Aufregung sinken. So etwas Kleines mit einer so starken Wirkung.

»Du wurdest verfolgt und entführt.« Er schleicht sich von hinten an mich ran und legt seine Hand in meine. Mit der anderen umklammere ich die Magnum und frage mich, wieso Cadens Männer ihre Waffen noch nicht gezogen haben. Taktik oder doch nur deshalb, weil ich kein Gegner für sie bin? »Schlimmer«, fährt Ethan fort. »Ich habe dich von mir gestoßen und abermals verletzt, obwohl du das Wichtigste in meinem Leben darstellst. Du darfst dich nicht von Wut und Hass leiten lassen.«

Wut und Hass sind ständige Begleiter von so

268

vielen Menschen. Wir alle tragen Zorn in uns, der versucht, sich immer wieder an die Oberfläche zu kämpfen. Einige können ihn besser kontrollieren als andere. Zu welcher Sorte gehöre ich? Es gibt die eine oder andere Entscheidung. Kein Mittelweg, kein Ausweg. Eine von ihnen muss ich wählen.

Ethans Wärme durchströmt mich, die er mit seiner Berührung hinterlässt. Seine Liebe erreicht mich und ich weiß, dass er nur wegen mir hier ist. Er hat sich dafür entschieden, sich zu opfern, um mich zu retten, meine Zukunft. Dabei habe ich mich schon lange dafür entschieden, zu kämpfen.

Caden nutzt den Moment meiner Schwäche, meines Zögerns, um sich mir unbemerkt zu nähern, und reißt mir gekonnt die Waffe aus der Hand. Ich lasse meinen zitternden Arm sinken und die Last, die ich mir mit dem Greifen nach dieser Waffe aufgebürdet habe, ist wie weggeblasen. Caden hat mich von ihr befreit. Unbewusst. Und doch fühle ich mich jetzt sogar besser als vorher. Keine Entscheidung mehr.

Ethan zieht mich in seine Arme und für eine Sekunde hört die Welt auf, sich zu drehen. Die Zeit steht still. In diesem einen Moment zählt nur Ethan und die Nähe zu ihm. Unsere Herzen schlagen im Einklang und diese besonderen Erinnerungen können mir nicht mehr genommen werden. Ich genieße es, dicht an ihn gepresst in seinen Armen zu liegen, die mich schützen und mir ein Gefühl von Geborgenheit geben. Für einen Moment, der viel zu schnell vorbei ist.

»Das ist ja wirklich rührselig, aber können wir zum Punkt kommen? Du wolltest dich also aus dem Staub machen, ohne dich zu verabschieden, Talia? Was glaubst du, warum Ethan hier ist?« Caden lacht und ich schaue Ethan direkt in seine grasgrünen Augen.

»Du bist nicht wegen mir gekommen?«, frage ich ihn flüsternd und halte den Atem an, während ich auf seine Antwort warte. Ich entferne mich einen Schritt von ihm und vermisse direkt seine Nähe.

»Talia, natürlich bin ich wegen dir hier«, antwortet er und ich erkenne an seinem Gesichtsausdruck, dass er mir nicht die ganze Wahrheit sagt. Er verschweigt mir etwas. Etwas Entscheidendes.

»Und um sich mir wieder anzuschließen, oder hast du das schon vergessen, Ethan?«, mischt sich Caden in unser Gespräch ein.

»Ist das wahr? Sagt er die Wahrheit?« Ich schlage mit meiner Faust auf seine Brust und kann es nicht fassen, dass er sich diesem Mistkerl wieder anschließen will.

Ethan sagt nichts. Kein Wort dringt aus seinem Mund.

»Na los, sag es ihr, du großer Held«, ruft Caden und ich bin es leid, seine Stimme zu hören.

»Halt die Klappe«, schreie ich. »Halt endlich deine verdammte Klappe, Caden.«

So kenne ich mich gar nicht und doch interessiert es mich nicht, ob Caden am längeren Hebel sitzt. Mir ist nur wichtig, was Ethan zu sagen hat. Wie er sich verteidigen will.

»Ich wollte mich ihnen anschließen, um dich zu beschützen, Talia. Nur, damit du in Sicherheit bist. Dafür würde ich alles geben«, sagt er ernst und blickt mir genau in die Augen. Die Wahrheit. Er sagt die Wahrheit, endlich.

Danach geht alles ganz schnell. Die Tür hinter Ethan und mir fliegt auf und die Situation eskaliert. Ich sehe, wie die Männer von Caden ihre Waffen ziehen, er selbst zum Tisch rennt und die Dokumente einsteckt. Verdammt.

Meine Aufmerksamkeit wird von den vielen Polizisten angelockt, die sich um uns herum versammeln. Als der erste Schuss fällt, den ich auf Cadens Seite vernehme, beginnt ein Schusswechsel zwischen ihnen und den Beamten.

Wie versteinert falle ich auf die Knie und versuche mit aller Macht, mir die Ohren zuzuhalten. Es gibt kein Entkommen. Ich kann nicht weg, nicht in Sicherheit oder mich irgendwo verstecken. Ich weiß nicht, was ich tun soll, fühle mich so machtlos, schutzlos und ausgeliefert. Ich höre die Schreie und Rufe. Mein Schädel fühlt sich an, als würde er jeden Moment explodieren.

»Ethan!«, rufe ich und brauche ihn so dringend an meiner Seite. Ich drohe, der Realität zu entgleiten. Ich fühle mich wie in einem schlechten Film und konnte mich nicht auf so etwas vorbereiten.

Ich sehe, wie die Polizeibeamten die Waffen herunternehmen und Hoffnung entflammt, dass das alles jetzt ein Ende hat. Im nächsten Moment fühlt es sich an, als würde ein Teil von mir sterben.

Caden zielt auf Ethan, der wie angewurzelt neben mir steht. Ein Schuss fällt und die Beamten verteilen sich. Sie laufen los und nehmen den Männern die Waffen ab, die bereits keine Munition mehr haben. Auch Caden wird abgeführt. Meine Aufmerksamkeit gilt nur Ethan, der in sich zusammensackt und mich starr ansieht. Ich fange ihn auf, sacke mit ihm zu Boden und kann nicht glauben, was gerade passiert ist.

»Ethan. Scheiße, Ethan«, schreie ich und bekomme kaum ein Wort raus.

»Talia, ich bin wegen dir hier«, murmelt er. Erst jetzt sehe ich das Blut, welches sein weißes Hemd unter dem schwarzen Jackett tränkt und rot färbt.

»Scheiße, scheiße, scheiße«, rufe ich. Was soll ich nur tun? »Ethan, streng dich nicht an. Alles wird gut. Alles wird wieder gut«, flüstere ich gegen seine Brust. Ich ziehe ihm vorsichtig das Jackett aus und drücke es auf seine Wunde.

»Ich liebe dich«, murmelt Ethan.

Widerwillig füllen sich meine Augen mit Tränen. Ich kann sie nicht zurückhalten, meine Verzweiflung. Sie rollen mir über die Wangen und tropfen auf Ethans Hemd. Seine Wunde hört einfach nicht auf zu bluten.

»Helft mir doch, bitte helft mir!«, rufe ich. »Irgendjemand!« Ich habe ihn gerade erst wieder bekommen und darf ihn jetzt nicht noch einmal verlieren. »Ich liebe dich auch, Ethan. Mehr als alles. Mehr als mich und mein Leben. Bitte bleib bei mir.«

Ich lege meine Lippen auf seine und küsse ihn sanft. Ich kümmere mich nicht um meine Umgebung, die Polizisten oder Caden und seine Männer. Ich kümmere mich nicht um mich oder meine Gefühle. Mir geht es beschissen und wieder einmal finde ich keinen Ausweg. Er muss bei mir bleiben.

»Der Krankenwagen kommt jeden Moment, ich bin mir sicher«, flüstere ich und übe weiterhin Druck auf seine Wunde aus. Ethan tritt immer wieder weg, driftet ab. Überall Blut. Alles ist voller Blut und er liegt mitten drin.

Fuck. Nichts in der Welt hätte mich auf diesen Moment vorbereiten können. Mein Herz hämmert so stark gegen meine Brust und das Adrenalin rauscht in meinen Venen.

»Bitte, Gott, nimm ihn mir nicht weg«, flehe ich und bin nicht einmal gläubig. »Ich flehe dich an!«

Verzweifelt schaue ich mich um und kann Ryan, Austin und Finley ausmachen, die auf uns zu rennen. Die Polizei ist noch immer mit den Leuten beschäftigt, die sie ergreifen können, die sie aus ihren Verstecken scheuchen. Von ihnen geht die größte Gefahr aus, die es gilt, zu beseitigen. Deshalb bin ich allein und Ethan liegt in meinen Armen.

»Talia, was ist passiert?«, fragt Ryan geschockt und stürzt zu Boden. Er sitzt genau neben mir und unterstützt mich. Jemand ist gekommen, um uns zu helfen, um ihm zu helfen. Der Liebe meines Lebens.

»Er wurde getroffen«, flüstere ich heiser. Meine Stimme versagt. »Caden hat ihn getroffen.«

»Fuck, das kann doch nicht wahr sein«, ruft Ryan wütend.

Austin und Finley suchen verzweifelt nach Hilfe. Die Beamten nehmen einige Leute von Caio fest, was ich beiläufig mitbekomme. Es ist mir egal. Selbst dann, wenn sie alle fliehen. Ich will nur Caden leiden sehen. Nur ihn. Er muss dafür büßen, was er Ethan angetan hat.

»Der Krankenwagen ist schon auf dem Weg«, meint Austin und sein trauriger Blick entgeht mir nicht.

»Verflucht, der soll sich beeilen«, schreie ich ihm entgegen, auch wenn ich weiß, dass er an dieser Situation nicht schuld ist.

Ich schaffe es nicht, mich zu zügeln. Meine Emotionen kochen hoch und vermischen sich mit all den Gefühlen, die sich in mir gesammelt haben. Ich kann nicht mehr klar denken und verstehe nicht, was in mir vorgeht.

»Talia«, wispert Ethan. »Du bist ja immer noch hier.«

»Ich werde auch nicht weggehen, niemals.« Ich nehme seine Hand in meine. »Du bist alles, was ich zum Existieren brauche. Alles, was ich will.

275

Unsere Zukunft beginnt heute. Dieser Tag ist nur der erste von vielen, die wir gemeinsam erleben werden. Mögen sie gut oder schlecht sein. Du wirst wieder gesund.«

Ich wische mir meine Tränen aus dem Gesicht. Es ist einfach, sie wegzuwischen. Jedes einzelne bedrückende Gefühl bleibt. Sie lassen sich nicht durch Knopfdruck löschen oder neu programmieren. Der Schmerz in meinem Innern hält und er fühlt sich an wie scharfe Messerspitzen, die immer wieder auf mich einstechen. Sie bohren sich tief in mein Fleisch und hinterlassen Wunden, Narben, die ich vermutlich nie wieder loswerde.

»Alles wird gut«, flüstere ich eher zu mir als zu ihm und versuche, mir selbst zu glauben.

KAPITEL 15

Ab und an erinnert uns das Leben daran, wie kostbar jeder einzelne Moment ist. Es erinnert uns daran, wie wichtig es ist, zu leben und es zu genießen. Denn jeder Augenblick ist so viel wert. Doch wer von uns lebt wirklich und kostet dabei jede einzelne Sekunde aus?

Jeder Tag hat etwas Besonderes und es lohnt sich immer wieder, aufzustehen. Es sind oft die kleinsten Dinge, die einen Tag außergewöhnlich machen. Die strahlende Sonne, Blumen oder in meinem Fall eine gute Verhandlung.

Wenn Talia bei mir ist, brauche ich nichts weiter. Nur sie zählt. Nur unsere gemeinsame Zeit.

Ich fange an, zu leben und zu lieben. In jeder Faser meines Körpers spüre ich es. Meine Welt dreht sich um sie. So war es schon immer, die ganze Zeit über. Ich habe nicht die Gelegenheit bekommen, ihr all das zu sagen.

Drei kleine Worte mit so großer Bedeutung kamen mir über die Lippen. Ob sie ausreichen? Ob sie ihr sagen, was ich wirklich für Talia empfinde? So viel Ungesagtes, so viele Sätze, die mir noch in meinem Kopf herumschwirren, die ich loswerden muss.

Wäre da nicht die Kugel, die tief in meiner Brust verweilt, mich innerlich zerreißt. Immer wieder spüre ich ihr Eindringen, wie meine Beine unter der Last meines Gewichts nachgeben. Ich spüre, wie ich zu Boden sacke und aufgefangen werde, bevor ich gänzlich dort lande.

Ich habe mir keine großen Gedanken über den Tod gemacht. Ich habe nicht einmal darüber nachgedacht, was passieren kann. Dass es mich jetzt erwischt hat, zeigt mir, dass ich hätte anfangen müssen zu leben. Dass ich nicht hätte jeden Gedanken, der mich beschäftigt, auseinanderpflücken sollen.

Ich höre Talias Schluchzen und spüre ihre Tränen, die wie ein leichter Sommerregen auf mich herabfallen. Mit jeder davon sauge ich den Schmerz auf, den sie ausstrahlen. Jede einzelne beinhaltet so viel Trauer, Wut und Hass. Einige von ihnen sind getränkt mit Liebe, die sich unter all den anderen Gefühlen bemerkbar macht.

Ich höre sie flüstern. Ich nehme ihre Worte wahr und kann nicht antworten. Schaffe es nicht, an Kraft zu gewinnen. Ich habe sie so oft verletzt und es nicht wiedergutgemacht. Ich habe sie vor den Kopf gestoßen und immer wieder vor vollendete Tatsachen gestellt. Dennoch steht sie hier an meiner Seite. Hält zu mir. Beschützt mich, obwohl ich sie hätte beschützen müssen.

Innerlich fange ich an zu schreien, zu kämpfen, und halte an meinem Bewusstsein fest, welches mir zunehmend entgleitet. Ich kann es nicht lange halten und drifte wieder ab. Der Schmerz, den ich anfangs noch gefühlt habe, ist nicht mehr so stark. Er nimmt mich nicht mehr in Beschlag und ich schätze, das muss am Adrenalin liegen, welches unentwegt durch meine Adern pumpt.

Wer eine Waffe trägt, muss damit rechnen, selbst getroffen zu werden. Habe ich damit gerechnet? Nein. Ich habe mich dennoch darauf eingestellt. Auf einen Kampf, eine Auseinandersetzung.

Caden hat mich erwischt und wollte mich damit endgültig loswerden. Er hat nur einen Grund dafür gesucht, um Caios Pläne mit mir zu durchkreuzen. Er wollte immer der Bessere sein. Der Stärkere. Dabei hat er nur wieder einmal bewiesen, wie feige er ist.

Allmählich gerät meine Welt endgültig ins Wanken und ich falle in ein tiefes schwarzes Loch.

»Du bist wunderschön, Talia«, flüstere ich ihr zu und bestaune ihren Körper, der in einem weißen knielangen Kleid steckt, welches ihn wunderbar zur Geltung bringt. Ich verliere mich in ihrem Anblick, ihren rehbraunen Augen, die mich völlig um den Verstand bringen.

Die schönste Frau, die ich je gesehen habe, denke ich.

»Vielen Dank du Charmeur«, erwidert sie lächelnd und bringt mein Herz zum Schmelzen.

»Darf ich Ihnen die Karte aushändigen?«, fragt der freundliche Kellner und reicht Talia und mir jeweils eine.

»Danke«, sagen Talia und ich im Chor und blicken uns direkt in die Augen. Es ist, als würde sie nicht nur mein Herz, sondern auch meine Seele berühren. Als würde sie nur mich selbst sehen, nicht meine Fassade, hinter der ich mich verstecke. Ich vergesse in ihrem Beisein, meine Maske aufzusetzen, die mich vor der Welt schützt. Ich kann ich selbst sein, so wie ich bin. Nicht so, wie mich jemand haben will. Talia nimmt mich mit jeder Macke, jedem Fehler.

»Haben Sie schon gewählt?«

»Wir nehmen den Pinot Noir. Was möchtest du essen, Tal?«, frage ich sie und warte auf ihre Entscheidung.

»Oh, ich nehme das Black Angus Steak«, antwortet sie und ich bin ganz bei ihr.

»Also zweimal das Black Angus Steak«, sage ich und reiche dem Kellner unsere Karten.

»Ich freue mich wirklich, mit dir hier zu sein. Der Abend ist perfekt«, gesteht Talia mir mit glänzenden Augen. Ich kann mir keine bessere Begleitung vorstellen und kann mit Stolz behaupten, dass dieses Date ein ganz besonderes ist.

»Du bist perfekt«, erwidere ich und beobachte, wie ihr die Röte in ihre Wangen steigt. Es ist zwar nicht unser erstes Date, aber eines, welches ich wohl nie vergessen werde. Nachdem wir gegessen haben, überrede ich sie, mit mir spazieren zu gehen. Der Abend ist bereits weiter fortgeschritten und am Himmel leuchten abertausende

Sterne. Ein voller runder Mond prangt in der Mitte des Himmelszelts. Langsam ziehen Wolken auf, die die Welt verdunkeln. Ich genieße den Anblick, auch wenn Talias Anwesenheit meine Aufmerksamkeit anzieht, als sie ebenfalls aus dem Restaurant auf die Straße tritt.

»Hier bin ich«, sagt sie voller Begeisterung und ich wünsche mir, Gedanken lesen zu können.

»Lass uns gehen, Schönheit.«

Die Nachtluft ist kühl und ich merke, wie sie leicht neben mir zittert.

»Dir ist kalt.« Ich ziehe mein Jackett aus, welches ich ihr über die Schultern lege.

»Schon besser, danke«, murmelt sie und kuschelt sich ein. »Dein Duft ist so außergewöhnlich«, flüstert Talia und ich wünsche mir nur noch, sie an meiner Seite zu haben. Eine Frau, die so viel besser ist, als ich es bin. Die gar nicht weiß, wie wunderbar sie ist.

Die Straßen sind leer und wir genießen die Zweisamkeit, bis uns die verräterischen Wolken in den Rücken fallen und es anfängt, zu regnen. Ich bleibe abrupt stehen und Talia prallt gegen mich.

»Na, wo warst du denn mit deinen Gedanken?«, frage ich sie witzelnd.

»Ich habe in die Luft geguckt und überlegt.«

Die ersten Tropfen landen auf ihrem zarten Gesicht und ich wische sie ihr mit meinem Daumen von der Wange, ihrer Nasenspitze, bis über ihre rosanen Lippen.

»So schön«, raune ich und mein Herz schlägt so kräftig gegen meine Brust. Dieser Moment ist so viel mehr, als ich mir hätte wünschen können.

Talia schließt die Augen und genießt jede ersehnte Berührung von mir. Sie gibt sich mir vollkommen hin und weicht weder mir noch dem Regen aus, welcher sich nun gänzlich über uns ergießt. Ich ziehe sie weiter an mich und halte sie fest. Talia keucht auf und unsere Gesichter nähern sich. Bevor sich unsere Lippen treffen, wirbel ich sie herum.

»Tanz mit mir«, fordere ich sie auf und Talia grinst. »Ich meine es ernst«, bestätige ich und bekomme nur einen ungläubigen Blick entgegen geworfen. Also positioniere ich mich und umfasse mit einer Hand ihre Hüfte. Mit der anderen schnappe ich nach ihrer Hand.

»Ist das dein Ernst?«

»Oh ja, und wie das mein Ernst ist. Tanz mit mir«, wiederhole ich und fange an, sie zu führen.

Talia setzt sich in Bewegung und fängt an, diesen Moment voll auszukosten.

»Geht doch«, flüstere ich leise, um den Augenblick, unseren Augenblick, nicht zu stören.

Mein weißes Hemd wird durchsichtig und klebt nass auf meiner Haut. Talias Kleid fängt an, durchzuscheinen, und ihre braunen Haare hängen ihr tropfend im Gesicht. Ich hebe sie hoch und wir drehen uns eine gefühlte Ewigkeit im Kreis, bis mir die Luft ausgeht.

»Ich habe mir gewünscht, dass dieser Abend niemals endet«, sagt sie und durchbricht die anhaltende Stille, in der wir nur genossen und gelebt haben. Nichts sonst. In dieser Sekunde gibt es nur uns. Keine Probleme, keine Arbeit und keine Pflichten. Wenn sie bei mir ist, sind meine Sorgen wie weggeblasen, irrelevant und so surreal. »Als ich in den Himmel geschaut habe.«

Wieder ziehe ich sie an mich, streiche Talia die nassen Strähnen aus dem Gesicht und umfasse ihren Nacken.

»Jetzt ist der Abend perfekt«, hauche ich.

»Er ist mehr als das«, gesteht sie und jedes ihrer Worte trifft mich tief. Ich kann mich nicht mehr zurückhalten und spüre das tiefe Verlangen in mir, sie zu küssen. Also nähere ich mich ihr langsam und lege meine Lippen auf ihre. Mit einem Mal wird mir klar, dass ich sie nicht mehr gehen lasse. Dass ich sie nicht mehr gehen lassen kann. Alles um mich herum verliert an Bedeutung. Nur das Jetzt zählt.

Unser Kuss verwandelt sich in pure Leidenschaft, der wir nachgeben. Es regnet in Strömen und wir mittendrin. Im Auge des Sturms. Es gibt nur uns. Immer wieder treffen unsere Lippen aufeinander. Sie gewährt meiner Zunge Einlass, die forschend auf ihre trifft. Ein wilder und liebevoller Tanz beginnt und ich schaffe es nicht, mich von ihr zu lösen. Ob ich es je wieder schaffen werde?

Dies ist der wohl schönste Moment meines Lebens, als ich ein schrilles Piepsen höre, welches penetrant zu mir durchdringt.

Piep, Piep, Piep.

Ich öffne die Augen und weiß nicht, wo ich mich befinde. Ich will zurück. Zurück zu Talia. Ich erkenne, dass die Maschine direkt neben mir diese Töne von sich gibt. Mein Herzschlag. Eine Kugel. Sie fliegt mit hoher Geschwindigkeit auf mich zu. Ich erinnere mich daran. Ich fiel zu Boden und jetzt liege ich hier.

Hektisch wandert mein Blick weiter und ich erhasche sie. Talia. Ich will etwas sagen, aber mein Mund bewegt sich nicht. Ich will ihr so viel sagen und bekomme kein Wort raus.

Talia lehnt an der Wand des Krankenwagens und sieht vollkommen erschöpft aus. Kein Wunder. Das, was ich gerade erleben durfte, wurde ihr nicht zuteil. In einer grausamen Situation durfte ich eine meiner schönsten Erinnerungen noch einmal durchleben. Der Abend, an dem wir zusammengekommen sind. Der mein Leben auf eine besondere Art und Weise verändert hat. Ich werde mich immer an ihn erinnern. Er gibt mir die Kraft, durchzuhalten, komme was wolle.

Ich versuche, mich wieder zu beruhigen. Ich schaffe es nicht, lange genug an meinem Bewusstsein festzuhalten.

»Verdammt, Ethan. Was machen wir denn jetzt?«, ertönt die Stimme von Ryan.

Ich weiß es doch auch nicht. Wir sind in unsere Stammbar gegangen, um ein bisschen Frieden zu haben. Um wenigstens ein bisschen abschalten zu können, was uns allen hier nicht wirklich gut gelingt.

»Ich weiß es nicht«, gebe ich kleinlaut zurück und warte die Reaktion von Austin und Finley ab. Heute ist eine gute Gelegenheit dafür, sich einfach zu betrinken und alle Sorgen zu vergessen, auch wenn sie dadurch nicht ausgelöscht werden.

»Wir haben gemeinsam beschlossen, das Jura-Studium zu meistern, und wir werden es meistern«, äußert sich nun Finley. Er ist jünger als wir obwohl wenn ich es nicht gern sage, auch naiver.

»Wie wollen wir das anstellen, ohne Geld, ohne Mittel, die uns zur Verfügung stehen? Wir verlieren gerade alles, was wir uns so hart aufgebaut haben. Die ersten Jahre haben wir geschafft. Was machen wir mit den übrigen, wenn wir nicht einmal unseren Lebensunterhalt anständig bestreiten können?«, sagt Austin aufgebracht und schiebt sein bereits leeres Whisky-Glas hin und her.

»Ich nehm noch einen«, rufe ich dem Barkeeper zu und bekomme wie gerufen Nachschub.

»Ethan, du kannst deine Sorgen nicht einfach wegspülen«, meint Austin und Ryan tut es mir gleich, bestellt sich gleich einen Doppelten.

Ich kippe den Inhalt runter, der in meinem Hals brennt. »Ich kann's versuchen.«

Wir sitzen alle vier an der Theke und wissen nicht weiter. Auch wenn wir jede Entscheidung gemeinsam getroffen haben, fühle ich mich schuldig. Schuldig für meine Freunde, meine Gefährten. Wir haben große Träume. Eine eigene Kanzlei zu viert, Mandate, harte Fälle und natürlich das Geld. Wir wollen mit dem Geld verdienen, was uns am Herzen liegt. Mit dem Lösen von Fällen, die Menschen viel bedeuten. Wir wollen sie retten, auf gewisse Weise.

Denn für jeden hängt so viel an einem Rechtsstreit. Deshalb haben wir uns vor Aufnahme des Studiums entschieden, im Strafrecht tätig zu werden. Noch bevor wir überhaupt wussten, wie wir das Ganze finanzieren sollen. Geschweige denn das Studium und die Kosten drumherum. Keiner von uns hat eine Familie, die hinter einem steht. Die helfen kann. Wir alle stehen allein da. Haben nur uns.

Ich habe Ryan, Austin und Finley gesagt, dass wir unseren Träumen nachjagen müssen und nicht aufgeben dürfen. War das alles so falsch? Ich habe mir ein besseres Leben für uns gewünscht. Eines ohne Sorgen. Wie gut, dass Talia nichts davon weiß. Ich will sie nicht mit meinen Problemen belasten, für die wir allein eine Lösung finden müssen. Neben dem Studium und den ganzen Aufgaben, die auf uns warten, schaffen wir es nicht, uns mit den kleinen Nebentätigkeiten über Wasser zu halten. Es reicht gerade so für unseren Lebensunterhalt.

»Hallo, Jungs«, ertönt eine mir fremde Stimme, die zu einem Mann gehört, der ein paar Jahre älter sein muss als wir. Er trägt einen grauen Anzug, hat volle schwarze Haare und wirkt nicht gerade arm.

Unsere Blicke sind auf ihn gerichtet. Keiner sagt ein Wort.

»Was ist denn los mit euch? Ich beobachte diese Situation jetzt schon eine ganze Weile und kann mir das nicht länger ansehen«, fährt er fort.

Er hat uns also beobachtet. Ganz toll.

»Entschuldigen Sie bitte, aber sollten wir Sie kennen?«, fragt Finley aufgeregt, während wir skeptisch bleiben und in den Hintergrund treten.

»Natürlich nicht. Es reicht, wenn ich weiß, wer ihr seid.«

»So ist das also«, mische ich mich nun doch ein. Irgendetwas an ihm stört mich, an seinem Verhalten. »Was meinen Sie denn, über uns zu wissen?«

Er kommt auf mich zu und ich kann keine Verärgerung in seinen Gesichtszügen erkennen. Die meisten Menschen wären wütend, wenn ich so mit ihnen reden würde. »Ihr seid jung und habt viele Träume, die unerfüllt bleiben werden«, sagt er sachlich und direkt. Nicht gerade bemerkenswert. Wem geht es in unserem Alter nicht so? Wer hat keine Träume, die vielleicht niemals in Erfüllung gehen? Wer zweifelt nicht an sich selbst und den eigenen Fähigkeiten?

»Nicht schwer zu erraten oder?«, gebe ich provokant zurück.

Die Blicke der Jungs wandern abwechselnd von ihm zu mir und zurück.

»Was wäre, wenn ich euch helfen könnte?«

Aufflammende Hoffnung breitet sich in mir aus, gleichzeitig empfinde ich Misstrauen für diesen Mann und seine Worte.

»Wer sind Sie?«, fragt Ryan und der Mann wendet sich ihm zu.

»Sagen wir so, ich investiere gern in junge Talente. Aber wenn ihr nicht wollt, werde ich sofort gehen und euch in Ruhe lassen.«

Ich kann ihnen, meinen Jungs, diese Chance nicht verbauen. Ich weiß, dass sie hinter jeder Entscheidung stehen würden, die ich treffe. Genauso muss ich es wagen. Für sie, für uns und unseren gemeinsamen Traum. Wenn der Mann recht hat, haben wir eine bedeutende Chance, die wir ergreifen sollten.

»Was wollen Sie von uns im Gegenzug für Ihre Unterstützung?«, frage ich kritisch.

»Keine Sorge. Wenn ihr es erst einmal geschafft habt, erledigt ihr ein paar Aufträge für mich und kümmert euch daneben um meine rechtlichen Belange. Sind wir uns einig?«

Das geht alles ziemlich schnell und ich kann dem Drang nicht widerstehen, einfach zuzustimmen. Ich sehe vor mir, wie sich unser Traum von der eigenen Kanzlei erfüllt, wir genug Startkapital haben und dem nachgehen können, was uns erfüllt. Unserer Leidenschaft, unserem Herzensprojekt.

Ryan, Austin und Finley schauen mich an. Alle Augen sind auf mich gerichtet. Sie warten.

»Ich werde euer Studium finanzieren, von dem ihr gerade gesprochen habt, sowie den Aufbau eurer Kanzlei.«

»Ich halte eine Besprechung für angebracht, ein wenig Bedenkzeit brauchen wir schon.« Ich weiß, dass uns dieser Mann ein einmaliges Angebot macht. Aber können wir ihm trauen?

»Die kann ich euch nicht geben. Es gibt einige Menschen, die für so eine Gelegenheit töten würden«, sagt er lachend. Ohne einen weiteren Blick auf die Jungs zu werfen, schaue ich ihm direkt in die Augen. Ich setze alles auf eine Karte, riskiere unser sicheres, aber unvollkommenes Leben.

»Gut.« Ich halte ihm meine Hand hin. »Wir sind uns einig.«

Der Mann ergreift sie und wir haben einen Deal. Die Ausdrücke auf den Gesichtern meiner

Jungs verändert sich. Keine Angst mehr, keine Traurigkeit.

Ich selbst kann mich noch nicht freuen und jubeln. Was für einen Deal bin ich da für uns eingegangen?

Nichtsdestotrotz sehe ich meiner Zukunft als Rechtsanwalt positiv entgegen. Einer, der für die Guten kämpft und ihnen die Ehre verschafft, die ihnen zusteht. Keine kriminellen Geschäfte, keine Straftäter.

Als ich meine Augen wieder öffne, befinde ich mich in einem Raum, der in grellem Weiß leuchtet. Es riecht medizinisch und ich kann mich kaum bewegen. Jeder Millimeter ist einer zu viel. Ich fühle mich ausgelaugt und schlapp. Jeder Knochen schmerzt, jede Faser meines Körpers.

Nachdem ich mich an das Date mit Talia erinnert habe, schlich sich Caio in meine Gedanken und bewies mir wieder einmal, welchen Fehler ich begangen habe. Einen, den ich nicht mehr rückgängig machen kann und der mich immer verfolgen wird.

Hätte ich damals gewusst, dass ich einen Deal mit dem Teufel eingehen würde und meine Seele an ihn verkaufe, hätte ich wohl nicht so gehandelt. Zumindest kann ich das jetzt sagen. Jetzt, wo ich alles habe und doch nichts.

Wir alle haben nur unseren Traum vor Augen gehabt, aber nicht die Konsequenzen, die damit einhergehen. Nicht den Preis, den wir dafür zahlen müssen, bis heute.

Talia sitzt auf dem Sessel vor meinem Bett und schläft. Sie hält zu mir, unterstützt mich und bleibt bei mir. Trotz allem. Trotz der Entführung und den Tatsachen, die ich nun nicht mehr vor ihr leugnen kann. Zwischen uns gibt es keine Geheimnisse mehr und ich wünschte, ich hätte sie schon früher eingeweiht. Dann wäre es vielleicht nie so weit gekommen. Ich musste auf schmerzliche Art und Weise lernen, dass ich anfangen muss, den Moment zu leben, nicht in der Vergangenheit oder der Zukunft.

Jede einzelne Sekunde zählt, in der ich atme und existiere. Ich weiß nicht, was mit Caio und seinen Anhängern passiert ist, aber ich werde es rausbekommen. Sobald ich hier wegkomme.

Es gibt etwas noch Wichtigeres. Etwas, dass ich tun muss und nicht aufschieben kann. Ich habe so viele Jahre gebraucht, um zu erkennen, dass ich anders nicht leben kann und will. Denn ein weiteres Jahr ohne Talia, nur einen weiteren Tag ohne sie, kann ich mir nicht mehr vorstellen.

KAPITEL 16

Talia

Ich habe versucht, bei ihm zu bleiben und ihn zu retten. Ich habe versucht, die Blutung zu stoppen, aber ich habe es nicht geschafft. Ich war zu schwach. Ich habe alles gegeben und kann nur hoffen, dass es Ethan schnell besser geht. Dass er wieder wird, so wie er war.

Viel zu oft habe ich die Dinge als selbstverständlich angesehen und den Wert dieser nicht geschätzt. Über Ethan habe ich nie so gedacht. Er war immer das Wertvollste in meinem Leben, ist er noch und wird er auch in Zukunft sein. Alles, was jetzt zählt, ist, dass er wieder zu Kräften kommt. Ich muss so viel mit ihm besprechen.

Meine Gedanken kreisen um die zahlreichen Informationen, die ich durch Caio und Caden bekommen habe, nach denen ich so lange suchte. Vier Jahre tappte ich im Dunkeln und wusste nicht, was hinter seinem Verschwinden gesteckt hat.

Jetzt sitze ich hier, in einem eingesessenen Stuhl im Krankenhaus vor Ethans Bett. Nach den ganzen Ereignissen überkam mich die Müdigkeit. Kein Schlaf, keine Ruhe. Es war wie in einem Action-Film, den ich nicht noch einmal sehen will, weil er mir zu nahe gegangen ist. Mein Kopf lehnt gegen die kalte weiße Wand des Krankenhauszimmers und ich schlafe immer wieder ein vor Erschöpfung. Und doch zwinge ich mich jedes Mal, wach zu bleiben, nach Ethan zu sehen.

Die Ärzte sagen, dass er Zeit braucht und viel Blut verloren hat. Er kommt wieder auf die Beine, ist aber noch schwach und muss sich weiterhin schonen. Deshalb sitze ich hier und passe auf. Selbst wenn das bedeutet, meine eigenen Bedürfnisse hintenanzustellen.

Ich versuche, alles in irgendeine Schublade in meinem Kopf zu sortieren. Nicht einfach. Nie hätte ich damit gerechnet, so was zu erleben. Ich weiß nicht, was uns die Zukunft bringt. Ich kann nicht einmal sagen, was morgen sein wird. Im Moment zählt nur der Augenblick für mich. Ich bin hier, lebe, habe all die Geschehnisse der letzten Stunden hinter mir gelassen und befinde mich in einem Raum mit dem Mann, den ich liebe.

Zwischen meinen ganzen merkwürdigen Gefühlen macht sich eines besonders bemerkbar. Die Wut auf Caden, der Drang nach Rache. Nicht so eine, die auf sein Leben abzielt. Ich will die Rache des Gesetzes durchsetzen. Er soll bestraft werden für das, was er getan hat. Dafür, dass er versucht hat, mir Ethan zu nehmen.

Ich schrecke hoch, als mich ein leichtes Klopfen aus meinen Gedanken reißt. Zwei Ermittler treten ein.

»Entschuldigen Sie bitte, Frau White«, meldet sich der eine zu Wort.

»Sie haben meine Personalien vorhin aufgenommen, schon vergessen?«, reagiere ich gereizt. Das alles geht nicht ganz spurlos an mir vorbei.

»Richtig. Wir wollten Ihnen nur von der Fahndung berichten. Caden Black ist davongekommen. Seine Waffe, von der Sie uns berichtet haben, ist nicht auffindbar gewesen.«

Scheiße. Verdammte scheiße. Das kann doch nicht wahr sein.

Jeder andere hätte davonkommen können, es wäre mir egal gewesen. Aber nicht er. Nicht er.

»Wir können nichts tun, außer weiterhin nach ihm zu suchen. Sein Bild wurde veröffentlicht, genau wie das von seiner Partnerin Sophia. Ich kann Ihnen aber keine großen Hoffnungen machen. Er ist mit Caio Fontane abgetaucht«, sagt der andere.

Ich kann meinen Ärger nicht unterdrücken. Soll das alles umsonst gewesen sein? Sie kommen einfach so davon, ohne eine Strafe, ohne dafür zu büßen, was sie Ethan und mir angetan haben?

»Sie haben also keine Spur von ihnen«, wiederhole ich genervt. »Wie konnte das passieren?«

»Frau White. Wir machen alle unseren Job und tun, was wir können. Seit Jahren verfolgen wir Caio Fontane und seine Anhänger.«

»Und seit Jahren kommen Sie nicht weiter. Vielleicht sollte ich Ihren Job in Zukunft ausüben und Sie setzen sich im Bleistiftrock an den Schreibtisch, um Schriftsätze zu tippen und Kaffee zu kochen«, gebe ich mürrisch von mir und meine jedes Wort genau so, wie ich es sage.

Nach einer kurzen Pause fällt es mir ein. Wieso ist mir der Gedanke nicht schon viel früher gekommen? Ich stehe auf und ziehe mein Oberteil hoch.

»Was tun Sie da?«

Ich kann mir vorstellen, dass das merkwürdig aussieht.

»Schauen Sie sich das an.« Ich gebe den beiden Ermittlern den Plan, den ich mir schnappen konnte, bevor Caden die übrigen eingesteckt hat und geflohen ist.

Kritisch blättern sie diesen durch.

»Wo haben Sie das her, Frau White?«

Der andere Ermittler schaut mir fragend entgegen.

»Er lag auf dem Tisch in dem Raum, in dem ich gefangen gehalten wurde. Bevor die Beamten kamen, habe ich ihn eingesteckt, nachdem ich mich von den Fesseln befreite«, antworte ich wahrheitsgemäß und frage mich, ob sie etwas entdeckt haben. Ich kam noch nicht dazu, mir das Dokument genauer anzusehen.

»Wissen Sie eigentlich, was Sie da gestohlen haben?«

»Keine Ahnung. Ich hab nur die Gelegenheit genutzt und mitgenommen, was ging.«

Sie tauschen sich aus und wenden sich wieder mir zu.

»Sie haben uns wahrscheinlich gerade dabei geholfen, die Orte ausfindig zu machen, in denen die Geschäfte von Caio Fontane stattfinden.«

Damit habe ich nicht gerechnet und mir bleiben die Worte im Hals stecken.

»Könnte es sein, dass sie sich an einem dieser Orte verstecken?«, frage ich und die beiden nicken.

»Oh ja, das könnte definitiv sein und wir werden dem nachgehen.«

»Bitte halten Sie uns unterrichtet«, sage ich und damit verabschieden sich die Männer, ziehen die Tür zu und lassen mich wieder mit Ethan allein.

Ich schnappe mir einen Stuhl und setze mich direkt zu Ethan ans Bett. Er schläft. Ich höre ihn immer wieder flüstern und gehe davon aus, dass er träumt.

Ich nehme seine Hand in meine und umklammere sie. Er liegt so friedlich da und ich möchte nicht von seiner Seite weichen. Wenn es sein müsste, würde ich ihn vor allem beschützen.

Ich hauche ihm einen leichten Kuss auf seine Hand und verweile für einen Moment.

»Tal«, murmelt er und ich erstarre.

Ethan ist wach.

»Schön langsam, Ethan. Streng dich nicht zu sehr an.«

»Du bist da«, sagt er und ich nicke wild mit dem Kopf.

»Natürlich bin ich das. Ich werde nicht von deiner Seite weichen.«

Ethan öffnet seine Augen und schaut mich nun direkt an. Es wäre einfach, zu gehen, und doch bleibe ich. Es wäre so einfach, alles hinter mir zu lassen und doch könnte ich das nicht. Durch die vergangenen Ereignisse habe ich nur gelernt. Immer mehr. Jetzt weiß ich, wo mein Platz ist, um den ich viel früher hätte kämpfen müssen. Neben Ethan. Er ist genau hier. Wir trotzen jeder Gefahr und stehen gemeinsam gegen den Wind.

»Es tut mir so leid«, flüstert er und ich kämpfe schon wieder mit den Tränen. Gehe gegen sie an und versuche, ihnen Einhalt zu gebieten. Genug Tränen sind geflossen. Tränen des Schmerzes, der Angst und der absoluten Liebe.

Ich lege ihm meinen Zeigefinger auf den Mund. »Es ist alles gut. Nichts braucht dir leidzutun. Wir haben so viele Fehler gemacht, die wir nicht mehr rückgängig machen können. Also müssen wir mit ihnen leben, sie akzeptieren. Wir müssen gemeinsam stark sein.«

Wir sind nur Menschen, machen Fehler und müssen zu ihnen stehen. Der ewige Kreislauf des Lebens.

»Ich habe nur versucht, dich zu beschützen«, flüstert er. »Ich wollte dich nicht mit in die Scheiße ziehen. Das alles sollte nie passieren und es ging so verdammt schnell. Ich musste dich von mir fernhalten und doch war es genau die falsche Entscheidung, die ich getroffen habe«, fährt er fort und ich kann das Bedauern in seinem Gesicht erkennen.

»Man kann nie wissen, welcher Weg der richtige ist, welchen wir gehen müssen. Vielleicht ist alles so gekommen, wie es kommen soll. Vielleicht wären wir sonst nie an diesem Punkt angelangt. Wir bekommen noch eine Chance, Ethan.«

Das Leben hat so viele Türen und hinter jeder verbirgt sich etwas anderes. Nicht jede, die äußerlich anziehend wirkt, verbirgt auch etwas Gutes. Wie bei Menschen.

Ethan hält inne und ich versuche, die Stille zu durchbrechen, in der wir uns gerade befinden. Eine unangenehme Stille, die nicht hier hingehört.

»Ich habe Sophia unterschätzt«, sage ich.

Ethan reißt die Augen weit auf und versucht, sich aufzurichten. »Was hast du gesagt?«, fragt er und schaut mich verwirrt an.

»Na, Sophia. Sie hat hinter all dem gesteckt. Mit Caden zusammen. Und Austin hat ihr die Informationen gegeben, die sie brauchte. Unbewusst.«

»Sophia Baker und Austin«, murmelt er. »Sie ist der Spitzel und er half ihr dabei.«

Er hat es nicht gewusst. Keiner von uns wusste es, bis es zu spät war, und ich habe sie vollkommen unterschätzt.

»Du hast davon zum ersten Mal gehört?«, bohre ich nach.

»Talia, ich habe Fotos zugespielt bekommen. Sie haben dich beobachtet, überall. Es war schnell klar, dass jemand aus der Kanzlei dahinterstecken muss. Wir sind aber nicht darauf gekommen, dass es Sophia sein kann. Austin wurde ausgenutzt.«

Damit hat wohl niemand gerechnet. Ich kenne sie erst wenige Wochen und doch kam Sophia mir nie so vor, als könnte sie sogar eine Entführung anführen.

»Ich glaube, sie wollte genauso viel erreichen wie ihr mit der Kanzlei. Sie hat Träume und Ziele und sie dachte, diese nur mit Caden und Caio bewältigen zu können. Irgendwie kann ich sie verstehen. Ein bisschen zumindest. Aber was wollten sie damit erreichen, mich zu entführen?«

»Dass ich mich ihnen wieder anschließe. Klein beigebe und für Caio arbeite. Wir sind ihm damals in die Falle getappt. Keiner von uns konnte ahnen, welchen Deal wir da abgeschlossen haben, ohne es zu wissen. Caio wollte, dass wir nach Aufbau der Kanzlei die Tätigkeit für ihn aufnehmen.

Kriminelle Machenschaften, Falschaussagen, seine Leute vertreten. Wir wollten das alles nicht. Nie. Deshalb stiegen wir aus. Zumindest haben wir's versucht. Er hat uns nie wirklich gehen lassen. Ich habe ihm angeboten, alles nach und nach zurückzuzahlen. Das Geld, welches er in die Kanzlei und unser Studium gesteckt hat. Er hat es abgeschlagen und wollte mehr. Jedenfalls kein Geld. Davon hat er genug gehabt. Caio wollte unsere Loyalität. Dass wir hinter ihm stehen.« Ethan schluckt schwer und ich höre ihm interessiert zu. Endlich spricht er mit mir. Endlich können wir offen miteinander umgehen. »Ich wollte dich nie verlassen. Sie hätten dich da mit reingezogen. Das durfte nicht sein und ich musste gehen, dich zurücklassen.«

»Ich bin mir sicher, dass du genauso stark gelitten hast wie ich die letzten Jahre. Du wurdest dazu gezwungen und hast die Entscheidung nicht aus freier Überzeugung getroffen«, erwidere ich. »Es waren vier ungemein harte Jahre, die ich durchmachen musste. Als ich meinen Neuanfang gewagt habe, hätte ich nie damit gerechnet, dir zu begegnen. Ich wollte mein Leben wieder selbst in die Hand nehmen und stehe ausgerechnet vor dir, als Chef der Kanzlei, in der ich arbeiten wollte.

304

Nun weiß ich, dass es mein Schicksal war«, sage ich und glaube jedes Wort, das aus meinem Mund kommt.

»Unser gemeinsames«, sagt Ethan. »Es war unser gemeinsames Schicksal.«

Das Kämpfen wird niemals aufhören. Wir müssen für alles kämpfen, das wir erreichen wollen. Heute und morgen. Doch ist es einfacher gemeinsam.

»Also willst du mich nicht schon wieder verlassen? Sie haben sie nicht geschnappt, Ethan. Caio, Caden und Sophia sind noch immer da draußen und ich bin mir sicher, sie sind uns nicht gerade gut gestimmt.«

Ethan denkt über meine Worte nach. »Nein. Ich werde dich nicht wieder verlassen. Ich habe dich unterschätzt. Du bist viel stärker, als ich dachte, heute weiß ich es. Du kannst auf dich allein aufpassen, bist eine unabhängige und tapfere Frau. Ich bin froh, meine Löwin gefunden zu haben, meine Königin. Lass sie kommen. Sollen sie sich ihre Zähne an uns ausbeißen. Uns werden sie nicht mehr trennen können«, betont er und drückt meine Hand, die noch immer in seiner ruht.

Mein Herz schlägt kräftig und in einem schnellen Takt in meiner Brust. »Ich habe es geschafft und Pläne entwendet. Sie geben die Orte preis, an denen die Geschäfte von Caio stattfinden. Die Ermittler haben bestätigt, dass sie an einem von ihnen untergetaucht sein könnten. Wenn wir Glück haben, werden wir die drei nicht wiedersehen«, sage ich voller Zuversicht und strahle.

Ein breites Lächeln stiehlt sich auf Ethans Gesicht. »Ich hab dich mehr als unterschätzt«, gibt er zu und hat recht.

Ich war nie schwach. Auch wenn ich sehr emotional sein kann und ständig über alles Mögliche nachdenke. Stark sein bedeutet nämlich nicht, immer stark sein zu müssen. Es bedeutet, wieder aufzustehen, nachdem man gefallen ist, und ich habe es geschafft, immer wieder aufzustehen und weiterzumachen. All die Ereignisse, die mich zu Boden geworfen haben, haben mich geprägt und begleiten mich. Dennoch haben sie mich nur auf den nächsten Fall vorbereitet, den ich ebenfalls meistern werde.

»Die Zukunft gehört uns«, flüstere ich dicht an seinem Ohr, streife es und hinterlasse einen flüchtigen Kuss auf seiner Nasenspitze.

Durch die schweren Zeiten ist unsere Liebe von Tag zu Tag, von Stunde zu Stunde, nur gewachsen. Sie hat an Macht gewonnen, nicht abgenommen. Jedes dieser vergangenen Ereignisse hat uns und unsere Beziehung geprägt, die sich nun auf einem guten Weg befindet. Ich hoffe es zumindest.

Ich habe den Mann gefunden, der mich genau so nimmt, wie ich bin. Bei dem ich nicht perfekt sein oder mich verstellen muss. Ich weiß, dass ich alles schaffen kann. Dass ich auch allein stark bin, unabhängig.

Aber wer wünscht sich keinen Partner an seiner Seite, mit dem man all das, was noch vor einem liegt, gemeinsam bestreiten kann.

KAPITEL 17

Nach all den letzten Ereignissen bin ich mir sicher, dass zwei Menschen, die zusammen gehören, immer wieder zusammen kommen werden und sich finden, wenn auch mit einigen Umwegen. Es mag dauern und doch wird der Tag kommen, an dem sie erneut aufeinandertreffen.

Auch ich musste da durch. Ich musste fallen, aufstehen und lernen. Immer wieder. Bis Talia vor mir stand und einfach da war. Bis jetzt, bis heute. Sie ist geblieben, hat mich nicht aufgegeben und ich spüre die Liebe, die sie für mich empfindet.

Ihre Berührungen hinterlassen ein seltsames Prickeln auf meiner Haut. Sie fühlt sich plötzlich zu eng an und doch möchte ich keinen dieser Momente missen. In meiner Magengegend steigt Nervosität nach oben, die mich vollends erfüllt. So habe ich mich zuletzt gefühlt, als sie mir das erste Mal begegnet ist. Als ich mich in ihr Strahlen verliebt habe, welches noch heute von ihr ausgeht.

Ich bin immer wieder eingeschlafen und noch ziemlich platt von den vielen Geschehnissen der letzten Stunden. Dennoch ist es mir nicht entgangen, dass Talia seit meiner Ankunft im Krankenhaus an meiner Seite weilt und immer wieder zu mir spricht. Wenn ich sie anschaue, sehe ich alles, was ich will. Alles, was ich brauche.

Jetzt gerade liegt sie in diesem alten Sessel vor meinem Bett und schläft. Ich habe bemerkt, dass Talia immer wieder versucht, ihre Augen offenzuhalten. So, als könne ihr etwas entgehen. Sie wird nichts verpassen, wenn sie schläft, da bin ich mir ganz sicher. Und ich werde nicht mehr von ihrer Seite weichen.

Ich habe immer gedacht, dass ein Mann stark sein muss. Dass er seine Frau beschützt und ihr den Rücken stärkt. Dass er sie von all dem Übel in der Welt fernhalten muss und niemals schwach sein darf. Ich habe mich getäuscht. Talia hat mich vom Gegenteil überzeugt. Denn sie ist mehr als stark. Sie ist selbstbewusst, besitzt einen außerordentlichen Kampfgeist und stellt eine unabhängige Frau dar, die auf sich selbst und ihren Mann aufpassen kann.

Als ich in den Raum kam, in dem sie festgehalten wurde, sind mir so viele Gedanken durch den Kopf geschossen. Ich habe sie gefesselt und völlig fertig vor meinen Augen gesehen und niemals mit dem Anblick gerechnet, der dort auf mich wartete. Talia mit einer Waffe in der Hand, die auf Caden und seine Leute zielt. Sie hat sich befreit, wollte sich selbst retten. Sie war in Gefahr und brauchte meine Hilfe gar nicht.

Jedenfalls weiß ich, dass ich Talia nicht mehr unterschätzen werde und mit ihr eine Partnerin an meiner Seite habe, die ich nicht aufgeben werde.

Als es an der Tür klopft, beobachte ich, wie Talia hochschreckt und ihr erster Blick nicht gen Tür geht, sondern mir gilt. Unsere Augen treffen sich und es ist, als würde mein Herz Saltos schlagen. Unentwegt und mit voller Power, die ich eben noch nicht vermochte, zu spüren.

Ryan betritt den Raum. »Ethan, wie geht es dir? Du hast uns allen einen großen Schrecken eingejagt. Scheiße, siehst du aus.« Ryan lacht und versucht, mich aufzumuntern, was gar nicht nötig ist. Meine Laune könnte nicht besser sein, auch wenn meine Situation eindeutig Luft nach oben hat. Jedenfalls kann ich nicht behaupten, unglücklich zu sein.

»Ach, mir geht es gut. Sieht man doch«, scherze ich.

»Hallo, Talia«, grüßt er sie und ich bemerke, wie sie sich aufrichtet.

»Hi, Ryan. Schön, dass du da bist.« Ihre Mundwinkel gehen nach oben und ich erkenne die Ehrlichkeit in ihrem Gesichtsausdruck.

»Ich wollte dich nicht gleich überrumpeln, nach deinem Unfall. Haben die Ermittlungen zu etwas geführt?«

Talia steht auf und geht zur Tür. »Ich lass euch Jungs mal allein und besorg mir einen Kaffee.«

Auch wenn ich sie gern in meiner Nähe habe, schätzen wir beide unsere Privatsphäre und geben uns gegenseitig den Raum, den wir zum Atmen brauchen. So war es schon immer und ich bin ihr sehr dankbar dafür.

»Nein, nicht wirklich.«

»Verdammt, Ethan. So ein Mist. Übrigens habe ich das, worum du mich gebeten hast. Bist du dir wirklich sicher?«

Und wie ich mir sicher bin. Ich strecke die Hand aus und Ryan reicht mir das kleine Kästchen aus rotem Samt. »Ich werde mich nicht mehr verstecken und du solltest es mir gleichtun mit Grace. Also ja, ich bin mir sicher.«

Ryan sieht nachdenklich aus. »Ich kann nicht. Mir steht zu viel im Weg.«

»Du selbst stehst dir im Weg. Sonst nichts.«

Er denkt über meine Worte nach und doch erreiche ich ihn nicht. Ryan muss selbst gegen seine Dämonen kämpfen. Ich kann ihm diesen nicht abnehmen und für ihn bestreiten. Mein eigener hat mich viel Kraft gekostet und ja, auch Überwindung. Es hat vier ganze Jahre gedauert, bis ich gewonnen habe und heute hier stehe.

»Ich habe mit Talia den fehlenden Teil meiner Seele gefunden. Nun weiß ich, dass ich endlich komplett bin«, fahre ich fort.

»Vielleicht bin ich noch nicht so weit. Vielleicht beginnt mein Weg erst und ich muss das Ziel noch finden«, sagt er traurig. Ryan liebt Grace. Aber ich verstehe auch seine Angst, kann sie nachempfinden und fühlen.

Caio Fontane ist nach wie vor da draußen. Es kann jeden Tag zu Ende sein. Entweder wird er gefasst, taucht ein für alle Mal unter oder könnte schon morgen im Foyer unserer Kanzlei stehen. Keiner weiß es. Mir ist klar geworden, dass ich mich meinem Schicksal nicht allein stellen muss. Auch Ryan muss sich dessen bewusst werden.

»Das Ziel ist zum Greifen nahe und direkt vor dir, auch wenn du es noch nicht sehen kannst. Aber lass uns von etwas Anderem sprechen. Etwas Erfreulichem. Wie sieht es in der Kanzlei aus?«

Ryan schaut nicht mehr zu Boden und sein Ausdruck erhellt sich wieder. Ich bin froh, offen mit ihm reden zu können. Unsere Freundschaft trägt tiefe Wurzeln, die fest verankert sind, wie die eines Baumes.

»Na ja. Ich wollte es dir ja eigentlich nicht sagen. Noch nicht, aber wenn du schon so fragst. Dein Schreibtisch sieht katastrophal aus. Die Türme sind zu Bergen geworden, die wiederum ein gewaltiges Ausmaß angenommen haben. Außerdem fehlt uns eine Empfangskraft und Talia natürlich, die den Laden fast schon allein schmeißen kann. Du siehst also, beweg deinen Arsch hier raus und komm wieder ins Büro!« Ryan erhebt seine Stimme und ich könnte meinen, man hat seine Rede auch im Nachbarzimmer gehört.

»Ja, ja. Ich werde euch retten. Ich weiß doch, dass ihr ohne mich völlig aufgeschmissen seid.«

Er beäugt mich kritisch. »Im Ernst. Nimm dir so viel Zeit, wie du brauchst. Wir kommen schon ein paar Tage ohne euch beide zurecht.«

Ich für meinen Teil habe nicht vor, lange tatenlos hier herumzuliegen, und vermisse mein Büro. Mit Talia an meiner Seite wird sich alles ändern. Ich werde wahrscheinlich keine Nachtschichten mehr einlegen können oder müssen, weil ich sonst nichts mit mir anzufangen weiß. Wir werden uns eine kleine Familie aufbauen, wenn sie mich als ihren Mann annimmt.

Bei dem Gedanken daran, sie nach meiner Entlassung zu fragen, ob sie meine Frau werden will, rutscht mir mein Herz in die Hose. Was wäre, wenn sie nein sagt?

KAPITEL 18

Heute ist der Tag gekommen, an dem Ethan endlich entlassen wird und ich ihn nach Hause bringen werde. Wie unsere derzeit merkwürdige Beziehung dann weitergehen wird, weiß ich nicht.

Ich sehe seiner Entlassung mit gemischten Gefühlen entgegen. Mit einem weinenden und einem lachenden Auge. Natürlich freue ich mich
für ihn, dass er sich auf einem guten Weg befindet. Seine Wunde verheilt schnell. Ethan ist noch
nicht ganz wieder auf der Höhe und doch reicht
es aus, damit er nach Hause gehen darf. Kein
Krankenhaus mehr und kein ungemütlicher Sessel, in dem ich schlafe. Nichtsdestotrotz werde ich

unsere gemeinsame Zeit vermissen. Tag für Tag durfte ich an seiner Seite verbringen, habe auf ihn aufgepasst und gehofft, dass es ihm schnell besser geht. Nun ist diese Zeit vorbei und ich werde mich wieder in den normalen Alltag hineinfinden müssen, auch wenn ich das eigentlich gar nicht möchte.

Einerseits freue ich mich auf mein eigenes Bett und eine ganze Nacht, in der ich durchschlafen kann. Andererseits muss ich mich wieder einmal von Ethan verabschieden. Ihn gehen lassen.

»So, Ihre Werte sind gut und ich kann Sie entlassen«, sagt die Ärztin, die Ethan noch einmal gründlich untersucht hat. »Sie müssen sich weiterhin schonen. Wie schade, dass ich Sie nicht weiter hierbehalten kann.« Sie zwinkert ihm zu. Eklig. Sie steht auf ihn und macht ihm schöne Augen, seit er hier ist.

Ryan hat mir eine SMS geschrieben, dass er vor dem Krankenhaus auf uns wartet, und ich habe Ethans Tasche bereits gepackt. Endlich weg hier.

»Sehr gut. Dann können wir ja jetzt los«, sage ich leicht genervt und Ethan merkt genau, was mit mir los ist. Er kann sich ein breites Grinsen nicht verkneifen.

Ich springe auf und eile zu ihm, um ihn ein wenig zu stützen. Etwas wackelig ist er dann doch noch auf den Beinen, sodass ich langsam mit ihm Richtung Ausgang gehe.

Er bleibt stehen.

»Vielen Dank für alles«, sagt er an die blonde Ärztin gerichtet, die Barbie Konkurrenz macht.

Ich verdrehe die Augen. Ausgerechnet in dem Moment, in dem mich beide anstarren. Na toll. Wie immer muss ich in jedes Fettnäpfchen treten.

»Ryan wartet. Können wir dann gehen, Ethan?«

Er läuft mit mir gemeinsam durch die cleanen Flure und wir steuern direkt auf Ryan zu, der bereits die Autotür aufhält.

»Ethan, na endlich. Endlich nach Hause, was?«

»Ich bin froh, hier rauszukommen. Noch einmal Kartoffelbrei und ich muss mich übergeben«, sagt er witzelnd und steigt vorsichtig ein.

»Es ist alles vorbereitet«, meint Ryan, als wir nach einigen Minuten des Schweigens vor dem Eingang von Ethans Haus ankommen. Ich weiß, dass sich seine Luxuswohnung ganz oben befindet, und würde ja gern wissen, wie es dort aussieht.

»Was ist vorbereitet?«, frage ich Ryan und ein frecher Ausdruck verleiht seinem Gesicht etwas Verspieltes.

»Lass dich überraschen.«

Ich schaue zwischen Ethan und Ryan hin und her. Beide halten sie den Mund und sagen mir nichts.

»Fährst du mich nach Hause?«, frage ich und warte gespannt auf seine Antwort, die er mir ziemlich lange vorenthält. Ethan hält die Autotür auf und ich frage mich, was hier vor sich geht.

»Du solltest ihn am besten hochbringen. Nicht, dass er hinfällt und gleich wieder eingewiesen wird.«

Witzig. Ethan muss nur in seinen Aufzug steigen und fährt bis in seine Wohnung, in der er sich wohl auskennen sollte.

»Ich warte hier auf dich«, setzt Ryan nach und ich nicke gezwungenermaßen.

»Na dann los.«

Als ich Ethan anschaue, sieht er so geheimnisvoll aus. So, als würde er etwas vor mir verbergen. Wie leid ich es doch bin, dass er Geheimnisse vor mir hat. Ich habe gedacht, er hätte aus all den vergangenen Ereignissen etwas mitgenommen.

Schweigend stütze ich ihn bis zum Aufzug, der direkt in seinem Wohnzimmer hält. Ohne mich umzuschauen, will ich den Knopf nach unten drücken, als Ethan meine Hand ergreift und mich rauszieht. Der Aufzug fährt ohne mich nach unten.

»Ethan«, stottere ich. Aufregung breitet sich in mir aus. »Ich sollte gehen.«

Erst jetzt lasse ich meinen Blick über das Zimmer gleiten. Es ist minimalistisch und steril eingerichtet. Auf dem Boden liegen rote Blütenblätter von einigen Rosen. Es müssen unglaublich viele gewesen sein, die daran glauben mussten. Was hat er denn vor? Champagner steht in einem dafür vorgesehenen Kübel auf dem kleinen Wohnzimmertisch, umringt von weiteren roten Rosen.

Ethan stützt sich an dem weißen Regal neben ihm ab und geht auf die Knie. Direkt vor mir. Verdammt, was ist hier nur los? Was haben sich die Jungs nun wieder einfallen lassen?

»Talia«, sagt er leise und ich schaue nach unten zu ihm. Er hält ein kleines Kästchen in der Hand und ich bin noch verwirrter als zuvor. »Willst du meine Frau werden?«, fragt er und öffnet die Schatulle. Ein silberner Ring mit einem kleinen blauen Steinchen blitzt auf.

Ich halte mir die Hand vor den Mund und kämpfe mit den Tränen in meinen Augen. Sollte ich mich kneifen, um aus diesem Traum zu erwachen? Spielt mir mein Verstand einen Streich und ich liege noch immer im muffigen Sessel des Krankenhauses an Ethans Bett?

Mein Inneres spielt verrückt. Mein Magen dreht sich und meine Gefühle fahren Achterbahn. Meine Beine fangen an zu zittern und es bricht aus mir heraus.

»Ja. Ja, ich will. Und wie ich will.«

Ethan steckt mir den Ring an meinen Finger und ich kann mein Glück nicht fassen. Ist das alles wirklich passiert?

Im nächsten Moment traue ich meinen Augen nicht, als ich die Gestalt eines Mannes ausmache, die neben dem Bücherregal auftaucht.

»Ethan«, flüstere ich und er blickt mir direkt entgegen, dreht sich um.

»Oh, wie rührend. Störe ich euer Glück schon wieder?«, ertönt Cadens Stimme, die mir nicht nur einen Schauer über den Rücken rieseln, sondern auch Wut in mir aufsteigen lässt.

»Was willst du?«, knurrt Ethan und versteckt mich hinter seinem Rücken. Ich schiebe ihn leicht zur Seite. Dieser Kampf ist nicht nur seiner.

»Es ist erst vorbei, wenn nur noch einer von uns übrig ist.«

Caden läuft auf Ethan zu, der es ihm gleichtut. Es ist, als würden sie einen Kampf im Ring ausfechten, nur ohne Schiedsrichter und gänzlich ohne Regeln.

»Talia, verschwinde«, ruft Ethan und ich denke

gar nicht daran. Völlig klardenkend schnappe ich mir mein Handy und wähle die Nummer der Ermittler, schreibe ihnen, was passiert und wo wir uns aufhalten. Ich sehe, wie Ethans Faust auf Cadens Gesicht trifft und seinen Kiefer knacken lässt. Fuck. Ethan ist nicht auf der Höhe und ich hoffe, dass die Ermittler schnell eintreffen, um dem Spuk ein Ende zu bereiten. Denn das hier habe ich nie gewollt. Jeder von ihnen, Caden, Sophia und Caio, sollten eine ordentliche Gerichtsverhandlung bekommen. Eine, die sie gerecht für das bestraft, was sie Ethan und mir angetan haben. Auch Caden erzielt einen Treffer und ich gerate langsam in Panik, als die kleine Platzwunde an Ethans Kopf zu bluten beginnt. Feucht rinnt es seine Schläfe hinab. Scheiße.

Im nächsten Moment geht alles ganz schnell und wir sind nicht mehr allein. Ethan wird Herr über die Situation, drückt Caden mit dem Bauch auf den Boden und drückt das Knie in Cadens Rücken. Ich erkenne die Blinklichter der Einsatzfahrzeuge, die ihren Schein an die Wände werfen und alles in ein dunkles Blau tauchen. Es ist furchtbar laut und ich stehe wie angewurzelt in der Ecke, habe die schrecklichen Ereignisse der letzten Tage noch nicht überwunden.

»Frau White, wir sind da und übernehmen«, ertönt die dunkle Stimme des Beamten, den ich in seiner schützenden Montur nicht entdecke. Ethan kommt auf mich zu, nimmt mich in seine starken Arme und ich lasse mich fallen.

»Das war der Letzte auf unserer Liste«, sagt der Beamte zu uns.

»Was bedeutet das?«, fragt Ethan dunkel und rau. Seine Stimme bebt, ist voller Zorn.

»Wir konnten Caio Fontane und Sophia Baker in einem ihrer Verstecke ausmachen und sie abführen. Sie sind nun in Sicherheit.« Die letzten Worte des Mannes hallen in meinem Kopf wider und lassen mich langsam aufatmen. Wir sind sicher. Nicht für den Augenblick, für die Zukunft.

Nachdem ich mich wieder gefangen habe und die Beamten Caden mitgenommen haben, kommt Ethan auf mich zu, hebt mich trotz seiner Verletzungen hoch und trägt mich ins Schlafzimmer. Wir küssen uns heiß und innig. All meine Träume verwandeln sich in die Wirklichkeit. Jeder einzelne, wie in einem Märchen. Es wird immer Gefahren geben, die auf uns zukommen. Verletzungen, Unfälle und die Liebe, die eine ganz eigene darstellt. Ich versuche, sie alle auszublenden und in den Hintergrund zu rücken. Denn die schlimmste ist beseitigt, aus dem Weg geräumt. Jetzt zählen nur wir beide.

»Ethan, sei vorsichtig«, hauche ich an sein Ohr und küsse seinen Hals.

»Ich bin nicht zerbrechlich«, raunt er und Hitze steigt in mir auf. Hitze, die ich nicht mehr zu kontrollieren vermag. Ich will ihn. Jetzt und in diesem Moment, der niemals vergehen soll.

Langsam ziehe ich ihm sein Hemd über den Kopf und erhasche einen Blick auf seinen attraktiven freien Oberkörper.

Ich fahre seine Muskeln mit meinem Zeigefinger nach und entdecke den Verband auf seiner Brusthälfte. Die Kugel hat sein Herz nur knapp verfehlt und ich weiß, dass all das Schicksal war. Unseres. Jede Situation hat uns hierhergebracht und ich bin dankbar dafür, dass wir beide leben.

Ich sitze auf seinem Schoß und merke, wie sehr er mich begehrt. Ethan zieht mir mein Shirt über den Kopf und der BH folgt ihm.

»Du bist so perfekt«, haucht er, während er meinen Körper mit Küssen bedeckt. Heute müssen wir's langsam angehen lassen. Was morgen sein wird, bleibt mein kleines Geheimnis. Ein schmutziges kleines Geheimnis. Denn sobald er wieder in Form ist, werde ich zur Jägerin und er meine Beute. Kein Entkommen, kein Zurück mehr.

Unsere Hosen haben sich verselbstständigt und ich sehe ihn nun vor mir, in seiner vollen Pracht. Meine Zunge wandert über meine Lippen und ich kann mich nicht sattsehen. An ihm, seinem Körper. Er dringt langsam in mich ein und ich sinke nach unten, sitze mit gespreizten Beinen auf seiner Mitte. Rhythmisch bewege ich mich hoch und runter, lasse meine Hüfte kreisen.

Er packt sie und hält mich fest. Ich beuge mich zu ihm runter, als sich unsere Lippen berühren und unsere Zungen spielend leicht aufeinandertreffen. Keuchend bewege ich mich weiter und finde mein eigenes Tempo.

Ethan raunt heiser und stöhnt leise, bis es immer lauter wird und ihn der Höhepunkt endgültig erreicht, ihm die Luft raubt und ihn hastig aufatmen lässt. Ich spüre ihn in vollen Wellen, wie er auch Besitz über mich ergreift und wir außer Atem nebeneinander in seinem Bett landen.

Er dreht sich zu mir und umfasst mein Gesicht mit seinen großen Händen. »Meine Frau. Ich liebe dich, Misses Hunt.«

Wir sind zwei eigenständige Menschen, deren Herzen im gleichen Takt schlagen. Wir haben zwei Leben, aber eine gemeinsame Zukunft. Wenn es schwierig wird, werde ich seine Hand halten und niemals loslassen. Ich werde ihn tragen, wenn es sein muss, ihm Halt geben, wenn er wankt und den Freiraum bieten, den er braucht.

EPILOG

Wenige Wochen später

»Talia, bist du endlich fertig?«, ruft Grace und klopft hektisch gegen die Tür.

»Einen Moment noch«, erwidere ich und rücke den Schleier zurecht. Ich blicke in den Spiegel vor mir und sehe mich selbst. In einem weißen Kleid, welches dem einer Prinzessin gleicht.

Einige Wochen sind vergangen und liegen nun zwischen mir und den schrecklichen Ereignissen. Noch immer verfolgen mich die Erinnerungen. Sie spuken in meinem Kopf umher und lassen mich nachts kaum schlafen.

Mit Ethan an meiner Seite fällt mir alles dennoch viel leichter. Er gibt mir die Kraft, die ich brauche, um all das zu verarbeiten. Er stellt die schützende Mauer dar, an die ich mich anlehnen kann.

Die Tür fliegt mit einem lauten Krachen auf und ich drehe mich hektisch um.

»Ach du meine Güte«, ruft Grace. »Talia, du siehst unglaublich, nein fantastisch aus.«

Ich blicke an mir herunter. Meine Hände wandern über den samtweichen Stoff, der sich nach unten ergießt und auf dem Boden endet. Ich muss schmunzeln, Tränen sammeln sich in meinen Augen. »Meinst du, es gefällt ihm?«

Grace kommt auf mich zu und schnappt sich meine Hand. Sie drückt sie sanft. »Nein«, sagt sie ernst und für einen Moment stockt mir der Atem. »Nein, du wirst ihm gefallen. Mehr als das. Du siehst traumhaft schön aus, wie eine Prinzessin, die auf ihren Prinzen treffen wird.«

Und danach, denke ich, verwandelt sich diese Prinzessin in eine Löwin und fällt über ihren Löwen her. Doch erst einmal muss ich den Moment überstehen, ohne in Ohnmacht zu fallen. Denn all das hier hätte ich mir nie erträumen können. Nicht, dass ich es mir nicht gewünscht habe. Mein Leben lang habe ich von einer Hochzeit geträumt. Mit Ethan. Habe ich deshalb damit gerechnet? Nein.

Mein Leben hat eine Wendung eingeschlagen, die ich nicht habe kommen gesehen. Und wieso? Weil ich den Mut aufgebracht habe und um Ethan kämpfte. Mit all meiner Kraft, mit vollem Herzen und Einsatz.

»Ich danke dir, Grace. Für alles.« Meinen Worten folgt lautes Schluchzen. Ich kann es nicht zurückhalten. Mein Herz explodiert fast in meiner Brust. Meine Gefühle spielen komplett verrückt und mein Kopf will nur, dass ich ihm gefalle.

»Du darfst jetzt aber nicht weinen. Reiß dich gefälligst zusammen, Talia!« Grace tupft mir sanft einige Tränen aus dem Gesicht, ohne mein Make-up zu ruinieren.

Jetzt ist es wohl so weit. Ich werde den Mann heiraten, den ich mir immer an meiner Seite gewünscht habe. Es gibt kein Zurück mehr.

Ryan stößt zu uns und räuspert sich. »Ladys, darf ich euch nun entführen? Der Bräutigam wartet in der Kirche vor dem Altar auf diese bezaubernde Braut.« Er zwinkert mir zu.

»Charmeur«, erwidere ich. Ryan ist mir sehr ans Herz gewachsen. Die letzten Wochen haben uns stark zusammengeschweißt. Er ist wie ein Bruder für Ethan, den ich in unserer kleinen Familie willkommen heiße. Er ist nicht nur mein

Chef. Viel mehr als das. Er ist einer meiner Vertrauten. Ich kann immer mit ihm reden, ihm alles anvertrauen. Wir alle haben Austin verziehen. Nur er selbst muss es noch tun und hat sich vor einigen Tagen eine Auszeit genommen. Finley denkt weiterhin nur an die Arbeit und möchte hoch hinaus. Nichtsdestotrotz gehören sie beide dazu, immer.

Grace geht auf Ryan zu und drückt ihm einen flüchtigen Kuss auf den Mund, den er erwidert. Ich hoffe, dass sich die Beziehung der beiden stabilisiert und sie nicht weiter darunter leiden muss. Es nimmt meine beste Freundin mit, dass er sich nicht gänzlich auf sie einlassen kann. Die beiden sind ein Paar, welches es nicht oft gibt, und doch halten sie immer zusammen.

Ich hake mich bei Grace ein und wir gehen gemeinsam zum Auto, welches uns direkt in die Kirche bringt. Ryan ist mein Chauffeur, sieht sogar ein bisschen so aus mit seinem grauen Anzug. Ich bekomme kaum Luft und jede Sekunde vergeht so langsam. Ich kann nicht glauben, was gerade passiert.

»Ich bin so nervös«, sage ich zu Grace und Ryan mischt sich ein. Er schaut in den Rückspiegel.

»Du wirst doch wohl keine kalten Füße bekommen?« Er lacht auf und Grace tut es ihm gleich.

Ich würde mir nie entgehen lassen, Ethan, meinen Traummann, zu heiraten. Es wird sich auch nicht groß etwas ändern und doch wird es anders werden. Wir wagen einen gewaltigen Schritt und starten in unsere gemeinsame Zukunft.

»Nein, natürlich nicht. Die Eindrücke und Gefühle erschlagen mich«, gestehe ich.

»Er kann es bestimmt kaum erwarten, dich endlich zu sehen«, sagt Grace und schaut mir direkt in die Augen. Wenn ich mich nur selbst sehen könnte. Wie wäre das? Ich hoffe, nicht panisch auszuschauen. Denn eigentlich bin ich einfach nur glücklich und möchte genau das auch ausstrahlen. Gar nicht so leicht.

Wir halten an und ich erkenne den langen roten Teppich, der sich aus dem Kircheneingang bis zu unserem Auto schlängelt. Es ist soweit.

Ryan hält mir die Tür auf und die beiden begleiten mich, gehen ein Stück hinter mir. Wir halten diese Hochzeit bewusst klein, um wenig Aufmerksamkeit zu erregen. Eine kleine Hochzeit tut nicht nur mir gut. All das, die vergangenen Ereignisse, treten in den Hintergrund, bestimmen nicht mehr unser Leben. Dennoch bleiben sie immer ein Teil davon, von uns.

Leise melodische Klänge dringen in meine Ohren

und wie ferngesteuert laufe ich los. *Ein Schritt vor den anderen und das Atmen nicht vergessen,* ermahne ich mich selbst. Ich passiere mit meinem rosanen Brautstrauß in den Händen die offene Kirchentür und wage erst jetzt den Blick nach vorn.

Er steht direkt vor dem Altar. Mit dem Rücken zu mir. Ich mustere ihn, der schwarze Anzug steht Ethan hervorragend. Langsam dreht er sich um und lächelte mich an. Es verjagt jegliche Zweifel, Bedenken und meine Unsicherheit. Es ist, als würde ich plötzlich wieder völlig frei atmen können. Jeder weitere Schritt fällt mir so leicht und es gibt nur noch uns beide. Ich würdige den übrigen Gästen keinen Blick und meine es nicht böse. Ich will nicht unverschämt herüberkommen und doch kann ich meine Augen nicht von Ethan lassen. Ich muss jede einzelne Sekunde auskosten und laufe schneller, bis ich nach einem gefühlten Achthundert-Meter-Lauf wie damals in der Schule bei ihm ankomme.

Er starrt mich aus seinen dunklen grünen Augen an und mein Körper fängt an zu glühen. »Talia«, haucht er und fährt mit seiner Hand meine Wange entlang. »Du siehst wunderschön aus.«

Ich bekomme keinen Ton raus und bin froh, dass der Pastor mich ablenkt und eingreift.

»Wir haben uns heute hier versammelt«, ertönt seine Stimme und ich kann ihm nicht weiter folgen.

Zu viele unbedeutende Worte, die es nicht schaffen, mich zu berühren. Ich habe meine eigenen. Für das, für alles, was passiert ist, für Ethan. Meine eigenen Worte, die direkt aus meinem Herzen kommen.

»Möchtet Ihr, Talia White, Ethan Hunt zu Eurem Mann nehmen?«

»Ja, ich will«, sage ich leise und schaue Ethan nach wie vor in seine undurchdringlichen Augen. Mein Herz hüpft vor Freude.

»Möchtet Ihr, Ethan Hunt, Talia White zu Eurer Frau nehmen?«

»Ja, ich will«, sagt Ethan ernst und legt mit einem Mal seine weichen Lippen auf meine, die meinen Körper endgültig in Flammen aufgehen lassen.

Noch ehe der Pastor die letzten Worte aussprechen kann, zieht mich Ethan gänzlich in seine Arme und lässt mich nicht mehr los.

Unser Weg war nicht leicht. Doch ich gehe lieber den schweren, wenn ich ihn dafür an meiner Seite habe.

Danksagung

Als Erstes danke ich all meinen Lesern und Leserinnen, die Talia und Ethan auf ihrer Reise begleitet haben, mit all den Höhen und Tiefen, liebevollen und schmerzlichen Momenten. Ihr lasst meine Geschichte real werden. Ich freue mich über den Austausch mit euch, all eure Rezensionen, Nachrichten und Meinungen.

Ganz besonders möchte ich dem Bookapi Verlag und der Verlegerin Jay Lahinch danken, die an mich und meine Geschichte geglaubt hat. Ich möchte dir dafür danken, dass du mir dein Vertrauen geschenkt hast und du meiner Geschichte ein wundervolles Zuhause gibst. Du bist wirklich eine Verlegerin mit Herz und jeder Menge Leidenschaft.

Als Coverliebhaberin danke ich der einzigartigen Nina Hirschlehner für das traumhaft schöne Buchcover, welches sie auf magische Weise gezaubert hat. Ich hätte mir kein schöneres Kleid für meine Geschichte wünschen können und freue mich immer wieder riesig darüber, dass du es bist, die es gestaltet hat.

Doch muss ich ihr gleichzeitig auch für ein grandioses Lektorat und Korrektorat danken, für die Mühe und den Fleiß. Es war sicher nicht immer leicht. Trotz allem hast du meiner Geschichte den Schliff verliehen, den sie gebraucht hat, und bist mir zur Seite gestanden.

Ein großer Dank geht an meine Lieben, die mir mit Rat und Tat zur Seite stehen, auch wenn es nicht immer leicht mit mir ist. Ihr habt an mich geglaubt, mir Mut gemacht und mich auf meinem Weg begleitet. Dafür möchte ich euch danken: Peri, Katja, Jasmin und Lexy. Ich kann nicht in Worte fassen, wie sehr ich euch schätze.

Zum Schluss, aber nicht mit weniger Bedeutung, danke ich meiner Familie, insbesondere meinem Vater, die mich immer unterstützt.

Playlist

Fleurie – *Soldier*
Bishop Briggs – *Dark Side*
MEDUZA feat. Dermot Kennedy – *Paradise*
Ofenbach – *Wasted Love*
Ruelle – *The World We Made*
Tom Gregory – *Never Let You Down*
Rea Garvey – *Talk To Your Body*
Halsey – *Without Me*
Halsey – *You Should Be Sad*
Alvaro Soler – *La Cintura*
The Weeknd – *Blinding Lights*
Dua Lipa – *Break My Heart*
Ava Max – *Kings & Queens*
Lady Gaga – *Stupid Love*
Topic – *Breaking me*
Adele – *Hello*

Whitney Houston – *I Will Always Love You*
Ed Sheeran – *Thinking Out Loud*
Eminem feat. Rihanna – *Love the Way You Lie*
Ellie Goulding – *Love me like you do*
John Legend – *All of Me*
Jason Mraz – *I'm Yours*
The Chainsmokers feat. Daya – *Don't Let Me
Down*

DIE AUTORIN

Sahra Sofie Caspari

Sahra Sofie Caspari wurde 1995 geboren und lebt seitdem im schönen Taunus. Sie fühlt sich im Bereich Fantasy und Romance zu Hause. Schon immer hat sie sich zu Büchern und deren magische Welten hingezogen gefühlt, bis ihre Ideen überhandnahmen und sich selbstständig machten. Wenn sie nicht gerade von neuen Geschichten träumt, arbeitet sie als Rechtsanwaltsfachangestellte und kümmert sich um ihre Stubentiger. Musik und eine heiße Tasse Tee dürfen beim Schreiben nie fehlen.